성난 화산섬

안도섭

1933년에 태어나 조선대 국문과에서 수학했다.

1958년 『조선일보』 신춘문예에 시 「불모지」가, 『평화신문』 신춘문예에 시 「해당화」가 각각 당선되어 문단에 등단하였다. 이후 「연가」, 「거울」, 「우리 더욱 사랑을 위해」 등 시대적 애상을 서정적으로 읊은 시편들을 발표했다. 1959년 전봉건과 함께 사화집 『신풍토』를 주재했으며, 이듬해 시집 『地圖속의 눈』을 발간하여 제6회 전라남도문화상을 수상했다.

한글문학상(대상), 탐미문학상(대상), 허균문학상(대상), 雪松문학상(대상), 한민족문학상(대상), 한국글사랑문학상(대상)을 수상했으며 현재 한국문인협회 자문위원을 맡고 있다.

성난 화산섬

초판 1쇄 인쇄 2022년 3월 17일
초판 1쇄 발행 2022년 3월 28일

지은이 안도섭
펴낸이 최종숙
펴낸곳 글누림출판사

편 집 이태곤 권분옥 문선희 강윤경 임애정
디자인 안혜진 최선주 이경진
마케팅 박태훈 안현진

주 소 서울시 서초구 동광로46길 6-6(반포4동 577-25) 문창빌딩 2층(06589)
전 화 02-3409-2055(대표), 2058(영업), 2060(편집)
팩 스 02-3409-2059
전자우편 nurim3888@hanmail.net
홈페이지 www.geulnurim.co.kr
등록번호 제303-2005-000038호.(2005.10.5.)

정가는 뒤표지에 있습니다.
ISBN 978-89-6327-658-8 03810

성난 화산섬

안도섭 장편소설

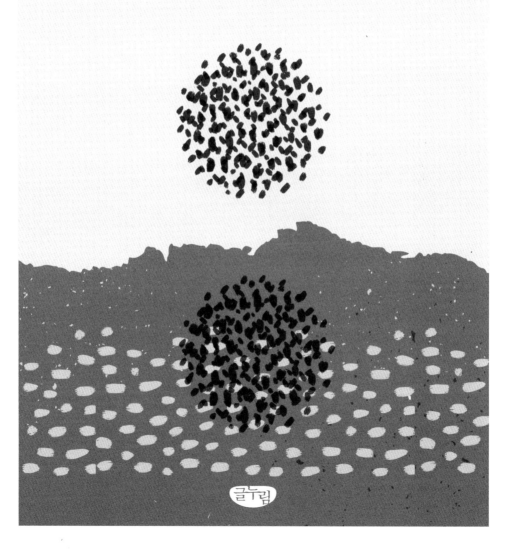

글누림

제주도 4·3 사건은 일제로부터 해방된 한반도에 38선이 가로놓이고 남·북으로 분단된 정부의 수립이 현실화되고 있을 때 일어난 사건이다. 그것은 휴화산이던 한라산이 어느 날 활화산으로 폭발한 것과 같은 일이 었다. 그리고 그 활화산은 8년여에 걸쳐 제주섬의 비극으로 이어져 갔다.

남로당에 의한 4·3봉기—단독선거—5·10 선거의 파탄—야산대와 국방군의 살육전 등 피의 판가름이 거듭되면서 도민의 목숨과 삶의 터전은 깡그리 무너져 갔다.

이런 참극이 벌어지는 가운데 오로지 살아남기 위해 산으로, 해안으로, 토굴 속으로 숨어 다니다 속절없이 죽어간 섬사람들.

제주 4·3 사건은 해방 후부터 6·25 전후까지 우리의 분단현실이 안고 있던 비극에 다름 아니다.

이 사건은 급기야 내륙에 비화한 여·순병란에 불을 댕기고 6년간에 걸쳐 지리산, 덕유산, 회문산 등의 유격전이 벌어진 도화선이 되기도 했다. 한 마디로 제주도의 참상은 곧 한반도의 비극이요, 죽음의 무도장에서 칼춤을 추는 분단의 슬픈 이야기이다.

　나는 이 『성난 화산섬』을 쓰는 데 꽤 많은 시간이 필요했다. 그것은 무엇보다도 인간에 대한 생명의 존엄과 정확한 자료의 분석, 증언자의 진실을 알아내는 데 초미의 관심을 기울인 점이다.

　끝으로 제주도 사투리를 굳이 쓴 것은 그들의 방언을 통해 작품의 생동감을 살리고자 하는 데 있었음을 밝혀둔다.

　또한 『무기여 안녕』이라는 2부작을 잇달아 내놓을까 한다.

　지난 날 한국전쟁이 치러졌던 그 전쟁의 참혹함을 나는 독자 여러분과 공감하고자 한다.

차례

작가의 말 • 5

성난 화산섬

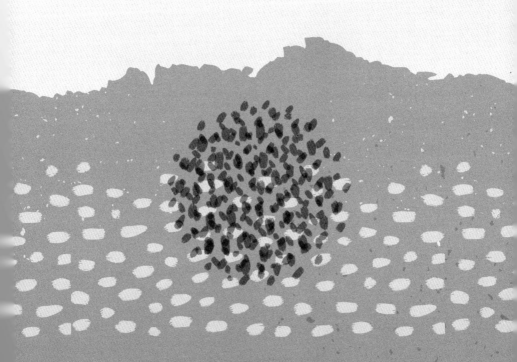

선흘곶 동백숲

제주도에 해방의 그날은 왔다.

태평양전쟁이 막바지에 이를 때 일본군대는 미군의 상륙에 대비해 마을마다 청년대, 소년대를 만들어 군사훈련과 강제노역을 시켰었다. 미군이 제주도에 상륙할 경우 항전을 펼치겠다는 속셈이었다.

그러나 마지막까지 발악을 하던 일제가 패망하자 이번에는 패전한 일본군의 횡포를 막고 마을을 지키는 파수병과 치안대로 탈바꿈해 갔다.

조선의 해방군으로 이 섬에 진주해 온 미군. 그들은 해방 이듬해 군정법령 94호를 발표해 제주도를 전라남도에서 하나의 '도'로 승격시켜 놓았다.

제주도의 군사적 가치를 높이 산 때문이었다. 짐짓 소련과 중국에 대한 극동전략의 틀 속에서 제주도를 구상했던 것이다.

이렇듯 해방군으로 상륙한 미군정은 그러나 곳곳에서 조선 사람과 갈등을 빚게 되었다.

아무데서나 낸시가 쑥쑥 자라는 해였다.

"낸시가 성하면 변이 일어난다."라고 옛사람들은 말했다.

문득 그런 생각을 떠올리는 안요겸은 마당을 쓸고 나서 툇마루에 올라 앉는다. 툇마루에 앉아 산쪽 마을, 동백 숲으로 한동안 눈이 가 떨어지지 않는다.

그때 인기척이 나더니 안치웅이 문 안으로 성큼 들어선다.

"아제, 안녕하셨수."

"응, 마당 쓸고 쉰다이."

조천읍 선흘리는 안 씨와 부 씨가 대대로 살아온 마을이었다.

그런데 이 두 성씨 간에 분쟁의 불씨가 일게 된 것은 동백 숲 때문이었다. 상록 활엽수 천연림으로 된 이 동백 동산은 30여 만 평에 이르는데, 일제 때 구장을 지내던 부옥만이가 이 동백 숲이 있는 선흘곶을 불하받아 자기 소유로 만들어 버렸다.

해방이 되자 마을 사람들은 그 땅을 도로 찾을 궁리를 하기 시작한 것이다.

이 섬에 남로당 세력이 뻗치기 시작할 때였다.

1946년까지 미군정과 크게 부딪치는 일은 일어나지 않았다. 그러나 새해 들어 이 섬의 상황도 달라졌다. 46년 초 반미시위가 벌어졌는데, 그것이 이른바 '양과자 반대운동'이었다.

제주 시내 중·고교생이 2월 10일 관덕정 광장에 모여 양과자 배격시위를 벌였다. 도내 중등학교 연맹의 주도 아래 '조선의 식민지화는 양과자부터 막자'는 슬로건을 내걸고 관덕정 광장에서 시위가 벌어졌다.

그해 3월 초 3·1절 시위사건으로 치닫게 된다.

제주 농업중학교 학생들은 일제 잔재 교육과 파쇼교육을 반대, 동맹휴학에 들어갔다.

이어 오현중학생들이 맹휴에 들어가고, 그해 겨울에 시작된 오현중 맹휴는 학생들의 연극 활동을 일부 교사가 제지하면서 일어났다.

여기서 주목할 것은 4·3 무장봉기를 현직 교사들이 주도했다는 것이다. 훗날 4·3의 중심에 섰던 김달삼과 이덕구도 1947년 초에는 교사였다.

4·3 당시 남로당 제주 군사부 총책이었던 김달삼은 대정공립중학교에서 역사와 공민을 가르쳤다.

김달삼에 이어 인민자위대 사령관이었던 이덕구도 조천중학원의 역사와 체육교사였다.

남로당 제주도위원장을 맡게 된 김용관은 하귀국교 교장이요, 남로당 조직부장을 맡은 고칠종은 농업학교 교원이었다.

후에 일본으로 밀항해 『제주도인민들의 4·3 무장투쟁사』를 쓴 김봉현은 오현중에서 역사를 가르쳤다.

그밖에 안세훈, 이일선 스님과 제주민전의 공동의장을 맡은 현경호는 제주중 교장으로 재직했다.

안요검의 아들 중택은 14세로 조천중학원 1학년생이었다.

'선흘곶' 동백숲을 부옥만으로부터 되찾기 위해 마을사람들과 날선 다툼이 일 때 중택은 이덕구 선생을 찾아가 마을의 억울한 사정을 털어 놓았다.

"선생님, 부옥만이라는 친일 분자가 왜놈한테 붙어 '선흘곶' 동백숲을 말아먹으려 하니 마을로 돌려줍슈."

"그건 안 되지. 내 알아 볼끼다."

이렇게 이덕구의 내락을 받아놓고 있었다.

교단에 선 이덕구 선생은 가는귀가 먹어 보통 사람보다 말소리가 컸다. 그의 별명은 '아가리 작박'. 턱이 툭 튀어 나와 붙여진 이름이다. 게다가 얼굴은 곰보에다 멋을 부린다고 붉은 장화를 신고 다녔다.

그의 태생지는 북제주군 조천읍 선흘리로 이곳은 대흘. 와흘과 함께 이 지역이 산 쪽 마을이다.

3월 초하루 아침, 가지가지 기를 세운 학생, 시민 2천여 명이 오현중학교 교정을 가득 메웠다.

바람에 날리는 형형색색의 기와 플래카드를 높이 내걸고 스크럼을 짠 데모대는 해방가를 목청껏 불러댔다.

집회가 열리려던 순간, 패트리치 대위의 지휘 아래 강동효 서장이 이끄는 기마대가 홀연 위협 발포를 하면서 대열 속으로 뛰어들어 해산을 명했다. 이에 학생들은 투석으로 맞서 일진일퇴의 파상 데모를 이어갔다.

"집회를 10분 내에 끝내라."

패트리치 대위가 타협안을 내놓았으나 동문통, 서문통 칠선통에서 밀려오는 3천여 데모대의 격류는

"으."

"으."

힘차게 장단을 맞추어 대회장으로 튕겨 나갔다.

급기야 '3·1 독립기념 29주년 도민대회'는 미군과 경찰의 삼엄한 감시속에서 진행되었다.

"우리는 3·1 독립정신을 이어받아 외세를 이 땅에서 몰아내고 조국의 자주통일을 쟁취하여 민주국가를 세우자……."

도민전 의장 안세훈의 개회사에 이어 독립 선언문 낭독과 각계각층의 대표 연설이 있고 나서 대회는 끝나는 듯했으나, 군중은 또다시 데모로 이어갔다.

데모대가 감찰청 앞에 이르자, 미군과 경찰대는 기관총을 설치한 지프로 바리케이드를 치고 위협사격을 하면서 즉시 해산을 명했다.

이때 관덕정 광장에서는 밀고 밀리는 실랑이가 벌어지고 있을 때다. 갑자기 3두의 기마대가 달려들어 무차별 발포로 학생 한 명을 쓰러뜨리고, 수 명의 유혈 참사를 빚고 말았다.

이 같은 소년의 죽음을 목격한 군중은 소리소리 절규하면서 시신을 앞세워 불덩이 같은 분노를 터뜨렸다.

그 이튿날, 군정경찰은 전도에 검거선풍을 몰고 와 민전 간부를 비롯하여 민주인사들을 검거 투옥하자, 민전에서는 '싸우면서 해결의 실마리를 찾자'는 방침에 따라 맹렬한 반격투쟁으로 맞섰다.

이미 일부 직장에서는 스트라이크가 진행되고 전도의 학생은 동맹휴학에 들어갔다.

3월 9일에는 '제주도 총파업 투쟁위원회'가 각 직장별로 만들어져 전 도민의 투쟁 태세가 갖추어졌다.

이 제네스트는 미군정 직원도 참여했다.

승부수

　일제시절 대정고을에서 야학을 하면서 계몽활동을 하던 강문석은 해방 두 해 전 딸의 도쿄 유학을 위해 일본으로 건너갔다.

　그가 야학에서 가르친 과목은 물리, 화학 등이며, 도쿄에 가서는 청강생으로 공부한 후 중국으로 가 강사 생활을 했다. 그는 성격이 온화하고 일찍이 수재로 소문나 있었다.

　해방 전후 그는 항일을 하다 청주 감옥에 갇혀 있다가 출소 후에는 박헌영의 비서로 활동했다.

　그의 사위가 된 김달삼은 4·3때 스물여덟의 훤칠한 미남청년이었다. 그의 본명은 이승진. 그런데 4·3 핵심세력 중 교원들이 적지 않았다.

　남로당 군사부장인 김달삼은 47년 초 대정중학교에서 역사와 공민을 가르쳤다. 그에 이어 인민자위대 사령을 맡은 이덕구도 조천중학원에서 역사와 체육을 가르쳤다.

뒤에 남로당 제주도당책이 된 김용관은 하귀국교 교장이었고, 4·3 후 당 조직부장이 된 고칠중은 농업학교 교사였다. 또한 일본으로 피신해 제주도민들의 4·3 무력투쟁사를 쓴 김봉현은 오현중에서 역사를 가르쳤다.

이승진과 교토 성봉중학교 동기라는 이영은 학창시절을 회고하면서 말했다.

"그는 머리가 예민하고 항상 품에 단도를 품고 다니며 친구간에 보스 노릇을 했었소."

이영은 44년 3월, 동교 4년을 수료하고 광주 사범학교로 전학했으나 이승진은 중앙대 예과로 진학하고 44년 가을 모슬포에서 결혼식을 올렸다. 상대는 강문석의 딸 강영애였다.

3·1절 기념행사가 있기 전 대정면 회의에서는 구체적인 정세에 따라 행동방향을 정하기로 하고, 그날의 정세 판단은 김달삼이 맡기로 했다.

이 집회는 대정 초등학교 운동장을 가득 메운 6천여 명의 군중들로 대성황을 이루었다. 기념식은 이은방의 사회로 이도일 대정중 교장과 항일 운동가 이신호 등의 축사로 진행되었다. 기념식 2부 순서는 교실 내에서 대정 중학생들의 연극 공연이 마련되어 있었다.

폐회선언 직후 뜻밖의 일이 벌어졌다. 일부 군중들이 공연장으로 들려 고 할 때, 운동장 한복판에서 학생들의 시위행진이 일어난 것이다. 시위대 는 운동장을 몇 바퀴 돌면서 기세를 올리더니 운동장 밖으로 박차고 나갔다. 이 사건으로 옥고를 치른 이은방은 다음과 같이 말했다.

"사전에 계획된 시위는 아니었어. 나는 갑작스런 데모 행렬을 저지해 보려고 애썼지만 역부족이었지. 나는 한숨을 내리쉬며 대회장에 남아 있었는데, 얼마 후 그들은 무사히 돌아왔지. 그런데 시위행렬 선두에 이승진이 보라는 듯이 학생들과 어깨를 끼고 입장하는 것이 아닌가! 불쾌했었지. 시위 여부는 그날 간부회의에서 의논하기로 한 것인데, 그런 절차는 무시한 것이었어."

나중에 이승진은 그날의 정세에 대해 확신을 가지고 시위를 감행했는데 이은방이 이를 제지하려고 했다고 도리어 비난을 했다.

47년 3월 1일 가슴 떨리는 하룻밤을 지새웠다. 경찰의 발포로 10여 명의 사상자가 발생했다는 소식은 삽시간에 온 섬에 퍼져 나갔다. 경찰은 초저녁부터 통행금지령을 내렸다.

이날 밤 도립병원은 사망자의 유족과 부상자의 가족들로 스산한 분위기였다. 이들은 통금시간 때문에 병원 문을 나설 수 없어 복도에 질펀히 늘어져 뜬눈으로 밤을 지새워야만 했다.

경찰은 다음 날부터 3·1절 시위 주동자 검거에 나섰다. 3·1절 준비위원회 간부는 물론이요, 주동학생들도 잡아들였다.

이때 타파 세력은 손을 놓고 있지만은 않았다. 처음엔 삐라 붙이는 일과 사상자 구호금 모금을 벌여 나갔다.

— 경찰이 평화군중에게 탄환을 퍼부어 인민을 살상했다.

이 삐라에는 발포경찰의 처벌과 경찰 수뇌부의 사과 등을 요구하는 문구로 가득 차 있었다.

남로당 제주도위원회는 이 같은 운동을 배후에서 주도해 갔다.

3·1 발포로 제주도의 공기가 심상치 않다는 정보는 서울의 미군사령부에 보고되었다. 하지 사령부는 3월 8일 카스틱어 대령을 반장으로 한 조사단을 제주도에 파견했다. 미군정은 이 같은 군사단 파견 후 파업사태가 발생하자 크게 당황했다. 하여 파업의 원인과 그 배후에 대해 면밀히 조사하기 시작했다.

미군조사단이 떠난 다음날인 5월 11일 조병옥 경무부장이 제주도에 왔다. 그는 그날 오전 8시에 미 수송기에 올랐다. 두 시간 후 제주 비행장에 내린 조병옥은 무장경관대의 호위 아래 제주 감찰청으로 직행했다.

조 부장 행차에는 공안국 장영복 부국장과 서울 경찰전문학교 김경감이 지휘하는 무장경호조가 뒤따르고 있었다. 조병옥은 감찰청에서 강인수 청장으로부터 3·1 사건 발생과정과 총파업의 상황 등을 보고받은 후 곧바로 포고문을 발표했다.

그 포고문은 위협적인 문구로 이어지고, 경찰의 발포로 빚어진 사태에 대해 유감의 뜻을 표현한 대목은 찾아볼 수 없었다.

조병옥이 미군정 경무부장에 취임한 것은 45년 10월 21일이었다. 그는 한민당 내 8명의 총무 중 한 자리를 맡고 있었는데, 미군정 내에서 한국인으로서는 경찰을 통솔하는 가장 막강한 경무부장에 발탁된 것이다.

당시 한민당은 중산 지주층이 주류를 이루고, 일제 치하에서도 넉넉한 생활에 대체로 학력도 높은 편이었다.

조병옥이 경찰의 3·1 발포사건에 항의, 파업중인 제주도청을 찾은 것은 3월 14일 오후였다. 그는 먼저 박경훈 지사와 최원순 심리원장, 박종훈 검찰청장, 김영진 북군수 등을 접견하고 경찰의 입장을 통보했다.

"지금 육지부 여러 지역의 응원경찰이 제주도를 향해 오고 있소. 무질서한 제주사회를 바로잡기 위해 파업 주모자들을 조속히 검거해야 합니다."

그러면서 파업중인 도청직원들을 모아 줄 것을 요구했다. 무장경관대의 경호 속에 도청직원들 앞에 선 조병옥은 호랑눈을 부릅뜨고 파업을 당장 중단하고 원대복귀 않으면 의법 조처하겠다고 으름장을 놓았다.

경찰의 발포사건에 항의하기 위해 시작된 '3·10 총파업'은 급기야 도내 160여 개 기관·단체가 동조해 나선 전무후무한 대파업이었다.

그런데 파업 불참 기관으로 유일하게 지목된 경찰도 그 속내는 달랐다. 미 24군단 정보 보고서에 따르면, "3월 13일 제주군청과 경찰의 보고는 50여 명의 경찰관을 포함한 군정청 직원들이 3월 1일 경찰행위에 항의하여 파업을 하거나 사직서를 썼다."라고 기록, 50여 명의 경찰관이 파업에 동참한 것을 밝히고 있다.

3·1절 기념집회를 주도했던 지방 유지들과 관공리, 교원, 학생들이 속속 검거되었다. 조병옥 부장이 파업 주모자들을 검거하라고 명령을 내린 것은 3월 15일이었다.

이렇게 시작된 구금자 취조는 매질부터 시작되었다.

당시 제주도청 계장의 신분으로 경찰에 연행됐던 한 증언자의 회고담이다.

"도청 직원들은 감찰청에서 조사를 받았습니다. 처음 보는 육지경찰이 취조를 했지요. 파업 주동자와 그 배후를 대라는 겁니다. 그러면서 다짜고짜 매질입니다. 옆방에서도 비명이 그치지 않았어요. 동료직원 중 김 모는 무수히 구타당해 걷지도 못할 정도였습니다."

한림 부면장이었던 양성익도 구금된 후 경찰에서 여러 차례 구타당했고, 중문지서 한태화 순경은 총파업과 관련, 지서 동료 서원과 사직원을 냈다가 응원경찰에 의해 혹독한 고문을 당했다.

4·3 이후 '인민유격대' 총사령이 된 이덕구도 그즈음 경찰의 매질로 고막이 터졌다. 일본 릿교대학 재학 중 학병으로 입대, 관동군 장교로 종전을 맞았던 이덕구는 조천면 신촌에 귀향하여 조천중학원 교사로 사회와 역사를 가르치고 있었다.

당시 조천중학원 학생이었던 김민주는 그때의 회고담을 털어 놓았다.

"사회와 역사 선생 이덕구는 3·1 사건 후 제주 경찰서에 체포된 적이 있습니다. 조천중학원의 파업문제에 대한 취조를 받으면서 왼쪽 귀 고막이 터져 귀가 멀게 되었습니다. 경찰서에는 한 달 넘게 구금됐던 것으로 압니다. 얼마 있다 풀려난 뒤 학교에는 장기 휴가원을 내고 그만뒀습니다. 마지막 수업 날 '공부 열심히 해라. 그래야 사회의 훌륭한 일꾼이 된다. 오늘이 마지막 수업이다. 나는 육지로 간다.'고 하던 말이 아직도 귀에 선합니다. 그때 산으로 갔던 것입니다."

3월 총파업 때는 온 섬의 모든 초·중등학교들이 문을 닫았다. 관공서들이 파업을 풀고 업무를 재개할 때에도 마지막까지 버틴 곳이 교육계였다. 검거선풍이 일면서 교직원들에 대한 수배령이 내려졌다.

이 같은 검거선풍은 한두 달에 그친 것이 아니었다.

47년 이후 4·3 발발 직전까지, 아니 4·3 이후에도 더욱 끈질기게 계속되었다.

48년 1월 베일에 가려 있던 남로당 제주도당의 조직이 드러나면서 일대 검거선풍이 휩쓸었다.

1월 30일 미 CIC와 경찰은 조천면의 비밀 집회를 덮쳐 106명을 검거했다. 이후에도 115명이 추가로 붙잡혀 들어왔다. 이때 검거된 사람들은 남로당 제주도당 안세훈 위원장을 비롯해 김유한, 김용관, 이좌구, 이덕구, 김대진 등 거물들이었다.

이 사건을 이른바 '1·22 검거사건'이라 한다. 이 사건은 제주도당의 진로에 큰 영향을 미치게 되었다.

남로당은 이 조직의 노출로 '이대로 죽느냐, 아니면 싸울 것이냐'는 기로에 서게 된 것이다.

제주의 조직 관리는 매우 비밀스러웠다. 인민위원회나 민전, 민청, 여성동맹 등은 간판까지 내걸었지만 '남로당'의 간판은 내걸지 않았다. 여성동맹 위원장을 지낸 북촌 출신 E여사는 이렇게 말했다.

"1946년까지는 오르그가 마을에 와서 당원들을 교육시킨 적도 있었고, 조몽구 선생으로부터 고구마와 무를 배합해서 엿을 만드는 방법을 배우기도 했습니다. 그러다 47년 3·1절 이후에는 그런 회합은 싹 가셨지요. 우리 마을에서 도당부 회의가 있을 때 우리 여성회원들은 밥을 지어 마루에 들여놓은 뒤 자리를 피해야 합니다. 물론 마을 어귀마다 '빗개'를 세워 망을 보게 하고, 손 모양으로 신호를 보내기도 했습니다."

제주도 남로당 조직은 3·1 사건 후 육지부 경관들이 주둔하게 되면서 지하로 숨어들었다. 제주도당은 48년까지도 '전라도당부 제주도 위원회' 는 전남도당부의 휘하에 있어 광주로부터 지령문을 입수하는 일이 많았 다. 그런 지령문은 당원이 경영하는 가게나 약방 등을 이용해서 건넸다.

이처럼 비밀을 엄수해 오던 도당의 조직이 와르르 무너지는 사건이 생 긴 것이다.

48년 1월 초 중문면 강정리 '당세포'가 경찰에 검거 되었다. 그 세포는 취조를 받으면서 도당부 연락책의 이름을 대었다. 그즘 당조직의 조직부 아지트는 조천면에 있었다. 1월 15일 새벽 경찰은 트럭 2대의 기동대원을 동원, 신촌리 연락책을 검거하는 데 성공했다.

이때부터 조직을 지키려는 연락책과 입을 열고 말겠다는 경찰의 사투 가 벌어졌다. 왜정 때 고문 순사들이 동원되어 별의별 고문을 했으나 입을 열지 않자 김영배 감찰청장이 직접 나서 회유책을 썼다. 연락책은 일주일 만에 입을 열기 시작했다. 그의 전향은 베일에 가려있던 남로당 조직의 노 출을 가져왔다. 미군정은 이런 정보를 토대로 조천면의 검속을 시발로 전 도에 걸쳐 검거령을 내렸다.

이 검거 선풍으로 조천, 신촌뿐 아니라 도내 곳곳에서 핵심당원들이 체 포되었다. 무장투쟁의 핵심인 김달삼도 붙잡혀 연행되어 오다 관덕정에 이르러 유도 2단의 실력으로 두 명의 호송경관을 뿌리쳐 도주했다. 칠성동

약방에 있던 조몽구는 경찰이 도착하기 직전에 몸을 피해 측후소에 숨어 체포를 면했다.

제주도 남로당 조직을 노출시킨 '1·22 검거사건'은 8·15 폭동 음모 사건처럼 요란한 검거선풍을 일으켜 놓고 사후처리는 흐지부지 되었다. 그것은 폭동 음모에 대한 근거를 밝히지 못한 데다 5·10 선거를 앞둔 미군정에서 정치범에 대한 특사령을 발동했기 때문이다. 제주도 남로당 거물들이 '4·3' 이전에 모두 석방되었다.

제주 남로당은 3·1 사건 후 검거 선풍으로 한 차례 시련을 겪지만, 47년 5월 제 2차 미·소 공동위원회가 재개되면서 활기를 띠게 되었다.

제주 남로당에서는 미·소 공위의 재개에 따라 2단계 당원 확장운동을 벌였다. 그 후 3단계에는 4·3 뒤인 48년 초여름 해주대회 연판장과 지하선거 시행과 병행해 추진되었다.

남한 단독선거가 명백해지자 남한 내의 여러 정당과 단체에서 격렬하게 반발했다. 이승만 주도의 대한독립촉성국민회와 김성수의 한민당 등이 찬성의 입장을 취했을 뿐, 나머지 정당, 사회단체들은 반대의사를 표명하고 나섰다. 당시 중도노선을 지키고 있던 김구, 김규식도 반대 입장이었다. 남로당은 남한 단독선거를 저지하기 위한 투쟁계획을 세워 이를 실행에 옮겼다.

그것이 2월 7일을 기해 전국을 총파업으로 몰고 간 '2·7 구국투쟁'이었다.

제주도의 상황은 2월 7일부터 비상경계에 들어갔다.

2월 8일부터 온 섬에 번지기 시작한 남한 단독선거 반대 시위는 10일까지 마을 단위로 진행되었다. 시위는 마을청년들이 스크럼을 짜고,

"왓샤 왓샤."

소리를 지르며 마을을 돈 뒤 결의문을 낭독했다.

성산면에서는 깃발을 흔들며 북 치고 장구 치는 재미나는 시위도 벌어지고 있었다.

성난 화산섬

오름마다 횃불

47년 3·1 사건 후 이은방은 투옥되었다가 일본으로 밀항했다. 그가 3·1 사건 때는 대정의 남로당 총책이 된다. 뒤에 4·3 봉기의 주모자가 되는 김달삼이 그 밑에서 조직부의 책임을 맡고 있었다.

이은방은 고향에서 소학교를 다니고 전북 고창의 고등보통학교를 졸업한 후 21세에 현해탄을 건넌다. 도쿄에 가서 고학하려 했으나 10개월 만에 폐를 앓아 귀향하게 되는데, 그 기간에 사회주의 사상에 물들어 온 것이다.

고향에 돌아와서 마르크스주의에 심취하게 되고, 지방의 좌익계 지도자로 떠오르게 되었다.

해방 후 건국준비위원회 제주도 위원장이 된 오대진과 이신호 등의 선배가 있었다. 오대진은 '기미독립운동'에도 활약했던 민족주의자였으며, 그가 좌경한 시기는 1927년 무렵이다.

3·1 사건 때 대정 행사는 대정교 교정에서 기념행사를 하고, 거리로 나가 스크럼을 짜고 시위를 했다.

이러한 시위계획도 실은 김달삼이 계획했던 것으로, 나중에 이런 것이 들통 나 그는 검거되어 '10개월 형'을 받고 투옥되었다.

3·1 사건이 일어났을 때 대정면에 모인 인원은 6천여 명을 헤아렸다. 이때의 시위는 평화로운 데모였는데도 경찰이 증원되고 서북청년까지 끌어들여 발포 끝에 사상자를 낸 것이 큰 화를 부른 것이다.

김달삼은 전투적인 주전파였다. 4·3 이전 지하활동의 선봉에 섰던 안세훈은 4·3사건이 나기 전에 월북했다가 6·25 전쟁이 터지자 도지사의 직함으로 '제주도를 전권 접수한다.'는 전권을 띠고 목포까지 오기도 했었다.

해방 전 민족진영이었던 조몽구는 제주통항조합을 설립, 1천 톤급의 기미가요마루호를 취항하던 아마사키 조선기선회사에 맞섰으며, 그들이 운영하던 배는 후시키마루호로 역시 1천 톤급이었다. 이 배는 김녕에서 시작하여 조천·산지·애월·한림·고산·모슬포·화순·중문·서귀·표선·성산을 순회하고 동쪽을 향해 떠나면 일본의 오사카까지 가는 데 일주일이 소요되었다.

마르크스주의를 신봉하던 조몽구는 평화주의자였다. 그는 3·1 사건 후 4·3 무렵에는 제주시의 천주교인 고씨 댁에 은거하고 있었다.

당시 조몽구는 제주도의 좌익 세력이 미군정이나 이승만의 세력에 맞서 이길 수 없다고 판단하고 있었다. 은거해 있던 그는 9연대 군인들이었던 좌익 게릴라들에 의해 눈을 가리우고 목포를 거쳐 개성의 송악산 별장으로 연행되어 갔다.

여기서 그는 자아비판을 하고 친구와 함께 인천을 거쳐 남파된다. 이후 친구를 경찰에 밀고하여 합법 전취로 양민증을 받고 한형우라는 이름으로 된 전라북도 도민증을 발급받는다. 그는 여수와 부산을 오르내리며 기회를 엿보던 중 우연히 일본에서 알았던 지인을 만나게 된다. 그 지인은 오사카에 있을 때 철공소에 다니던 송지운으로 반공주의자였던 송지운은 귀향 후 그와 만난 것을 제주서에 제보하고, 경찰에서는 형사대를 부산에 보내 그를 검거한다.

재판을 받고 복역한 조몽구는 가석방으로 풀려났으나 5·16 이후 다시 한 번 수사대상이 되어 수난을 겪는다.

고기생은 일제 때 일본인이 경영하는 가게에서 해방을 맞았다. 일인들이 물러나자 그 가게를 이어 받았는데 그 가게의 한 방에 조몽구가 기거하고 있었다.

그는 오지랖이 넓어 내로라하는 사람을 비롯해 친한 사람도 많았다. 보통 키에 몸매도 가뿐해 낮에는 예저기 싸다니다 밤에야 들어오는데, 오면 꼭 세 아이의 과자봉지를 들고 왔다.

어느 날 저녁 조몽구는 여인에게 말했다.

"아지망, 보 하나 다오."

이렇게 보자기에 싸 뒀던 삐라 뭉치를 그녀에게 내주며 그것을 '다랑쉬' 일대에 뿌려 달라고 했다. 그녀는 아이를 재워놓고 그 삐라를 뿌린 일도 있었다.

그런데, 하루는 육지 형사들 서너 명이 상점에 들이닥쳐 집을 돌아보고 가더니 밤중에 들이닥쳤다.

"조몽구, 어디 있는가?"

그러나 몽구는 미리 낌새를 알고 있었던지 집에 없었다. 그들의 추궁에 고기생은 자신이 아닌 친구의 집을 대줬다. 이런 위기를 면한 얼마 후 이번에는 군인들이 들이닥쳤다. 그때는 혐의자들을 목포로 보냈었다. 그때 목포로 보낸 혐의자는 60여 명이었는데, 조몽구는 9연대장 사모에게 한 묶음 돈을 줘서 위기를 면할 수 있었다. 그 후 사흘 만에 다시 서북청년들이 들이닥쳐 정보부로 잡아 갔다. 이번에는 외사촌이 헌병대 위관에게 사정하여, 그곳 창고에 갇혀 있던 그는 풀려나 모슬포로 자리를 옮겼다.

그 후 고기생은 부산에 갔다가 중앙동 거리에서 조몽구를 만났다. 그가 불러 세울 때 고기생은 부르르 떨었다.

조몽구는 일본으로 밀항할 길을 찾고 있을 때였다.

3·1 사건 당시 남로당 대정책을 맡았던 이은방의 집은 오대진의 집과 이웃해 있었고, 그의 영향을 받았다. 4·3의 추모자 김달삼이 그 밑에서 조직부 책임을 맡고 있었다.

4월 3일.

휘황한 샛별이 반짝일 때 한라산 오름마다엔 횃불이 피어오르면서 무장봉기의 우는살이 올랐다.

좌익 무장대는 이날 새벽 24개 지서 가운데 제1구 경찰서 관내 8개 지서와 제2구 관내 11개 지서를 일제히 공격했다. 또한 경찰과 서북청년단 숙사와 우익단체 요인들의 집을 습격했다.

이것이 6년 6개월 동안 한 서린 제주도 유혈사태의 첫걸음이었다.

이날 무장게릴라 부대는 한라산을 근거지로 하여 일제히 게릴라전을 전개한 것이다. 게릴라 부대는 진압대로부터 탈취한 미제무기와 구일본군의 무기로 무장하여 토벌하러 온 경찰대를 유리한 지형으로 유인하여 공격하고, 밤에는 관공서와 우익의 가택을 습격하여 타격을 입혔다.

그날 새벽 인명 피해가 가장 심했던 곳은 신엄지서 관내인 북제주군 애월면 구엄마을이었다. 이 마을을 덮친 무장대는 1백여 명의 대부대였다.

4개조로 나눈 무장대는 구엄마을의 문영백, 중부락의 고군칠, 서남부락의 강성종, 문용준의 집에 쳐들어 방화했다.

한편 신엄지서에서는 김병현 순경 등이 숙직하다 습격을 당했다. 동틀 무렵엔 경찰의 반격으로 무장대 2명이 목숨을 잃었다. 그날의 습격으로 구엄마을에서는 우익 가족 5명이 숨지고 10여 명이 부상을 당했다.

무장대가 북제주군 한림면을 습격한 것은 새벽 두 시 무렵이다. 30여 명의 무장들은 경찰관 숙소와 우익 간부 집을 쳐들었다. 김록만 순경은 여관방에서 공격을 받아 숨졌고, 다른 경관 2명도 각기 숙소에서 잠자다 기습을 받아 부상당했다.

무장대는 또 서청 숙소 겸 사무실로 사용되던 한림여관에도 사제 폭탄을 던져 공격했다. 이날 사제 폭탄으로 공격을 받은 한림여관에는 9연대장 김익렬 중령 일행도 머물고 있었다. 김 중령은 제주를 방문했던 백선엽 중령을 제주읍에서 배웅하고 모슬포로 귀대하던 중 그의 전용 스리쿼터가 고장 나 한림에 투숙하게 되었다. 그의 일행은 연대부관 심흥선 대위와 병사 5명, 그리고 연대 군수참모 등 모두 9명이었다.

그런데도 일행의 무장은 99식 소총 1정과 32구경 권총 한 자루뿐이었다. 이들 일행은 즉각 여관을 벗어나 모두 무사했다. 연대장은 곧 모슬포로 돌아가, 사태의 진상과 진전 상황의 조사에 나섰다.

제주읍 화북지서도 습격을 받고 불길에 휩싸여 전소되었다. 화북 민가에 세 들어 살던 김장하 순경 부부는 무장대의 습격으로 살해되었다.

한편 4월 2일부터 지서 피습설이 있던 조천지서는 다음 날 자정이 넘으면서 '바그미루' 동산을 비롯해 마을 뒷동산에 봉화가 올랐다. 이미 비상 경비태세에 있던 조천지서는 자정을 넘어 무장대의 습격을 받았다.

지서를 향해 총알이 빗발쳤다. 지서에서는 모든 불을 끄고 성 밖으로 수류탄을 던져 무장대와 맞섰다. 이 교전에서 양창국 순경과 서청원 등 2명이 총상을 입었다. 날이 밝은 후 지서 밖에 게릴라 1명이 숨겨 있는데 놀랍게도 그는 조천 마을 방앗간 일꾼이었다.

같은 시간 세화지서도 게릴라의 습격을 받았으나 사상자는 발생하지 않았다. 구좌면 세화리 인근에는 20여 명의 서청원이 파견되어 있었지만 인명 피해는 없었다.

미군정은 제주도의 무장봉기에 대해 초기에는 '치안 상황'으로 간주했다.

미군정은 1단계 조치로 각 도의 경찰청에서 1개 중대씩을 차출, 8개 중대 1,700명으로 제주경찰, 감찰청 내에 '제주비상경비사령부'를 설치하고 사령관으론 김정호 경무부 공안국장이 임명되었다.

그는 4월 8일 경비사령관의 이름으로 제주도민에게 포고문을 발표했다. 그것은 첫째 토벌에 대한 의지와, 둘째 귀순촉구의 내용을 담고 있었다. 셋째는 청년단체의 무기 회수와 넷째 전 도민의 자체방어와 교통로 보수 등의 의무를 부과한 것이었다.

그 무렵 지방 경찰은 고립무원의 궁지에 빠져 있었다.

지역민들이 경찰을 멀리했기 때문이다. 얼마 후에야 미군정은 경찰력만으로는 제주를 수비하는 데 한계가 있다는 것을 깨달았다. 4월 중순부터 미 CIC가 직접 관여했으며, 제주 해안에는 미군 함정이 봉쇄에 나섰다.

또한 모슬포 주둔 경비대 9연대에 경찰의 협조와 진압작전에 참여할 것을 명령하고, 부산 주둔 5연대에서 1개 대대를 제주에 파병토록 조처했다.

'5·10 선거'를 앞둔 소요는 제주도에 국한된 것은 아니었다.

미군정의 보고 자료를 인용한 로퍼 특파원의 기사는 "4월 중 미 점령지대 내에서 폭동으로 인하여 사망한 자는 154명이며, 그 내용은 경관 15명, 폭도 62명, 양민 77명"이라고 밝혔다.

경찰가족을 겨냥한 첫 테러는 제주읍 오라리에서 일어났다. 무장대의 습격으로 송원화 순경의 아버지 송인규가 희생되고, 4월 3일 새벽 애월면 신엄에서 심한 부상을 입은 송 순경은 입원 중에 그 비보를 듣는다.

4월 17일엔 조천면 선흘리에서 대청단원 부동선, 부용하, 고평지 등 3명이 피살되었다. 4월 18일에는 조천면 신촌리와 애월면 곽지리에서 경찰 가족이 희생되었다.

한편 경찰관과 경찰 가족의 희생이 거듭되면서 경찰의 보복 닦달도 고개를 쳐들었다. 4월 6일 서귀포에서 국방경비대에 의해 15명이 '빨갱이 가족'으로 처형되기도 했다.

그날, 무장대는 제주도민을 향해 두 가지 호소문을 발표했다. 무장대가 도민에게 보내는 '호소문'이다.

동포들이여! 부모형제들이여!

오늘은 당신님의 아들 딸 동생이 무기를 들고 일어섰습니다.

단선 단정을 한사코 반대하고 조국의 통일 독립과 민족 해방을 위하여!

당신들의 고난과 불행을 강요하는 미제 주구들의 만행을 제거하기 위하여!

당신님들의 뼈에 사무친 원한을 풀기 위하여!

우리들은 무기를 들고 일어섰습니다.

당신님들은 종국의 승리를 위하여 싸우는 우리들을 보위하고 우리와 함께 조국과 인민이 부르는 길에 궐기합시다!

다음은 무장대가 경찰. 공무원, 대동청년단원들을 향해 보내는 경고문이다.

친애하는 경찰관들이여!

탄압이면 항쟁이다.

제주도 유격대는 인민들을 수호하며 인민과 같이 서고 있다.

양심 있는 경찰원들이여!

항쟁을 원치 않거든 인민의 편에 서라.

양심적인 공무원들이여!

하루 빨리 선을 타고 소여된 임무를 수행하고 직장을 지키며 악질 동료들과 끝까지 싸우라.

양심적인 경찰원, 대청원들이여!

당신들은 누구를 위하여 싸우는가?

조선사람이라면 우리 강토를 짓밟는 외적을 물리쳐야 한다.

나라와 인민을 팔아먹고 애국자들을 학살하는 매국노들을 거꾸러뜨려야 한다.

경찰원들이여!

총부리를 놈들에게 돌리라. 당신들의 부모 형제들에게 총부리를 돌리지 말라. 양심적인 경찰원, 청년, 민주인사들이여!

어서 빨리 인민의 편에 서라, 반미구국 투정에 호응 궐기하라.

호소문의 뜻은 탄압에는 저항하고, 민족의 통일을 가로막는 5·10 단독 선거를 반대하며 외세에 저항하라는 것이다.

제주 비상경비 사령관으로 4월 5일 이곳에 온 김정호 경무부 공안국장은 부임 첫마디에 "나는 이번 폭동사건은 제주도민의 주동으로 일어난 것이 아니고 육지부에서 침입한 악질 불량도배들의 협박 위협에 의해 야기된 것이라고 단정한다."

이 같은 말을 늘어놓고 있다.

게릴라의 무기는 '4·3' 이후 지서습격으로 획득한 총기와 일부 경비대원들의 게릴라 가담으로 증강되어 갔다.

48년 5월 20일 9연대 소속 군인 41명이 모슬포부대에서 탈영, 무장대에 가담했다. 이때 탈영병들이 무기와 장비, 탄약 5,600발을 빼돌렸다. 49년 2월 5일에는 성산포 주둔 2연대 M중대가 M-1 소총이 새로 지급되자 99식 소총을 연대에 반납키 위해 제주읍으로 싣고 가다 구좌면 김녕에서 게릴라의 기습을 받아 총기 150정을 빼앗긴 일도 있다.

48년 4월 15일 남로당 제주도당 회의가 열렸다. '4·3' 이후 처음 열리는 이 도당 회의는 4·3의 투쟁성과와 전략전술, 민중의 호응도 등을 진단하려는 것이었다.

또한 미군정, 경찰, 우익의 대응을 평가하고 5·10 단선 저지를 위한 투쟁방법 등을 모색하려는 것이었다.

이 회의에서는 무장대의 투쟁력을 강화하기 위해 기존의 '자위대'를 해체하고, 각 면에서 야무진 정신과 전투경험의 소유자 30명씩을 선발하여 '인민유격대'를 조직한다는 것이다.

재1연대: 조천, 제주, 구좌면 ― 3·1지대(이덕구)

제2연대: 애월, 한림, 대정, 안덕, 중문면 ― 2·7지대 (김봉현)

제3연대: 서귀, 남원, 성산, 표선면 — 4 · 3 지대(?)

이상 세 편제를 갖추고 정찰을 위한 특공대와 특경대가 조직되었다. 또한 유격대의 사상, 정치교양을 위한 정치소조원도 각 연대와 소부대에 배속되고, 각 면당부 아래에는 자위대가 구성되었다.

이처럼 조직을 재편한 제주도 인민유격대는 4월 16일 김달삼의 명의로 미군정에 대해 5 · 10 단선반대를 위한 무장봉기 성명을 발표했다.

이 조직 재편 이후 유격대와 토벌 경찰의 첫 전투에서 유격대는 참패를 당했다. 4월 17일 제2연대 참모들이 조천면 중산간 지대에서 회의를 마치고 돌아오던 중 중산간에서 토벌경찰대와 조우, 이 전투에서 다수의 사상자를 낸 것이다. 모슬포 도당간부 이종우도 붙잡혀 즉결처분되었다.

4 · 3 사태를 맞아 김익렬 9연대장은 전 부대원에게 비상 대기령을 내린 후, 주변 일대에 척후병을 보내 정보를 수집하도록 했다.

한편 9연대가 취해야 할 행동지침을 하달받기 위해 보급관 전순기 대위를 경비대 총사령부에 파견했다. 송호성 총사령관의 지침은 "상부의 명령 없이는 개입하지 말라"는 내용이었다.

한동안 꿈쩍 않던 9연대는 4월 13일에야 일부 병력을 제주읍에 파견했다. 이곳에 파견된 지휘관은 김용순 대위로, 이 부대는 미군 주둔지와 관공시설의 경비에 분산 배치되었다.

4월 말에 이르자 무장대 토벌에 미온적이던 9연대에 미군정의 출동명령이 빗발쳤다. 그런데도 9연대는 무장대와 충돌하기는커녕 외곽경비에 머무르고 있었다. 무장대는 이런 기미를 느껴서인지 경비대가 경비에 서면 피해 달아났다.

이런 분위기 속에 미군정의 토벌명령이 연대장에게 떨어진 것이다.

미군정은 또한 1개 대대뿐인 9연대의 병력을 증강시키기 위해 부산 5연대 소속 1개 대대를 차출, 제주에 파병토록 하였다.

그때까지 9연대의 수송장비는 낡은 지프 1대와 스리쿼터 2대가 전부였다. 99식 총이 주종을 이루고, 무전기도 없는 상태였다. 그런 9연대에 미제장비들이 속속 들어왔다.

김익렬 연대장은 토벌에 나서는 것을 머뭇거리며, 시간을 벌려고 안간힘을 썼다.

김 연대장은 맨스필드 대령에게 "극렬부대는 2, 3백 명에 불과하고 입산자들은 부화뇌동한 자이므로 이를 분리시키는 작전이 필요하다."고 건의했다.

이른바 '선선무 후토벌'의 단계적 방법을 내어 맨스필드 대령의 승인을 받아냈다.

김 연대장은 맨스필드 대령과 연대고문 드루스 대위와 자주 만나 앞으로의 작전을 협의했다.

맨스필드 대령은 귀순공작을 성공시키기 위해서는 도민으로부터 존경을 받는 박경훈을 추천했다. 경성제대 출신의 박경훈은 초대 제주도 지사를 지내다 '3·1 사건' 직후 사임한 진보적인 인물이었다. 그의 동생 영훈은 의사였다.

김 연대장은 박경훈 형제를 만나 선무활동에 대한 협조를 구했다. 그 후 9연대의 참모들과 유지와의 비밀회합 장소로는 박경훈 형제 집이 이용되었다. 이곳에서 선무전단 작성과 무장대장과의 접촉 방법 등이 협의되었다.

그런데 어느 날 맨스필드 대령이 미군 고위층의 명령이라고 하면서 제주 읍내 미군 CIC 사무소에 사람이 내려와 있으니 만나라고 김 연대장에게 지시했다.

김 연대장이 CIC 제주사무소에 갔더니 딘 장군의 고문이라는 미국인이 기다리고 있었다.

"거두절미하고 제주도 사태가 빠른 시일 내에 진압되지 않으면 미군의 입장이 난처해지고 한국의 독립에도 해를 미치게 됩니다. 하루 속히 초토화 작전을 펴지 않으면 곤란한 상태에 이르게 됩니다."

"제주도 문제는 그런 방식으로는 피아간 다수의 사상자를 낼 뿐 사태를 더욱 악화시킬 뿐입니다."

'선선무 후토벌'을 주장해 온 김 연대장은 서슴없이 반론을 펼쳤다.

"당신은 내 말만 들으면 출세도 하고 부를 누릴 수 있고 일생일대의 기회가 올 텐데 고집만 부리는군."

이런 미끼를 던지면서 미국인 고문은 거듭 반복해서 출세와 돈을 보장할 테니 초토작전을 펼 것을 설득했다.

이런 반 위협적이며 반 유화적인 설득이 매일 두세 시간씩 이어졌지만 김 대령이 끝내 굽히지 않자 마지막에는 "당신이야말로 애국자이며 훌륭한 군인"이라고 칭찬하면서 설득을 그만 두었다.

그러나 제주 사태를 초기 진압한다는 미군정의 전략이 뒤바뀐 것은 아니었다.

김 연대장의 지시를 받은 정보주임 이윤락 중위는 수소문 끝에 무장대와의 연락선이 닿았다.

먼저 9연대의 세 가지 요구조건에 무장대에서는 ①연대장이 직접 회담에 나와야 한다. ②수행원이 2명 이상이면 안 된다.③장소와 일시는 자기들이 결정하되 장소는 산 쪽이라야 한다는 조건을 내걸었다.

이런저런 토론 끝에 김 연대장은 무장대의 요구조건을 수락하고 산 쪽의 회담을 승낙했다.

무장대 쪽에서는 회담장소를 두 시간 전에 통지, 그쪽 사람이 비밀 장소로 안내하겠다고 제안해 왔다. 김 연대장은 이 사실을 맨스필드 대령에게 보고, 승인을 받았다.

그들이 통보를 해 온 것은 48년 4월 28일 오전이었다.

김 연대장은 협상을 위해 지프에 올랐다. 지프에는 정보주임 이윤락과 운전병, 그리고 박경훈 전 지사가 동승했다. 모슬포를 떠난 지프는 산길도로를 따라 한라산 쪽으로 달렸다. 연대본부에서 15km 쯤 떨어진 중산간 마을에 이르자, 한 목동이 소를 길 한가운데로 몰아 지프를 가로막았다. 차가 멈추자 정중히 인사를 했다.

"연대장이오?"

"그렇소." 하자 황색기를 흔들며 그들끼리 신호를 보내며 저쪽 초등학교로 가라고 일렀다.

구억초등학교 정문에는 두 명의 보초가 서 있었다. 그들은 '받들어 총'으로 예를 표했다. 학교 주변에는 수백 명의 주민들이 몰려 있었다. 그들 틈에 무장대원들도 끼어 있었다.

김 연대장은 지프에서 일어서 손을 흔들어 인사에 대신했다.

그의 손짓 인사에 당황한 몇몇 사람이 손을 흔들다 그만두었다.

박경훈 전 지사와 운전병은 입장 거절로 지프에 남겨진 채 연대장과 이 중위 두 사람만이 학교 안으로 들어갔다. 그들이 안내된 곳은 다다미방으로 교장의 내실이었다.

방 중앙에는 테이블이 하나 놓여 있는데 게릴라 5명이 이들을 맞았다. 그 중 훤칠한 청년이 나서서 자기가 김달삼이라고 하면서 찾아와 고맙다고 인사를 했다. 김 중령은 27세였는데 김달삼도 같은 또래로 보였다. 인사가 끝나고 의자에 앉자 이 중위는 레이숀 속에 든 양담배를 꺼내 피워보라고 권했다. 그러자 김달삼은 '백두산'을 내놓으면서 말했다.

"이것도 우리 인민이 피워볼까 말까 하는데 이런 맛좋은 것을 두고 미군 담배를 피울 게 뭐 있소. 그건 당신네들이나 피우쇼."

그러면서 녹차를 내왔다. 김 중령은 먼저 물었다.

"당신이 진짜 김달삼이고 지도자인가?"

김달삼이 싱긋 웃으며 말했다.

"그렇게 묻는 의도를 알겠소. 연배보다는 애국심과 정신이 중요하지 않겠는가?"

"아주 젊고 미남이어서 함부로 살생할 사람이 아니라 싶어 물은 것이오."

그때까지도 김달삼이 학병 출신으로, 일본 육군예비사관학교를 나온 일본군 소위였다는 것을 모르고 있었다. 김 중령도 같은 학교를 나온 일본군 소위 출신이었다.

여기서 한 가지 짚고 넘어갈 것은, 당시 무장대의 본부는 대월면 중산간 오름인 '샛별오름'과 '바리악', 그리고 조천면의 '거문오름' 지경으로 알려져 있었다. 따라서 구억초등학교는 그들의 해방구 안에 있던 지역이었다.

회담장에는 김익렬 중령과 이윤락 중위, 무장대 측은 김달삼 총사령과 참모 1명 등 네 명이 탁자를 가운데 두고 자리를 같이 했다. 그들은 한 시간 가까이 차를 마시며 담배도 피우면서 얘기를 나눴다.

"산에서 의식주나 통신 등 불편이 많겠다."

"그렇지 않다. 만사가 해결된다."

"부상자가 많을 텐데 당신네들은 병원도 없으니 곤란할 것 아닌가?"

"그런 걱정 안 해도 된다. 총을 맞아도 된장 바르면 쉬 나을 수 있다."

"왜 우리 동족까지 피를 흘려야 하나."

"우리도 산에 들어오고 싶어 온 게 아니다. 밤낮 없이 경찰이나 서청이 와서 사람 잡고 가축 빼앗아 가니 생존권을 찾기 위해 산에 온 것 아닌가."

"경비대가 아직 당신들을 토벌하지 않은 이유를 아는가?"

"그것은 국방군이 우리의 궐기이유를 알고 호의를 갖기 때문이라고 본다."

"군대는 언제건 명령만 내리면 전투를 해야 한다. 오늘 회담이 결렬되면 당신과 전투장에서 만나게 될 것이다. 나는 돌담이 많은 이 섬에서는 박격포가 좋은 무기인 것을 알고 있다. 그래서 상부에 건의 했더니 박격포 부대를 보내주겠다고 기다리는 중이다."

이 말에 김달삼의 표정이 일그러졌다. 잠시 후 김달삼은 정색을 하며 회담 권한 자격문제를 꺼냈다.

"당신은 미군정하의 조선인 군인이다. 이 교섭 결과에 대해 어느 정도의 권한이 있는가?"

"나는 미군정 장관의 지시에 따라야 한다. 따라서 군정장관 딘 소장의 권한을 대표하며, 여기서의 모든 결정은 군정장관의 권한이다."

김달삼은 김 연대장의 말을 듣고 "그러면 회담이 성립된다." 그러면서 미리 준비했던 노트의 메모를 보면서 봉기의 정당성을 주장했다.

"……미군정은 이 도민의 의거를 수습하기 위해서는 제주도 내에 있는 일제 경찰과 부패한 관리들을 몰아내고 제주도민으로 된 경찰과 관리를 채용, 제주도민을 위한 행정과 치안을 해야 한다. 그렇지 않으면 이리 죽으나 저리 죽으나 마찬가지니 최후의 한 사람까지 싸워 나갈 것이다."

이번에는 김 중령이 말을 받았다.

"해방된 지 3년이 됐지만 나는 아직까진 '민주주의'가 뭔지 잘 모르겠다. 당신도 마찬가지일 것이다. 민족의 자주독립이 급선무이니, 무기를 버리고 독립을 위해 합심하는 것이 어떨까."

김 중령의 말이 끝나기가 바쁘게 김달삼은 언성을 높여 반격을 가했다.

"당신은 정의감이 강하고 사리를 분별하는 사람으로 알았는데 실망감을 크게 주는구려. 당신이 그런 생각이라면 더 이상 회담을 진행시킬 필요가 어디 있는가."

김 중령은 그를 진정시키기 위해

"당신들이 공산주의자가 아니라면 어찌 그 같은 유혈 폭동을 일으켰느냐?"라고 따져 물었다.

"우리는 살기 위해 봉기한 것이다. 우리에게 자유롭게 살 수 있게 해 준다면 집으로 돌아가겠다."

"좋다. 당신들이 정말 공산주의자가 아니라면 회의를 계속하자."면서 김달삼에게 3개 항의 요구 조건을 제시했다. 그것은 첫째, 전투행위 즉각 중지, 둘째, 무장 해제, 셋째 범법자 명단 제출과 즉각 자수를 들었다.

첫째, 둘째 조건은 그렇다 치고 셋째 조건에 대해서 김달삼은 완강히 거부했다. 그는 이번의 봉기가 정당방위라고 주장하는 것이었다. 게다가 다시 외지 경찰과 서청의 추방을 들고 나왔다.

"이 회담이 성공하면 경비대가 치안을 맡게 되고 외지 경찰이나 서청은 섬을 떠나게 된다."

"이번 봉기 참가자를 불문에 부치고 생존의 안전과 자유를 보장하라."

"군에 귀순하면 생명과 재산, 안전을 보장하겠다. 살인, 방화자도 귀순하면 극형은 면해 준다."

여기까지 회담이 이어질 때 김 대령은 시계를 보더니 말했다.

"나는 5시까지 연대본부에 돌아가야 한다."

"오늘은 일단 이것으로 휴회를 하고 내일 다시 시간을 정하여 이 장소에서 회담하자."

"오늘 결말이 안 나면 결렬이다."

김달삼은 단호하게 말했다.

이후의 회담 결과에 대해서는 9연대 정보주임 자격으로 참석했던 이 중위의 말을 들어보자.

"연대장은 이 사태를 평화적으로 해결하고자 김달삼을 설득했습니다. …… 연대장은 최종적으로 그에게 무장해제하여 무기를 반납하고 양민들을 하산시키면 주모자들에 대해서는 제주섬을 떠나는 데 신변 보장을 하겠다 약속했습니다. 배까지도 주선해 주겠다고 했지요."

하여 세 가지 조건에 대한 합의를 보았다. 그것은 ①72시간 내에 전투를 중지하되 산발적인 충돌은 연락미달로 간주하고, 5일 이후의 전투는 배신행위로 본다. ②무장해제는 점진적으로 하되 약속을 어기면 즉각 전투를 재개한다. ③무장해제와 하산이 잘 이뤄지면 주모자들의 신병을 보장한다는 내용이었다.

이날 협상은 제기된 현안을 평화적으로 해결하자는 데 뜻을 모으고 끝났다. 장장 네 시간의 담판이었다. 김 연대장은 밤늦게 군정장관 맨스필드 대령에게 회담 결과를 보고했다. 이 보고를 받고 처음에는 만족스런 표정을 지었다.

의문의 방화

회담 사흘 만인 5월 1일 제주읍에서 2킬로 떨어진 오라리 마을에 웬 청년들이 들어와 10여 채의 민가를 불태운 사건이 벌어졌다.

이 사건은 예삿일이 아니었다. 이 사건을 둘러싸고 "폭도들이 저지른 짓이다." "경찰이 서청을 끌어들여 저지른 짓이다."는 등 주장들이 엇갈렸다.

김익렬 대령은 이 소식을 듣고 현장 조사를 벌인 끝에 경찰이 서청을 시켜 저지른 방화라는 심증을 얻고 이를 미군정에 보고했다. 그런데 미군정은 이 보고를 일축하고, 폭도들이 저질렀다는 경찰 측의 보고를 수용하여 9연대에 토벌명령을 내렸다.

의문은 이에 그치지 않는다. 평화회담 다음 날 군정장관 딘 소장이 극비로 제주를 다녀간 사실이 밝혀진다.

게다가 오라리 방화사건을 미군 촬영반이 '폭도들이 저지른 일'로 조작한다.

결국 이 사건은 미군정과 경찰, 그리고 경비대 사이에 높은 벽을 쌓게 만들고, 끝내는 김 연대장의 해임과 평화협상 결렬을 가져오고 만다.

제주읍 남쪽의 오라리는 5개 자연 마을로 이뤄져 주민수는 6백여 호에 3천여 명의 큰 마을이었다. 해방 후 일제하에서 항일운동을 했던 인사들이 건준을 통해 마을을 주도했다.

이 마을의 비극은 47년 3·1 사건 때부터 비롯되었다.

관덕정 발포사건의 희생자 6명 중 2명이 이 마을 출신이었다. 하나는 초등학교 5학년의 소년이었고, 다른 하나는 40대의 곱사였다. 데모에도 무관한 이들이 경찰의 총탄에 맞아 쓰러지자 마을 주민들은 격분했다. 이에 항의하던 마을 청년들이 경찰의 검거에 걸려 옥살이를 하게 되자 주민들의 원성은 컸다.

4·3 후 이 마을에서 인명피해가 발생한 것은 4월 11일이었다. 오라리 1구의 정실마을에서 경찰가족이 '산사람'들에게 살해되었다. 산사람들은 새벽녘에 침입, 경찰관의 아버지를 죽창으로 찌르고 집에 불을 놓았다.

두 번째 사건은 4월 21일 오라 2구의 연마마을에 살던 이순오와 삼촌 고태조가 응원경찰에 폭도로 오인받아 인근 굴 속으로 끌려가 총을 맞는데, 이순오는 죽고 고태조는 총상을 입은 채 마을로 돌아와 이를 알리자 마을 사람들이 웅성거렸다.

그런데 사건은 또 사건을 부른다던가.

네 번째 사건은 좌익청년에 의해 마을 대청단장과 부단장이 근처 산으로 납치당한 것이었다. 이런 불미스러운 사건들이 끊이지 않다가 5월 1일

대낮 청년 30여 명이 오라리 연미마을에 들어와 5세대 12채의 민가를 불태우는 사건이 생겼다. 이때 마을에서 1킬로 떨어진 '민오름'에 있던 게릴라 20여 명이 총과 죽창을 들고 내려오자 이들은 황급히 달아났다. 이어 청년들의 신고를 받은 경찰 트럭 2대가 달려와 게릴라가 사라진 마을을 향해 총을 난사하며 쳐들었다. 이 사이에서 경찰관 가족 1명과 주민 1명이 희생되었다.

이 사건이 나기 직전인 오전 9시께 오라리마을 근처인 '동산물'에서는 조촐한 장례식이 치러졌다. 그 전날 '민오름'에서 살해된 대청 단원의 장례식이었다. 이 장례가 끝나자 트럭은 경찰관들을 태워 현장을 떠났고 서청원들은 그대로 남겨졌다. 어느새 그 청년의 손에는 몽둥이를 쥐고 있었다. 이들이 오라리마을에 달려오면서 민가들이 하나둘 불붙기 시작했다. 처음 불타는 민가는 게릴라에 가담한 연미마을 '서동네' 허두경의 집이었다.

이 방화 사건이 서청 등 우익청년단에 의해 저질러졌다는 주장은 비단 게릴라들의 주장만은 아니었다. 이 사건을 주시한 9연대에서는 김 대령과 이윤락 정보 주임 등이 현장조사한 결과를 보고했으나, 미군정은 이를 묵살하고 '폭도들이 했다'는 경찰의 보고를 수용한 것이다.

이러한 흐름은 곧 화평 대신 '토벌'정책으로 선회하는 계기가 되었다.

5월 1일 우익 청년단이 오라리 민가에 불을 지르고 마을을 벗어날 즈음 몇 발의 총성이 울렸다. 오후 1시께, 1킬로쯤 떨어진 '민오름' 주변에 있던 게릴라 20여 명이 총과 대창을 들고 내려와 그 청년들을 추격했다.

그때 도주했던 한 청년은 당시의 상황을 털어 놓았다.

"동산물 가차이 내려왔을 때 산 쪽에서 총소리가 났주. 뒤돌아보니 저 멀리 폭도덜 달려오는 모습이 보이더구만. 우리 일행은 황급히 뛰어 내려가 서문 파출소 쪽으로 피해 신고했주."

오라리 방화 소식이 9연대에 처음 알려진 것은 5월 1일 하오 2시께였다. 제주읍과 서귀포에 설치된 '정보파견소'로부터의 긴급 보고였다.

"제주 읍과 가까운 오라리마을을 게릴라가 습격, 민가를 불 질렀다."

9연대 수뇌부는 크게 실망했다. 3일 전 게릴라 총책 김달삼과 담판, 휴전에 합의하고 평화적으로 해결하려던 김익렬 중령은 뒤통수를 얻어맞은 충격이었다. 김 중령은 즉각 출동명령을 내렸다. 지프에는 연대장과 정보참모가 타고 스리쿼터에는 무장한 경비병과 정보요원들이 승차했다.

9연대 수뇌부는 오라리로 가던 중 정보파견소 요원들을 태우고 오라리마을에 이른 것은 하오 4시께였다.

그들이 연미마을의 초등학교에 이르자 경찰 트럭은 곧바로 철수했다. 9연대 정보요원들은 마을 주민들에게 피습 경위를 조사했다. 그날 경찰의 총탄에 어머니를 잃은 박기하 소녀는 목격담을 늘어놓았다.

"저녁에 할머니와 함께 울고 있는디, 군인들이 찾아왔소. 그래 묻기에 '어머니가 총에 맞아 돌아가셨소' 했더니 민가들이 불타게 된 것 꼬치꼬치 물어온기라. 그리고 어머니 시신이 있는 곳으로 가자고 했구만."

이윤락 중위는 주민 10여 명으로부터 사건 경위를 듣고서야 '방화사건'이 우익 청년들의 소행임을 알게 되었다.

김 연대장과 이 중위는 조사서를 작성, 그 길로 제주도 군정장관 맨스필드 대령을 찾았다. 평화협상 결과에 만족해하던 전날과는 달리 난처한 표정을 지으며 딴지를 부리는 것이었다.'

"동화여관에 CIC, G2 간부들이 와 있으니 그들을 만나보오."

김익렬 중령은 미군 정보기관 요원들이 제주에 와 있다는 것을 알게 되었다. 그 동화여관에는 G2 중령과 CIC 소령이었다.

김 중령은 그들이 작성한 조사보고서를 꺼내 오라리사건 경위를 설명했다.

"이건 경찰보고와 다르다. 그것은 폭도들이 한 짓이다."

CIC 소령은 한마디로 일축했다.

"경찰 보고만 믿으면 되는가. 정 못 믿겠다면 미군, 경비대, 경찰 합동으로 현장조사를 해보면 사실이 드러날 것 아닌가."

이렇게 따졌지만 미 장교들은 막무가내였다. 게다가 미군 장교들은 한술 더 떠서 앞으로 해안선에서 5킬로 이상 떨어진 중산간지대를 '적성지역'으로 하고 토벌을 강화하라고 명령했다.

9연대 수뇌부는 오라리사건의 방증 조사에 더욱 힘을 기울였다. 5월 2일에는 마을에서 방화주동자로 지목했던 대청단원 한 사람을 검거, 모슬포 영내에 구금했다.

그러나 9연대의 이런 노력도 허사였다. 5월 5일 딘 장군은 김 연대장을 전격 해임한 것이다.

48년 4월 29일 딘 소장의 제주방문은 4·3의 진로에 큰 전환점이 되었다. 즉 미군정의 정책이 토벌 쪽으로 선회한 것이다.

48년 5월 5일 제주읍내에서는 최고 수뇌회의가 열렸다.

이 회의에는 딘 군정장관을 비롯한 미군 수뇌부와 안재홍 민정장관, 조병옥 경무부장, 송호성 경비대사령관들이 참석했다.

이 긴급회의에서는 4·3 소요의 진압주체가 경찰에서 경비대로 넘어가면서 비롯되었다. 미군정으로부터 뒤늦게 출동명령을 받은 제 9연대 지휘부는 제주도민과 경찰간의 마찰이 크다고 판단 '선선무 후토벌'의 방침을 정하고 '4·28 평화회담'을 추진했다. 이것은 경비대와 경찰 간의 갈등을 깊게 하는 결과를 가져왔다.

이 불신의 골은 '5·1 오라리사건', '5·3 기습사건' 등이 잇따르면서 더욱 깊어졌다. 바로 이런 시점에서 미군정은 제주 현지에서 최고 수뇌회의를 개최한 것이다.

이 회의의 사회는 제주 민정장관 맨스필드 대령이 맡고, '회의 내용은 극비'라고 했으며, '누설자는 군정 재판에 회부한다'고 선언했다.

처음 상황 설명을 한 최천 경찰감찰청장은 '사태의 원인을 국제공산주의자들이 사전에 계획한 폭동'이라고 규정하고 '대규모 병력이 동원된 군·경 합동작전만이 사태를 진압할 수 있다'고 말했다.

두 번째로 김익렬 연대장은 폭동의 원인이 복합적 원인이 라고 지적하고, '입산자들이 느는 원인이 경찰의 실책에도 있다'고 주장했다. 그래서 '무력위압과 선무 귀순공작을 병용하는 작전을 전개해야 한다.'고 말했다.

그러면서 경찰의 행동을 의심할 만한 물적 증거물과 사진첩을 제시했다.

최고 수뇌회의장은 이 사진첩과 물적 증거물이 나오자 술렁이기 시작했다. 딘 장군은 조병옥 부장을 향해 질타했다.

"닥터 조, 이게 어찌된 일이오? 당신의 보고 내용과 다르지 않소?"

조병옥은 당황한 빛을 보이다가 돌연 단상으로 올라갔다.

"우리말로 내가 설명하겠소." 하고 말머리를 꺼내더니 다음은 영어로 말하기 시작했다.

"연대장의 설명은 잘못된 것이다. 증거물이나 사진첩도 전부 허위조작한 것이다. 경찰에 대한 중상모략이다."

김 연대장을 손가락질하면서 거칠게 내뱉는 것이었다.

"저기 공산주의 청년이 한 사람 앉아 있소. 나는 오늘 처음으로 국제공산주의의 조직력이 얼마나 무서운가를 알게 되었소. 서구의 국제공산주의자들이 최초에는 민족주의를 앞세워 각지에서 폭동으로 정부를 전복하고 나중에는 본색을 드러내는 것이 상습 수단이오."

안재홍 민정장관과 송호성 사령관은 영어를 몰라 멍히 앉아 있었다. 웬만큼 영어를 알아듣는 김 연대장은 조 부장의 얼토당토않은 얘기에 흥분해 소리쳤다.

"닥쳐라!"

그러나 딘 장군은 이를 저지하면서 명령했다.

"연설을 방해하지 말라."

조병옥의 말은 계속 이어졌다.

"민족주의의 가면을 쓴 청년들이 우리나라에도 있소. 바로 저 연대장이 그런 청년이오."

그동안 김 연대장을 지원했던 제주도 민정장관 맨스필드 대령도 놀란 표정을 지었다. 상황이 급변했다.

김 연대장은 자리에서 벌떡 일어나 단상에 선 조병옥의 복부를 주먹으로 치고 두 손으로 멱살을 잡아 내치려 했다. 김익렬은 유도 3단의 실력자였다.

20대 후반의 힘으로 몰아쳤지만 50줄의 조병옥도 쉽게 넘어가지 않았다. 단상의 난투극이 벌어지자 최천 감찰청장이 뛰어올라 말리려 했지만 역부족이었다.

딘 장군은 송호성 사령관에게 싸움을 말리라고 지시했으나 어인 일인지 그는 앉은 채로 소리만 질렀다.

"이놈 연대장! 손을 놓고 말로 하라."

안재홍 민정장관도 타이르듯 말할 뿐이다.

"연대장! 손을 놓으시오. 폭행을 그만둬요. 외국사람들이 우리 흉을 보니 어서 손을 놓고 말로 하시오."

삽시간에 회의장은 난장판이 되었다. 딘 장군은 싸움을 말리지 않고 제자리 앉아 있는 안 장관과 송 장군이 무슨 말을 하는가 하고 통역에게 물었다. 그런데 그 통역관마저 사실을 왜곡해서 김익렬 연대장을 더욱 흥분시켰다.

통역관은 딘 장군에게 "안 장관과 송 장군이 자기에게 '너는 공산주의

자이며 나쁜 놈'이라고 욕설을 했다"는 것이다.

화가 치민 김익렬은 조병옥의 멱살을 붙잡은 채로 단 아래로 내려와 통역관을 걸어찼다.

이에 놀란 딘 장군은 황급히 회의장 밖으로 나가더니 미 헌병을 불렀다. 듬직한 헌병 수 명이 들어와 두 사람을 떼어놓고 장내를 정리했다. 수 분이 지난 후 딘 장군은 조 부장에게 단상에 올라 할 말을 계속하라고 했다. 조 부장은 아까처럼 연대장을 공산주의자라고 윽박질렀다. 김익렬도 질세라 고함을 지르며 욕설로 맞섰다. 딘 장군이 계속 "조용히 하라!"고 명령했다.

그러던 중 안 민정장관이 탁자를 치며 울기 시작했다.

"이게 다 우리 민족 스스로의 힘으로 해방된 것이 아니라 이런 억울한 일을 당하는 일이오. 연대장 그만 참으시오!"

일순 장내는 조용해지고 안 장관의 울음소리만 들렸다. 모두들 미묘한 감정에 휩쓸려 있자 딘 장군은 "오늘 회의는 이것으로 해산이오."

크게 소리치고 회의장 밖으로 나가 버렸다. 이어 조 부장이 그 뒤를 따라 나가고 회의장에는 안 장관, 송 장군, 김 연대장 세 사람만 남아 있었다.

김 연대장이 조부장의 연설 내용을 설명하고 있을 때 비행장으로부터 딘 장군의 연락이 왔다. 안 장관, 송 장군은 속히 비행장으로 오라는 전갈이었다. 딘 장군 일행은 그 길로 서울로 떠났다.

김익렬 중령이 제 9연대장 자리에서 해임되고 그 후임에 박진경 중령이 발령된 것은 그 다음 날이었다.

딘 장군은 제주 방문 후 연대장 교체에 이어 수원에서 창설된 11연대 1

개 대대를 차출, 제주 파병 명령을 내렸다. 새로 부임한 박진경 연대장은 기존 9연대의 1개 대대와 부산 5연대에서 차출된 1개 대대, 그리고 11연대 1개 대대 등 3개 대대 병력으로 토벌작전에 나섰다.

그간 추진해 오던 화평정책은 물거품이 되어 버렸다.

5·10 선거

5·10 선거를 앞두고 제주섬에는 경비대를 비롯하여 응원경찰과 서청원이 계속 들어왔다. 통금시간도 저녁 8시로 앞당겨졌다. 그러나 밤이면 경찰관들은 민간의 향보단을 보초 서도록 하면서 지서 지키기에 안간힘을 썼다.

위급한 상태가 생겨도 경찰대가 야간에 출동하는 일은 거의 없었다. 이런 치안의 진공상태가 되는 야밤에 마을 골목마다 삐라가 뿌려졌다.

'새소식'이란 선전문에는 단선 반대를 위한 선동이었다.

― 경찰에 대항하기 위해 제주도민이여, 단결하자!

― 투표하면 인민의 반역자다!

― 단선에 참가한 매국노를 단죄하자!

5·10 선거에 대한 섬사람들의 의식은 매우 혼란스러웠다.

더욱이 우익이던 김구나 중도파 김규식까지도 남북연석회의를 위해 평양을 다녀왔기 때문에 분위기는 어수선했다.

5월 1일 제주 군정당국은 제주에 거주한 미군 가족들을 본토에 이주시켰다. 또한 미국인 관리들에게는 투표소에 출입하지 말라는 명령이 내려져 있었다.

그 즈음 미군들의 행동지침은, 피습지역의 현장 조사, 선거 여론 조사, 투표함 수송과 점검, 미군기에 의한 정찰활동 등이었다.

조천면의 대흘·와흘·와산 등 중산간 마을에서는 게릴라의 습격에 겁을 먹고 투표함 운반을 하지 못한 지경이었다.

면사무소에서는 때마침 엿장수를 하던 전라도 출신 한 사람을 고용, 지게 위에 투표함을 싣고 대흘마을에 보내기도 했다. 그런데 웬걸, 그 엿장수는 스스로 자취를 감추어 그 종적이 아리송했다.

선거일이 다가오면서 선거위원들에 대한 게릴라의 습격은 가열되고, 군경의 토벌 또한 더욱 강화되었다. 따라서 쌍방의 인명피해가 속출했다. 이미 도평·신촌·북촌·모슬포·이호 마을의 선거 관리소가 게릴라의 습격으로 선거인명부 등을 탈취당하고, 제주읍 오두현과 대정면 강왈침 선거 관리위원장이 피살되었다.

같은 날 새벽 도평마을에서는 우익 청년 박형종이 납치되고, 정오쯤엔 외도지서 경찰들이 그 마을에 들어 수색작업을 펴기도 했다.

5월 5일 새벽 화북 동부락 장순정과 안여창 어머니도 게릴라의 습격을 받고 피살되었다.

제주읍 오등마을 주민은 5월 8일 하루 사이에 13명이 목숨을 잃었다.

이 마을은 4·3 때 죽성·고다시·오드싱 등 3개 마을에 170세대 8백여 명이 살고 있었다. 47년 3·1 사건 후 우익활동이 드세어지면서 죽성·고다시 마을을 중심으로 대청쪽이 기세를 올리자 보이지 않는 알력이 생겼다.

그러던 중 선거일이 가까워지자 다수의 주민들이 산으로 오르기 시작했다. 마을에는 우익진영의 일부 가족들만 남게 되었다. 대청 단원들마저도 신변의 위협을 느껴 몸을 피하는 분위기였다.

대청·오등리 단장 강익수는 경찰의 지원 아래 투표함을 마을에 실어 나르고 있었다.

얼굴에 먹칠을 하고 죽창을 든 10여 명의 무장들이 죽성마을을 쳐든 것은 선거 지원을 위해 경찰들이 잠시 마을을 떠난 뒤에 발생했다.

죽창부대들은 "반동분자 김경종 어디 있느냐?"면서 김 구장의 어머니와 딸을 죽창으로 찌르고 김 구장 집에 불을 질렀다.

죽창부대는 다시 대청단장 집을 습격, 강 단장의 아우를 살해하고, 이어 고다시마을을 습격했는데, 대청단장 강상배가 납치되고 어머니와 처가 숨졌다.

조병옥 부장은 5월 8일 '제주도 사건의 치안수습 대책'을 발표했다. 이 대책의 골자는 경찰력의 증강을 통해 사태를 강력 진압하겠다는 방향을 제시한 것이다.

이에 따라 5·10 선거 직전에 경찰 정예부대가 제주에 파견되어 왔다. 또한 특별 수사대 수십 명이 제주에 상주하게 되고, 5월 중순께 철도경찰

수백 명이 추가 파병되어 경찰력이 더욱 증강되었다.

이런 대책에도 아랑곳없이 5·10 선거를 앞 둔 제주사태는 선거 보이콧으로 치닫고 있었다. 특히 북제주군에서는 5월 5일 이후 주민들이 중산간 지대로 오르기 시작하고, 제주읍을 비롯해 조천·구좌·애월·한림면으로 번져 갔다. 그밖에 외도·이호·도두 등 읍내를 벗어난 마을에서는 주민들이 며칠 분의 양식을 등에 지고 마을을 떠났다.

이호리에서는 선거 5일 전부터 주민들이 산을 타기 시작했다. 오등리에서도 노인이나 대청가족 외는 '열안지' 오름으로 주민들의 이동이 있었다.

산에 오른 사람들은 초막이나 동굴에서 야영생활을 하는가 하면, 화북 주민은 중산간 마을인 용강에서 민박을 하기도 했다.

5·10 선거 날, 제주섬에는 새벽부터 부슬부슬 가랑비가 내렸다. 중산간은 자욱이 안개가 끼어 가라앉은 기분이었다. 선거를 피해 한라산 자락으로 모여든 주민들은 초막이나 나무 밑 동굴에 들어 비를 피하면서 이것저것 앞날을 헤아리는 사람들이 많았다.

그날의 투표 상황은 마을에 따라 차이를 보였다. 치안이 미치는 곳은 선거가 치러졌지만, 다른 지역은 소수의 주민만 투표에 참가했다. 일부 마을은 숫제 투표소도 볼 수 없었다.

선거가 실시된 마을도 게릴라의 습격으로 선거 관리인이 살상되거나 투표용지가 불태워졌다.

그날 성산면 수산리는 오전 9시께야 빗발이 가늘어졌다. 투표소가 설치된 향사마당에 주민 50여 명이 나와 투표 차례를 기다리고 있었다. 그때 멀리서 30여 명의 무리가 마을로 다가왔다. 그 중 일부는 철모를 쓰고 있어 으레 군인들이 경비차 오는 것으로 여겼다. 어느 누구도 그들이 산사람인 줄은 눈치 채지 못했다. 그들은 향사 입구에 이르더니 공포 몇 발을 쏘아댔다. 그때까지 투표 차례만 기다리던 주민들이 기겁을 하면서 이리저리 뛰기 시작했다. 한 관리인은 접수일을 보다가 총소리에 놀라 담을 뛰어넘으려 하는데, 무리 중 하나가 크게 소리쳤다.

"여러분, 도망가지 마세요. 우리는 사람들을 해치려고 온 것이 아니니 잠깐만 기달려 달라."

그는 그 자리에 멈춰 서 목숨을 건졌다.

그러나 당황했던 일부 주민은 엉겁결에 달아나다 요란한 총성이 울렸다. 한 차례 총성이 나고 향사 주변에는 세 명의 여인들이 피를 흘리며 너부러져 있었다. 무장대는 향사 안에 남은 주민들을 밖으로 나오게 한 후 향사에 불을 놓았다.

무장대가 사라진 후 경비차 한 대가 마을에 들어왔다.

그들은 무장대의 습격소식을 듣고는 공중을 향해 마치 나뭇가지 앉은 새를 쏘듯이 공포탄을 쏘았다.

그날 오후 중문면 상예 2리에도 무장대가 쳐들었다. 그들은 마을 대청단장 김봉일 부부와 국민회장 오대호 등 3명을 납치해 갔다. 그들 3명은 마을에서 1킬로쯤 떨어진 '거리도근' 소나무밭에서 시체로 발견되었다.

모슬포의 9연대도 5·10 선거 지원차 출동에 나섰다.

김 중령 후임으로 부임한 박진경 중령의 명령에 따라 남제주군 중산간 지역에 배치되었다. 3중대 1소대는 남원면 중산간 마을로 출동했다. 배 소위의 1소대는 의귀·수망·한남 등 3개 마을에 각각 1개 분대씩 배치, 투표소를 지켰다.

이들 마을에서는 경비대의 경비 아래 선거를 무사히 치렀으나 곧바로 투표 불참자에 대한 경찰의 수배령이 내려 새로운 불씨가 되었다.

그런데 이 마을 청년 7명이 불참했었다. 그러자 남원지서 경찰관이 "그들은 빨갱이다."며 4월 3일에 있었던 남원지서 습격사건의 용의자로 지목해 버렸다.

선거 기권자들은 그 소식을 듣고 산으로 도주할 수밖에 없었다.

제주읍 외곽 마을과 한라산 북쪽 지역에서는 아예 선거를 보이콧, 주민들이 산으로 가는 바람에 인적이 끊긴 마을도 많았다. 제주읍 오등리는 선거일에 투표하는 주민이 없었다. 이 마을에서는 대청단장 한 사람만이 투표하는 기록을 남겼다.

5·10 선거가 끝나자 국회의원 당선자들이 속속 발표 됐으나 제주도는 감감소식이었다. 중앙선관위는 다음과 같이 발표했다.

"전국 투표구 중 유일하게 제주도의 선거 결과가 판명되지 않았다."고.

미군정은 남한의 200개 선거구 중 투표율이 과반수에 미달 한 북제주군 갑·을구의 처리 문제로 골치를 앓았다.

딘 장군은 이들 2개 구의 선거 무효를 선언하고, 오는 6월 23일 재선거를 실시한다고 발표했다. 그러나 재선거는 사태의 악화로 미루다가 1년이 지난 49년 5월 10일에야 이루어졌다.

선거가 끝나자 제주도 군정장관은 섬의 봉쇄를 위해 두 척의 구축함과 전투기를 보내달라고 요청했다. 이 요청이 있던 다음 날 미군함 크레이크호가 파견되어 북부 해안을 봉쇄했다. 또 미 20보병연대 분견대는 5월 11일 두 차례 비상을 걸었다.

박진경 9연대장도 5월 12일부터 수색작전에 나섰다.

경비대의 수색 첫날 제주읍 오등 마을 인근에서 좌익혐의자 193명을, 애월면 광령 고리에서 25명을 각각 체포했다. 경비대의 토벌작전은 6월 들어 더욱 강화된다.

경비대 총사령부는 9연대의 병력 증원뿐 아니라 참모진도 대폭 강화했다.

미군정은 경찰 병력도 크게 증강 파견했다. 급파된 응원 경찰대는 완전 무장한 전투부대였다. 이밖에도 다시 철도경찰대와 수도경찰청 형사대를 급파하기에 이르렀다. 이것은 '유혈진압'을 예고하는 조처였다.

한편 브라운 대령이 제주에 내려온 5월 중순께는 이외에도 해안경비대, 서청 같은 극우단원도 속속 증강되고 있었다.

이 같은 토벌 일변도의 강경책은 도리어 입산자의 숫자만 증가시키는 결과를 가져왔다.

브라운 대령의 '2주 내 평정'이라는 장담은 헛된 구호에 지나지 않았다.

군정 당국이 발표한 '포로된 폭도' 수는 너무 엉성하다.

48년 5월 27일 유동열 통위부장이 발표한 '포로'는 3,126명이다.(동아일

보 1948.6.5) 이 포로 숫자는 턱없이 불어난다. '조선일보.(1948.6.12)는' '경비대와 경찰에 체포된 자는 약 6,000명'에 이른다고 보도하고 있다.

미 24군단 '주간 정보보고서'는 "경비대는 서에서 동으로 산악 소탕 작전을 전개했다. 6월 2일에는 598명을 체포했다."고 밝히고 있다. 또 미 24군단 7월 초 발표에는 "제주도 경비대 9연대가 지난 6주의 작전 결과 4,000여 명의 폭도 혐의자를 체포해 조사, 이들 중 5백 명은 경찰과 경비대와 미군에 의해 조사받은 후 감금했다"고 기록하고 있다.

그러나 이때 잡힌 포로들이 과연 한라산 무장대였느냐는 것이다. 군정당국이 '무장폭도 500명, 동조자 1,000명'이라고 발표해 놓고 그보다 훨씬 많은 숫자의 '포로'를 검거했는데도 사태는 여전한 상태였으니 말이다.

이 같은 의문은 '조선통신' 조덕송 특파원의 르포 '유혈의 제주도(신천지 1948 7월호)'에서도 엿볼 수 있다.

"… 포로들이 수송되어 온다. 자동차에 가득 실려 가는 젊은 사람들, 도보로 철덕거리며 끌려오는 부녀자들이 끼어 있으며, 비는 아직도 개지 않는다. 구부린 채 말없이 이끌려 가는 그들의 안색은 그들의 의복과 같은 색깔이다. 감히 그들을 어느 모로 보아야 폭도라고 부를 수 있을는지, 육십이 넘은 늙은이며 부녀자까지 무엇 때문에 폭도로 규정받지 않으면 안 될 처지가 되었는가……."

5월 들어 마을마다 보초병이 생겨났다. 10대 소년들로 편성된 보초병은 마을 어귀나 '오름'에 올랐다가 토벌대가 나타나면 이를 마을 사람들에게 알려 피하도록 했다. 이들을 '빗개'라 불렀다.

중산간 마을인 한린면 금악리에서는 '금악오름' 양켠에 보초를 세워 토벌대가 나타나면 수기로 그 동태를 알려 주민들의 피신방향을 알렸다.

제주읍 용강마을에서는 얕은 '오름'에 대나무를 표지로 세워 순번대로 망을 보았다. 토벌대가 나타나면 대나무를 뽑아 뉘어놓고 고래고래 소리치며 달아났다.

도두마을에서는 도두봉에 나팔수와 깃발수를 배치한 것이 유별나다. 집에서나 밭에서 일하던 주민들은 나팔소리가 나면 도두봉을 쳐다보고 깃발의 방향에 따라 피해갔다.

그 뒤 해괴한 일들이 여기저기서 일어났다.

48년 6월 9일, 수십 명의 경찰과 대청원들이 오라 마을을 포위, 좁혀 들었다. 주민 몇은 피신했지만 다른 주민들은 포위망에 갇혀 움직일 수가 없었다.

경찰은 고태조의 집을 덮쳐 다짜고짜 그를 사살했다. 경찰대는 이어 마을 주민을 한 곳에 집결시켰다. 그곳은 마을 회관 옆 넓은 빈터였다. 경찰은 입산자들의 소재를 대라며 주민들을 위협했다. 그날 수난을 겪은 고난향 할머니의 이야기다.

"나는 그때 마흔 두 살이었주. 경찰관이 무지금 '네 서방 어디 갔나? 폭도질하러 갔지?' 하고 윽박질렀어. 내 남편은 해방 후에도 일본에서 살았어. 그리 말하는데도 주먹질이야. 경찰은 그 사이 겁먹고 골방에 숨은 내 며느리를 붙잡아 회관터로 끌어 갔주. 그리곤 며느리를 걸상 위에 누인 후 배 위에 긴 나무를 깔아놓고 두 놈이 통나무 양쪽에 앉아 '네 서방 간 곳을 대라'고 고문했주. 차라리 나에게 그리하라고 달겨드니 내 뺨을 후리치면서 계속 그 짓을 했어. 참으로 기막힌 일이었주."

"경찰은 여러 사람을 신문하다가 갑자기 한 할아버지를 지목해 엎드리라고 명하고 그리곤 고난향 여인을 그 위에 올라타 마부 흉내를 내며 빈터를 돌게 했주."

곁에 있던 아낙네의 말을 이어 다시 고 여인의 이야기는 이어갔다.

"그때 그 하르방은 예순 살, 할망은 몇 살 위였주. 두 사람은 괸당(친척)이었어. 마치 하르방 말에 채찍질 하라는 듯 마늘 뿌리를 할망 손에 쥐어주었어. 할망이 머뭇거리자 다시 윽박질렀어. 사람의 얼굴을 갖고 으째 그런 짓을 시킬 수 있어. 사람들이 고개를 돌리자 '똑똑히 보라'고 소리를 질렀주. 그런 욕을 당할 바엔 열 번 죽는 것이 낫다고 생각했주."

피는 피를 부르고

5·10 선거가 무산된 후 경찰과 게릴라 간의 공방은 더욱 불을 뿜었다. 전투뿐 아니라 쌍방의 인명피해가 더해갔다.

5월 18일, 대정면 영락리에서 경찰 가족 4명이 목숨을 잃는 사건이 생겼다. 게릴라 총책 김달삼의 마을이기도 하다. 우익인사는 고성도, 송연화 부부와 아들 고창홍, 딸 고일복의 한가족이다.

사건이 나던 날 해변마을로 피신해 있던 문흥대의 형제가 고향집으로 돌아왔다. 사태가 더 험해지자 부모와 나머지 가족을 안덕면 화순으로 피난시키기 위해서였다. 그런데 이 정보가 게릴라 쪽에 전해졌다.

지체할세라 '개물논'에 있던 게릴라들이 고성두 집으로 몰려왔다. 순간 위험을 느낀 문흥대는 근처의 팽나무를 타올라 몸을 숨겼다. 그를 놓치자 부모와 남매, 문흥대의 아내 등 5명을 끌고 갔다. 이때 고성두 노인이 완강히 버티며 소리쳤다.

"죽일 테면 차라리 여기서 죽이라."

무장대는 밭두렁에서 고성두 부부를 쏴 죽였다. 그리고 문홍대의 아내는 풀어주면서 남매를 산으로 끌고 갔다.

한동안 그들의 생사를 모르다가 뒤늦게 붙잡힌 입산자를 취조하던 중 살해 장소를 확인, 몇 년 후에야 시신을 찾을 수 있었다.

5월 24일, 대정면 인향동 향사에서 마을회의가 열렸다. 산 쪽에서 주도한 회의였다.

회의가 열리면 마을 어귀에 '빗개'를 서게 했다. 빗개는 초등학교 김창보 학생이 섰다. 회의가 한창 열리고 있을 때 경찰토벌대가 이 마을을 덮쳤다. 토벌대는 먼저 빗개 소년을 사살했다. 총성을 들은 사람들은 몸을 피해 다른 희생자는 나지 않았다.

그러나 더 큰 사건은 다음 날 일어났다. 전날처럼 토벌대가 출동하면 빗개의 신호에 따라 피하게 되니, 잽싼 젊은이들은 괜찮지만 어린아이나 부녀자, 노약자들이 문제였다. 궁리 끝에 이런 노약자들을 인근 동굴로 옮겨 피신시키도록 했다.

무릉 2리 고행필 여인의 여덟 살 적 회고담이다.

"그때는 토벌대가 오면 빗개의 신호를 받아 마을사람들이 숨기 바빴주. 점점 심해져 주민들이 동굴로 피신을 했거든. 나도 인향동 위쪽에 있는 '오찬이궤'에서 한동안 지냈어. 그곳에는 어린이, 노약자들이었주. 청년들은 집 근처에서 잡지만 어린나, 노약자들은 동굴에서 숨어 지냈어. 그곳에 있을 때 마을 이웃 '완계동산'에서 동네 청년들 몇이 토벌대에 당했다는 소식을 들었주."

5월 25일 새벽 무릉지서 응원경찰대는 무릉2리를 급습, 마을 뒷동산 '완계동산'에서 잠자던 청년 김성택 등 5명을 사살했다. 토벌대는 그들을 죽인 후 마을을 뒤지며 수색작전을 폈다. 이런 통에 다시 40대 여인서껀 세 명이 토벌대에 희생되었다. 그때 어머니가 사살된 현장을 목격했던 이홍규의 증언을 들어본다.

"그날 새벽 어머니와 초등학생이던 저, 두 누이동생이랑 네 식구가 잠들고 있었주. 갑자기 토벌대가 우리 집에 들이닥쳤던 것입주. 그때는 방문을 모두 걸어잠그고 살았어요. 문 밖에서 '문 열라'고 몇 차례 소리쳤주. 어머님은 겁에 질려 선뜻 움직이지 못했어요. 그래도 계속 문을 열라고 소리치니 어머님이 떨리는 손으로 방문을 열었주. 순간 총성이 귀를 쨌어요. 그냥 쏘아버린 거여요. 어머님은 가슴에 총을 맞고 그대로 쓰러져 눈을 감았었주."

토벌대는 날이 밝자 마을에 들어온 초등학교 교사 김성추를 붙잡아 연행하다가 마을 밖 십리 가량 떨어진 '고린다리'에서 즉결처분했다.

애월면 하귀리도 5·10 선거 직후 인명피해를 입은 마을이다. 그때 마을 주민 대다수가 산으로 도망쳐 투표가 실시되지 못했다.

들녘의 들쥐처럼 주민들은 노숙을 하다가 이삼 일, 길게는 일주일 후 집으로 돌아왔다. 그러자 이번에는 경찰의 수색이 기다리고 있었다. 투표를 거부하고 산으로 간 주민을 잡아다가 신문한다는 소식이 나돌았다.

이런 가운데 하귀마을서 첫 인명피해가 일어났다.

이른바 '미수동 사건'이다. 그날 미수동에서는 도로 수리가 이루어지고 있었다. 청년들은 이미 산으로 갔기 때문에 삼사십 대 마을 장년들이 참여했다.

그런데 출동갔다 오던 경찰들이 그 모습을 보고 다가왔다.

겁에 질린 주민들은 게처럼 흩어져 달아났다. 이들을 추적한 경찰은 그중 네 명을 검거했다.

경찰은 이 작업을 산 쪽에 동조한 행위로 보고, 체포자들을 외도지서로 데려가 신문했다. 그러나 주민들은 큰 비에 도로가 어긋나 이를 메우는 작업을 했노라고 말했다. 그런 이유를 들어줄 리 없던 경찰은 끝내 사살을 하고 말았다.

이때 연행했던 네 명에 대해 외도지서에서는 끝내 어디서 사살했는지 밝히지 않았다. 그러나 가족들은 수소문 끝에 하귀리 '파군봉' 밭가에서 시신들을 찾아냈다.

5월 29일 한림 상명 주민들은 새벽하늘을 가르는 총성에 선잠을 깼다. 이렇게 들이닥친 토벌대는 공포를 쏴대며 주민 모두를 밖으로 나오도록 한 뒤 향사 마당으로 몰아갔다. 이날 출동한 응원경찰대와 대동청년단원들은 저지지서에 주둔했던 특공대원이었다.

저지·청수·낙천·조수·상면·금악 등 중산간지대 6개 마을을 관장한 이 지서는 보름 전 게릴라의 공격을 받은 적이 있었다.

그 앙갚음인지 토벌대는 남자만 보이면 매질부터 했다. 겁에 질려 도망치다가 더러 사살되기도 했다. 토벌대는 주민 2백여 명이 향사 마당에 끌려나오자 무지금 몽둥이를 휘둘렀다. 곳곳에서 비명이 나고 유혈이 낭자했다.

당시 37세로 현장에서 겪었던 고씨의 증언이다.

"아! 오늘 토벌대들이 사람을 죽이기로 작정했주 싶었어. 나도 새벽에 들이닥친 토벌대한테 구타를 당했어. 향사로 끌려나온 후에도 매질부터 했주. 한 토벌대원이 긴 몽둥이를 들고 달려오는 거여. 엉겁결에 그 몽둥이를 피했어. 그랬더니 몽둥이가 날라오는 거여. 뒷머리가 터지고 피가 솟구쳐 나왔주. 먼 데서 내 처가 달려오더니 말똥을 갖고 와 수건으로 내 머리를 처매었어. 토벌대는 두 사람씩 일어나 서로 주먹으로 치고받도록 했주. 한 쪽에서는 화롯불에 인두를 달구어 손을 지저대었어. 하여간 못된 짓은 70 노인 서너 명을 불러내 긴 수염을 가위로 잘라내었어……."

토벌대는 주민들을 실컷 닦달하다가 주민 10여 명을 따로 골라내·손을 뒤로 묶고는 끌고 갔다. 연행자들은 걷기도 어려워 비틀거렸다. 걷다가 쓰러지면 또 발길질을 했다. 이들은 마을에서 떨어진 '큰 개울' 부근에서 총살되었다.

토벌대는 다음날엔 한림 청수2구를 포위했다. 오후 2시께, 마을은 순식간에 아수라장이 되었다. 토벌대는 기관총으로 공포 분위기를 자아내자 청년들은 도망치기에 바빴다. 두 명은 용케 달아났지만 총상을 입은 한 명은 잡히고 말았다.

응원경찰대는 주민들을 끌어내 수룡초등학교에 집결시켰다.

토벌대는 주민들을 운동장에 모아놓고

"이 빨갱이 새끼들!" 하면서 마구잡이로 구타를 가했다. 그리고는 남녀 가림 없이 모두 옷을 벗기는 만행을 저질렀다. 이런 수모를 겪었던 좌봉 영감의 증언이 있다.

"토벌대는 큰직한 장작으로 무지막지 때렸어. 그러다 여자고 남자고 모두 옷을 홀랑 벗겼지. 나는 마흔 한 살이었는데 체면이고 뭐고 그냥 옷을 벗으라 하니 벗을 수밖에. 토벌대는 옷을 벗긴 채 또 장작으로 매질을 했어. 토벌대는 그 짓에도 싫증이 났던지 이번에는 처녀 한 명과 총각 한 명을 지목해 앞으로 불러내더니 마을 사람들이 보는 앞에서 그 짓을 하도록 강요했어. 인간들이 아니었지. 둘은 어쩔 줄 몰라 머뭇거리자 또 매질이야. 그러다 날이 저물어가자 주민 네 명을 끌고 가다가 총을 쏘아버렸지."

그때 끌려간 사람이 일제 때 구장을 지냈던 마을 유지인 김한조와 두 아들, 그리고 몸을 피하다 총상을 입은 박두화였다. 경찰은 이들 네 명을 끌고 가다 수룽동과 청수1구 중간지점인 '헛깨물'에서 총살시켰다. 그런데 거기서 김창권과 박두화는 죽고 김한조·김경봉 부자가 총상을 입고도 살아 나왔다. 김경봉의 아들인 김원욱의 증언을 듣는다.

"그곳에서 살아나온 아버님으로부터 들은 이야기입주. 토벌대는 총알이 아까운지 네 명을 한 줄로 세워놓고 한 방의 총을 쏘았어요. 그러자 작은 아버지는 그 자리서 숨졌고 아버지와 할아버지는 어깨 쪽에 총알이 관통하는 총상을 입고도 그냥 쓰러져 죽은 체했주. 아버지와 할아버지는 기적적으로 살아나와 모슬포의원에서 치료를 받기도 했으나 그해 겨울 소개령이 내렸을 때 토벌대에 의해 끝내 죽고 말았어요."

이런 살상은 토벌대와 게릴라가 번갈아가며 마을을 덮쳤다. 5월 27일 새벽녘 복면을 한 10여 명의 무장대가 구좌면 하도마을로 스며들었다. 이들이 맨 처음 덮친 민가는 대동청년단 하도리 부단장 이하만의 집이었다.

그는 밤늦게 마을 경비를 서다가 새벽 1시께 귀가했다. 곧 잠자리에 들어 눈을 붙였을 때 기습을 받은 것이었다. 이하만은 침입자들이 산에서 온 무장대임을 알고 소리쳤다.

"나는 아무 죄가 없소."

"아무 죄가 없다고. 네가 청년단 부단장이니 죽어야 한다."

침입자는 칼과 대창으로 난자, 살해했다.

무장대는 하도리 굴동에서 두 명을 해친 뒤, 서동에 살던 부평규, 서문동에 살던 임대진 집을 다시 덮쳤다. 부평구는 칼로 복부를 찔려 병원의 치료를 받았으나 숨을 거두었다. 일정 때 구장을 지냈던 임대진은 방 안에 이불을 뒤집어쓴 채 있었으나 이불 위로 죽창을 마구 찔러댔다. 이날 새벽 하도리 우익 네 명이 목숨을 잃었다.

이 사건이 있은 사흘 뒤 이번에는 세화지서 주둔 경찰대가 나타나 마을 주민을 지서로 연행해 갔다. 이 연행자들 중 6명이 시흥리와 종달리 사이 '멀미오름' 인근 밭에서 시신으로 발견된 것은 열흘 뒤의 일이었다. 이 시신들은 고사리 꺾으러 갔던 아낙네들에 발견되어 하도마을에 알려졌다.

유족들은 수소문 끝에 그들이 연행된 이틀 만에 사살된 사실을 알고 하늘을 원망할 뿐이었다.

그때 세화지서로 연행됐다 돌아온 부남석 할아버지는 당했던 일을 털어 놓았다.

"지서에서는 산 쪽에 지원한 내역을 밝히라면서 지독한 고문을 했어. 나는 죽도록 매 맞으면서도 끝내 버텼주."

희생자 현도선의 아내 고평삼 할머니의 증언을 들어본다.

"남편은 구좌면사무소에 근무하고 있었주. 그날은 일요일로 집에서 쉬면서 젖먹이 아들을 구덕에 뉘여 흔들고 있었어. 그런데 대낮에 경찰관 오륙 명이 들이닥쳐 남편을 끌고 갔는기요. 우리집은 정미소를 운영하고 있었는데 그들은 '산 쪽에 쌀 갖다 바쳤지' 하면서 정미소 기계들을 부쉈어요. 지서에 끌려간 남편은 그 뒤 소식이 없었주. 가슴 졸이며 사방으로 알아봤지만 모른다는 거요. 뒤에 전해 온 날벼락 같은 내 남편 시신이 밭에 버려져 있다는구만……."

그렇게 숨진 현도선은 훗날 대한민국 정부로부터 독립 유공자로 대통령 포장을 추서 받았다. 그는 제주농업학교 재학시절인 1931년 동료 학생들과 식민지 차별교육 철폐를 요구하는 전단을 뿌리고 직원실에 난입했다는 이유로 1년간의 옥고를 치른 바 있었다.

구좌면 하도리는 4·3을 맞아 1백 명 안팎의 주민이 희생되었다. "하도리 신동 조합장을 지낸 손성민 할아버지는 '4·3 사태 때 하도리 주민 1백여 명이 숨진 것으로 알고 있다'면서 그 중 산 쪽에 의한 피해자는 초기에 발생한 4명 정도이고 나머지는 군경 토벌대에 의해 희생됐주."라고 증언하고 있다.

이런 슬픈 이야기는 어느 마을 할 것 없이 이 섬 감귤처럼 주렁주렁 매달려 있는 것이다.

태풍 전야

9연대 소속 하사관 11명 등 병사 41명이 모슬포부대를 이탈, 게릴라에 가담한 사건이 발생했다.

제주도 토박이들인 이 병사들은 자신들의 무기와 탄약 5,600발, 경비대 트럭을 갖고 탈영했다.

완전 무장한 탈영병들은 대정지서를 덮쳐 경찰관들 5명을 사살했다. 이어 서귀포 경찰서에 뛰어들어 토벌작전에 출동한 부대라고 속여 트럭 1대를 지원받은 후 남원면 신례리 방면으로 감쪽같이 사라졌다.

박진경 연대장의 강경진압에 반발한 9연대 병사의 입산은 미군정으로서는 충격이 아닐 수 없었다. 군인들의 입산은 게릴라의 무장을 강화하게 되고, 무력투쟁을 장기화하는 요인이 되기도 했다. 그러나 이 사건은 미군정의 토벌정책을 더욱 강화시키는 계기가 되었다.

미군정은 본토에서 증파된 5연대, 6연대 응원병력을 앞세워 더 강력한 토벌작전을 전개했다.

모슬포 9연대는 이 사건 직후 무장을 해제 당했다.

미군정은 그 후 9연대를 해체하고 잔여 병력을 11연대에 흡수시켰다. 따라서 박진경 연대장은 9연대에서 11연대장으로 이동 발령되었다. 11연대는 종전의 모슬포 9연대를 제 1대대로, 부산에서 온 5연대 대대병력을 제 2대대로, 대구에서 온 6연대 대대병력을 제 3대대로 재편, 3개 대대로 개편했다.

제주출신 장병들은 알게 모르게 소외되는 일이 생기고, 마을 수색전을 벌일 때에도 소극적이었다. 그 결과 제주 출신과 육지 출신 사이에 갈등을 빚는 일이 종종 발생했다.

46년 11월 향토부대로 창설된 모슬포 9연대는 48년 4월까지 모두 8차례의 모병으로 이루어졌다. 연대 창설 당시 광주 4연대 일부 병력이 들어왔지만, 그들은 기간요원의 소수 인원이었다.

제주 출신 병사들의 입대 동기는 여러 갈래였지만, 3·1 사건 이후 외지에서 온 응원경찰과 서청 등의 탄압에 못 이겨 입대한 젊은이가 적지 않았다.

4·3 봉기 초기 9연대는 중립적인 입장을 취했다.

미군정으로부터 출동명령을 받은 김익렬 연대장은 화평책을 내세워 게릴라 김달삼 사령과의 회담을 하는 데 이런 연대장의 행보도 9연대 내의 분위기와 무관치 않았다. 그러나 연대장이 교체된 뒤 연대 분위기는 달라졌다. 신임 박진경 연대장은 부임하자 90도 다른 토벌의지를 밝혔다.

9연대 출신 한 병사의 증언을 들어본다.

"제주도는 동서 길이 2백 리의 작은 섬이다. 동에서 서로 이잡듯 소탕전을 벌이면 불과 일주일이나 보름이면 폭도 진압이 가능하다."

9연대 지휘부의 이 같은 변화로 연대 내부가 스물대기 시작했다. 연대에 침투한 남로당 세포들이 이런 분위기를 눈치 채고 은밀하게 움직였다.

48년 5월 20일 자정 무렵 모슬포 9연대 영내에 비상 나팔이 울려 펴졌다. 놀란 장병들은 귀를 세우며 후속 명령을 기다렸다. 그러나 나팔소리만 계속 울릴 뿐 아무런 지침이 없었다. 병사들은 단독 군장을 한 채 꾸역꾸역 연병장으로 나갔다.

9연대는 말만 연대지 대대에도 미치지 못한 규모였다.

대대 편제는커녕 1, 2, 3중대가 고작이었다. 9연대는 4·3 무렵까지 2개 중대였다가 5·10 선거를 앞두고 3중대를 신설, 3개 중대 편제였던 것이다. 3중대 1소대 3분대장이었던 감덕윤 하사도 그날의 비상소집은 아리송했다고 말했다.

"갑자기 울린 비상나팔 소리에 잠에서 깼으나 후속 명령이 없었어요. 전등이 소등되지 않고 그냥 켜져 있었던 것도 이상했구요. 불침번도 없었습니다. 당시 9연대의 보급 상태는 좋지 못했지요. 3중대가 신설되면서 내무반에 비로소 야전침대가 지급되더군요. 그런데 그 침대 위에 있어야 할 병사들이 군데군데 비어 있었어요. 총기 진열대를 봤더니 소총 일부가 보이지 않더군요. 연병장에 나가 보니 '동료대원들이 안 보인다'고 수군거리며 뒤숭숭한 분위기였습니다."

9연대 3기생인 김두표는 1중대 소속이었다. 그 또한 비상나팔 소리를 듣고 연병장에 나왔던 정황을 말한다.

"집합하면 으레 키 순으로 집합했기 때문에 횡대든 종대든 늘 자기가 서는 위치가 있었어요. 그런데 주변에 있어야 할 병사들이 없는 거요. 다른 대원들도 자기 옆에 서야 할 대원이 없다면서 수군댔어요. 그날 주번사령은 문상길이었습니다. 주번사령이 미리 나와서 무슨 지시를 해야 정상인데 그날은 우리보다 늦게 나왔고 지시도 없었어요. 얼마 후에 하는 말이 '대정지서가 습격을 받았으니 지원 나가야 한다.'는 것이었어요."

9연대 병사들은 그제야 비로소 일부 대원이 탈영, 대정지서를 습격했구나 하는 감을 잡기 시작했다. 3중대장 문상길 중위는 일부 병력을 차출하여 대정지서로 인솔해 갔다. 나머지 대원들은 연병장에 그대로 대기시킨 채. 9연대에는 일제 도요타 트럭 1대뿐이었다. 탈영병들은 이 트럭을 끌고 가 버렸다.

문상길 중대장과 일부 대원들은 2킬로 떨어진 대정지서까지 도보로 갔다.

그날 밤 탈영한 병사는 41명이었다. 이들 탈영병의 계급은 하사관 11명, 사병 30명으로 제주도 토박이들이었으며, 광주 4연대 일부 기간요원도 들어 있었다.

일부 탈영병들은 탈영 직전 동료들에게 입산을 귀띔했던 것 같다.

입산자들은 미리 포섭된 대원 외에도 불침번 섰던 대원들도 데려갔다. 탈영병을 실은 트럭은 서문을 통과했는데, 비밀 보장 때문에 서문 보초병을 그냥 끌고 간 것이다.

그날 탈영한 41명의 병사들이 대정지서에 나타난 것은 5월 20일 11시 30분, 대정지서는 대정골 보성향사에 설치되어 있었다. 탈영병들은 지서에서 1백 미터쯤 떨어진 곳에 트럭을 세우고는 열을 지어 지서로 향했다. 이미 통신선을 모두 절단하고 완전무장한 채 지휘관의 구령에 맞춰 지서로 진입했다.

그날 대정지서에는 9명의 서원과 네댓 명의 보조 인원들이 지키고 있었다. 4·3 전까지는 경찰관 3명이 근무하던 지서였으나 4·3 후 무장대의 기습을 받은 뒤에는 9명으로 증원되었다. 게다가 대동청년단 대원 수 명이 매일 밤 지서에 나와 외곽 경비를 섰다.

경찰관의 총기도 일제 99식 소총에서 미제 카빈 소총으로 바뀌었다.

대정지서에는 7개소의 초소가 있었다. 지서 뒤쪽에는 높다란 대정성이 버티고 있었다.

그날 밤 7개소의 초소에는 경찰관이 배치되어 있었다. 성담 위 초소에는 민청대원들도 배치되었다.

송순옥 순경은 4·3 후 이 지서에 파견된 경찰관이었다.

"그날 밤은 달이 없는 먹밤이었죠. 경비대원에게 피습받기 전까지 모슬포 방면에서 '왓싸' 시위기 있었어요. 평소에는 지서 보조원으로 보초를 세우고 경찰관들은 가끔 순찰 도는 것인데 그날은 왓싸 시위도 있고 해서 경찰관들이 초소마다 나가 보초를 서고 있던 중이었습니다. 그런 중에 경비병들이 지서 마당으로 들어왔어요."

지서에는 안 지서주임과 고형원 순경, 급사 임군 등 세 명이 있었다. 고형원 순경은 그때의 상황을 말한다.

"안 주임과 내가 사무실에서 나와 보니 소위 계급장을 단 지휘관이 손을 내밀며 '수고한다. 산쪽에서 대정지서를 치려 한다는 정보가 입수 돼 상부의 명령으로 응원 나왔다. 지서 내에서 어디가 가장 취약 지역인가? 우리 병력을 배치할 테니 안내하라'고 말하더군요. 그러자 당시 군인들은 40명가량 되었는데 내가 보초막을 안내하자 한 곳에 너댓 명씩 배치했어요."

이렇게 7개 초소마다 경찰관 1명과 경비대원 네댓 명씩 배치되었다. 성담 위 초소에는 지서 보조원 몇이 있었다.

이날 경비대원의 총격으로 상처를 입게 되는 허태주 순경은 기구한 운명을 겪게 되었다. 그는 경찰에 투신하기 전 모슬포 국방경비대에 지원했었다. 그러나 경비대는 식량과 의복 지원이 형편없었다. 그래서 입대 첫날 보초를 서게 되자 도망쳐 나왔다. 그는 얼마 후 경찰에 투신했다. 그곳은 경비와 비교가 안될만큼 대우가 좋았다. 쇠 달린 신발하며 일본도는 꽤 긴데, 칼 차고 뛰는 법도 배웠다.

5월 1일자로 경찰관에 임명된 그는 5월 18일 대정지서에 발령됐다. 일선 근무 사흘 만에 경비병에게 총탄 세례를 받을 줄을 어찌 생각이나 했겠는가.

"그날 내가 보초 섰던 곳은 성담 위에 있는 초소였습니다. 그곳에 오르려면 사다리를 타야 했지요. 그곳은 요지라 해서 보조원 3명과 함께 보초를 서고 있었죠. 아마 밤 11시 30분께였습니다. 그때 경비대원들이 들어 왔습니다. 우리 초소에도 사다리를 타고 오른 5명이 배치 됐습니다. 그들은 내 곁으로 찰싹 달라붙더군요."

경비병들이 각 초소에 배치된 후 수분이 지나지 않았을 때였다. 갑자기 호각소리가 울려댔다. 그와 동시에 총성이 터지고 경비병들이 일제히 경찰관들에게 총부리를 들이댔다.

이 불의의 습격으로 서덕주 순경 등 4명과 급사가 숨졌다.

또 지서주임과 허태주 순경이 다치고, 고형원 순경 등 수 명은 무사했다.

허 순경은 부상 중인데도 숨진 동료들의 총기를 유치장에 보관한 뒤 민가에 구조를 요청 생명을 부지할 수 있었다.

송순옥 순경도 총알이 빗나가 목숨을 부지할 수 있었다고 증언한다.

"일은 순식간에 벌어졌고 나는 후다닥 헛간으로 몸을 뺐어요. 좀 뒤에 김정남 순경이 또 숨어들었죠. 우리들은 총을 겨누고 단단히 경계를 했습니다. 헛간에 숨은 시간은 서너 시간 흐른 것 같았어요. 밖이 조용해서 헛간을 나왔어요. 한 구석에서 부스럭거리는 소리가 들려 놀랐는데 자세히 보니 안창호 주임이었습니다. 그는 총상을 입고 돼지통 속에 숨어 있었어요."

대정지서를 공략한 9연대 탈영병들은 그 길로 서귀포 경찰서로 향했다. 그 길목에는 안덕, 중문 지서가 있었으나 습격할 계획을 접고 그냥 통과했다.

대정지서 고형원 순경은 이런 증언을 하고 있다.

"나중에 들은 이야기인데, 그들은 시간에 쫓겨 전선만 끊고 바로 서귀포로 갔다고 해요. 그날 서귀포서의 숙직감독은 경위였어요. 군인들은 그 경위에게 '공기가 험악해 상부 지시로 응원 나왔다'고 말했다 합니다. 그 경위는 관사에서 잠자던 유기병 서장을 깨워 왔고 유 서장은 이들에게 양담배도 주며 극진히 대접했다고 합니다. 그런데 군인들은 '우리는 두 군데로 나눠 토벌을 가야 하는데 차량이 한 대밖에 없으니 차량 한 대를 지원해 달라'고 요청해 서에서는 트럭 한 대까지 빌려주기로 했지요."

이렇게 탈영병 41명은 경찰에서 제공한 트럭을 타고 유유히 입산했다. 탈영병을 태운 트럭에는 금촌오 운전사와 조수 한 사람도 타고 있었다.

틈을 타 몸을 뺀 운전사로부터 사건의 전말을 들은 서귀포 경찰서측은 그제야 속은 것을 알고 비상을 걸었다.

5월 21일 오전 8시, 완전 무장한 경찰기동대는 스리쿼터를 타고 9연대 주둔지 모슬포 방면으로 출동했다.

경찰 통신망이 절단된 상태여서 어느 지서가 습격을 당했는지 종잡을 수가 없었다.

경찰기동대는 탈영병의 뒤를 밟으며 피습 상황을 조사하기 시작했다. 첫 번째로 인적이 끊긴 대정지서 주변에는 5구의 시신이 이곳저곳에 널브러져 있었다.

그들이 시신들을 정리하고 있을 때 한 노인이 찾아왔다.

자기 집에 부상당한 경찰관이 한 명 숨어 있다는 말을 전했다. 허태주 순경이었다. 곧 서귀포병원으로 옮겨진 허 순경은 향후 8년간의 투병 생활을 해야 했다.

그런데 기동대 스리쿼터가 시신을 수습하고 모슬포지서 쪽으로 출발한 직후 대정지서 건물이 화염에 휩싸였다. 9연대 병사들에 의한 대정지서 습격 소식을 전해들은 인근 무장대가 산에서 내려와 지서 건물에 불을 지른 것이었다.

9연대 탈영병들은 대정지서를 완전히 장악했는데도 경찰들의 카빈총을 그대로 두고 지서를 떠났다.

허 순경의 증언에 따르면 총격을 받아 숨진 경찰관 옆에 카빈총이 그대로 있어서 6정을 자신이 수거해 유치장 안에 보관했다고 한다. 아마도 그것은 탈영 상태가 허술했던 것으로, 막상 일을 저질러 놓고 허둥댄 것이 아닌가 여겨진다.

허술함은 그들의 행적에서도 나타난다. 탈영 이틀 만에 탈영병 절반이 체포된 것도 그들이 치밀하지 못했음을 엿보인다.

체포 경위에는 여러 말이 있다. 이 탈영병으로부터 기습을 받았던 경찰관의 한 증언자는 이렇게 말했다.

"탈영병들이 중산간 외딴 집에 들어가 '밥을 달라'고 하자 부인이 밥을 짓고 있는 사이 남편이 경찰에 신고하여 잡힌 것으로 알고 있다."

이 탈영병들은 모슬포 부대로 끌려왔다. 그들의 체포 작전이 육지에서 들어온 5, 6연대에 의해 진행되었다.

헌병대는 잔여 장병들을 연병장에 집합시켜 탈영병을 구경시켰다. 포박되어 있는 어제의 동료들을 보는 병사들의 심정은 어수선했다. 결국 9연대 탈주자 20여 명은 그 길로 사살 되었다.

이들 탈영병과 게릴라와는 어떤 내통이 있었을까? 이 의문의 실마리를 푸는 데 단서가 될 한 증언자가 있다.

지금은 고인이 된 이 인물은 한때 대정면 무장대의 간부로 활동했던 입산 체험자였다.

4·3 봉기에도 가담했던 그는 51년 토벌대에 체포될 때까지 대정면당부 '특경대' 중대장을 맡았다.

어느 날 그는 도당으로부터 지령을 받았다.

"4·3 초기 대정면 무장대원은 30여 명이었죠. 그날 지서 습격 때는 단 두 자루의 총이 있었는데 그것도 왜놈들 것으로 낡은 것이었어요. 사태가 난 후 9연대 소속 군인들이 몰래 소총을 보내온 일도 있었죠. 우리 무장대들이 숲 근처에 있을 때인데 하루는 도당에서 3백 명이 살 아지트를 만들라는 지시가 내려왔어요. 그래서 우리는 신평 구억마을로 내려가 짚을 가져다가 야외에 집을 지었어요. 준비가 막바지에 이를 즈음 갑자기 이 작업을 멈추라는 지시가 내렸어요. 그래서 '왜 그만두게 하느냐?'고 물었더니 9연대 병사들이 집단으로 입산하게 됐는데 그들이 바로 산으로 올라오지 않고 별도로 행동, 서귀포 쪽으로 갔다는 겁니다. 그리고 우리 선을 타고 행동을 하지 않다가 끝내는 잡히고 말았다는 뒷얘기도 전해 오더군요."

증언자는 그적에야 비로소 그들의 집단 입산에 대비, 도당에서 아지트를 준비하라고 지시했던 사실을 알게 되었다.

그러면서 증언자는 이런 의문을 제기하기도 했다.

"조직이 움직일 때는 행동 후의 집결지가 사전에 결정됩니다. 제1선에서 만나기로 했다가도 여의치 않을 때에 대비해 제2선, 제3선까지 정해

집니다. 그런데 9연대 군인들의 입산은 매우 중요한 사안인데도 치밀하지 못한 구석이 많습니다. 만약에 우리 조직을 통해 행동했다면 그렇게 쉽게 잡히지는 않았을 겁니다. 왜 선을 타고 자기네들끼리 행동했는지 이해가 안 됩니다."

경비대에 출동명령을 내렸던 미군정은 돌연한 9연대 병사들의 입산 사태를 맞아 난감했다. 미군 지휘부는 9연대의 잔여 병력도 불신의 눈으로 보았다.

미군정은 이런 분석을 토대로 급기야 9연대 병사들의 무장을 해제시켰다. 그리고 후속 조치로 해제시킨 잔여 병력을 11연대 제 1대대로 편입시켰다. 다음 조치는 연대 본부를 모슬포에서 제주읍으로 이동시켜 토벌을 더욱 강화토록 명령했다. 11연대장은 박진경 중령을 임명했다.

연대 본부는 제주농업학교에 설치하였다.

48년 6월초 이 부대는 제주읍 외곽지역인 오등리 죽성마을에 배치됐다. 들판에 천막을 치고 주둔한 것이었다.

이들은 그곳에 주둔하면서 간혹 토벌전에 차출되었다. 무기지급에서도 기존 9연대 대원들은 괄시를 받았다. 5, 6연대 출신 병사들은 미제 M-1 소총을 지급 받았지만 9연대 출신은 일제 99식 소총을 지급 받았다. 같은 11연대원으로 편성된 후에도 무장이 달랐던 것이다.

한 9연대 출신 병사의 체험담을 들어본다.

"나는 모슬포 대대가 죽성으로 옮긴 후에도 중대본부 요원이기 때문에 모슬포에 있었어요. 그런데 모슬포 영내에 5연대, 6연대 군인들이 주둔하게 됐는데 그들로부터 구박을 많이 받았습니다. 그들은 '제주놈들은 전부 폭도'라면서 좋은 보급품이 나오면 다 앗아가고 구타도 자주 했어요. 나는 견디다 못해 보급차가 모슬포 대대 쪽으로 간다기에 그 차를 타고 죽성으로 들어가 대대장에게 사정 이야기를 하고 그냥 그곳에 머물게 되었습니다."

제11연대로 재편된 박진경 중령 휘하의 경비대는 토벌 작전을 더욱 강화했다. 5월 하순, 경찰전문학교 정예부대 외에도 철도경찰대, 수도경찰청 형사대 등 경찰응원 병력도 속속 증원되어 왔다.

미군 총사령관으로 파견된 미 20연대장 브라운 대령은 경비대, 해안경비대, 경찰 등을 총괄 현지 토벌작전을 지휘했다.

48년 5월 28일자 미 24군단 「G-2 주간보고서」는 다음과 같이 기록하고 있다.

"경비대는 제주도 중산간 지대의 작은 마을들을 고립시키면서 미군과 한국인 정보팀의 심사결과에 따라 혐의자들을 체포구금하고 있다. ……5월 23일 432명을 신문했으나 선별작업이 빨리 완결되지는 않고 있다."

7월 2일자 작성된 「G-2 주간보고서」에는 다음과 같이 경비대 활동상을 분석하고 있다.

"제주도 주둔 경비대가 지난 6주 동안의 작전 결과 4천여 명의 폭도 혐의자를 체포해 조사했다. 이들 중 500여 명이 경찰과 경비대, 미군 조사요원에 의해 조사받은 후 감금했다."

위의 기록은 경비대의 토벌작전이 날이 갈수록 상승하는 것을 보여주고 있다. 그러나 이때 붙잡힌 포로들이 과연 한라산 게릴라들인지는 의문이 뒤따른다. 토벌 당국이 밝힌 폭도수의 10배에 이르는 포로들을 잡아들였지만. 사태 해결의 기미는 보이지 않았기 때문이다.

박진경 연대장은 공비와 주민을 분리하여 부대 주둔지 단위로 주민 선무공작에 주력하면서 입산자들의 귀순을 독려했다. 그러나 이에 불응하자 공비 소탕전을 펼치게 되었다.

11연대가 세운 제 1단계 작전은 주민 자체방위로서 각 마을 단위로 돌담을 쌓아 방벽을 만들고 자체경비를 강화하는 것이며, 제 2단계 작전은 본격적인 공비 소탕작전을 전개하는 것이었다.

이런 강공 작전이다 보니 중산간지대로 피신했던 양민들도 '폭도'로 오인되어 붙잡혀 오기 일쑤였다. 앞서도 예시한 3천여 명의 포로를 검거하면서 노획한 총기가 99식 세 자루라는 통위부의 발표에서 극명히 엿볼 수 있다.

11연대는 중산간 뿐 아니라 해안마을을 포위, 입산 혐의자를 색출하는 작전도 수시로 전개했다. 저녁 때 마을을 포위 했다가 새벽에 산에서 내려오는 주민을 체포하고 집집마다 기습, 수색작전을 펴기도 했다.

이 무렵, 한라산 게릴라는 경찰이 나타나면 드세게 덤비다가도 경비대나 미군이 출동하면 슬금슬금 꼬리를 감추었다. 미 연대가 토벌전에 나섰지만, 게릴라와 교전하는 일은 거의 없었다. 경비대가 검거했다는 수천 명의 '포로들' 가운데 무장대는 손에 꼽을 정도였고, 거의가 난리를 피해 중산간을 헤매던 주민들이었다.

한편 9연대 출신 장병들에게도 출동명령이 내렸다. 주둔지를 옮겨 첫 출동한 한 하사관의 체험담을 듣는다.

"모슬포 대대가 11연대로 재편된 뒤 한동안 출동하는 일은 없었어요. 그러다가 뒤늦게 토벌작전에 끼게 된 거죠. 오등리 주둔지를 떠나 처음 간 곳이 관음사였어요. 한밤중에 이 절간을 이중 삼중으로 포위했습니다. 새벽녘에 공포를 쏘면서 경내로 진입했는데 왠지 인적이 없었어요. 주지스님만이 총성이 울리는 사탄 속에서도 끄떡 않은 채 목탁을 두드리며 불경을 외던 모습이 지금도 눈에 선합니다."

출동부대는 그 스님을 마차 위에 묶고 물고문을 하면서 무장대와의 내통을 신문했지만 혐의점을 찾아낼 수 없었다. 그 부대는 관음사에 이어, 조천과 신촌마을 포위작전에 투입됐다.

박진경 연대장은 작전을 벌일 때 맨 선두에 서서 지휘를 했다. 그는 산악전 때도 지프를 타고 진두지휘를 했다. 일본군 장교시절 어승생기지 요새화작업에 참여했던 그는 어승생 토벌 때도 직접 지휘했다. 이곳 어승생은 게릴라의 본거지로 소문나 있었다. 이 작전에 참가한 한 병사는 이런 증언을 말했다.

"어승생작전 때는 전리품도 많았다. 일본군 항고가 400여 개 있었던 것으로 봐서 게릴라 수가 그 정도로 추정됐지만 실제 붙잡은 포로는 7명 정도였죠."

박진경 연대장은 게릴라의 두목 김달삼과 만나 투항하라고 협상을 시도했다는 풍문이 나돌았으나 이것은 사실과 다르다.

당시 통위부 정보국 김종면 중령은 제주 출신 일본중앙대 동창을 내세워 김달삼과의 접촉을 시도했다는 증언을 남기고 있다.

"제주신보 기자였던 김영택 등 제주에 사는 동창을 동원했죠. 그들은 나의 친구이기도 하니까.…… '나는 통위부 정보국장을 하는 사람인데, 공산당이라 해도 살려줄 수 있는 권한이 있다. 신변을 보장할 테니 한번 만나보자'는 식이었지요. 구체적으로 누가 연락했는지는 모릅니다. 좌우간 김영택 등에게 이야기해서 교섭을 시도했으니까요. 그런데 김달삼은 '너희들이 와서 만나자'는 전갈을 보내왔습니다. 그래서 나는 동창생들에게 '당신들이 지정한 장소에서 만나도록 주선하라. 그러면 당신들에게도 책임 추궁을 하지 않을 것이고, 김달삼이 협상이 안 돼 가겠다고 하면 깨끗이 보내주마'고 말했습니다. 이처럼 장소 문제로 의견이 엇갈려 만남이 이뤄지진 못했습니다. 결국 김달삼도 나를 못 믿어 내려오지 않은 것이고, 나 역시 김달삼을 못 믿어 올라가지 못한 것이지요."

그 후 11연대의 대토벌작전이 전개되는 동안 한라산 게릴라는 철저히 피해 다니는 전법을 구사했다.

토벌이 심할 때 게릴라들은 도리어 무장해제를 했다. 대원들이 가진 무기들을 회수, 책임자만 아는 곳에 비장하고 빈 몸으로 숨어 다녔다. 그리고 조직도 해체하여 2,3명의 소그룹으로 피해 다니도록 했다.

한라산 게릴라는 이처럼 피신전술을 바꾸는 한편 경비대원들 쪽으로 입산을 촉구하는 삐라를 곳곳에 뿌렸다.

이 전단에서는 "경비대는 우리의 적이 아니다"는 것을 강조했다. 흥미로운 것은 경비대가 전투를 하면서 그들의 귀순을 권고했으나 게릴라는 도리어 다음과 같은 회신을 보냈다.

친애하는 장병 제형이여! 제형의 민족적 양심과 정의에 불타는 올바른 행동을 우리들은 믿노라.…… 왜 우리들이 총대를 메지 않으면 안 되었던가. 우리들에게 무력의 도전과 만행을 그치지 않는 한 우리들은 백만 명이 오더라도 불사하고 싸울 것이다. … 친애하는 제형들이여, 사태의 평화적 해결을 위하여 다음에 우리들의 정당한 요구를 제시하노라.

　　─ 무장 경관대의 즉각 해산
　　─ 사설 테러단체의 해산과 처벌
　　─ 도지사 유해진을 즉시 파면하라
　　─ UN 조위朝委 설치
　　─ 미·소 양군 즉시 철퇴
　　─ 단정 반대
　　─ 남북 통일정부 수립 절대 추진

한라산 게릴라

게릴라들은 4·3 초기, 경찰과 경비대를 구분하여 경찰이 나타나면 필사적으로 대항하다가도 경비대가 출동하면 슬슬 꼬리를 감추었다. 그러한 전법으로 나왔기 때문에 게릴라의 전체 모습을 그려내기는 쉽지가 않다. 그들은 그 조직이나 활동에 대해서는 비밀을 원칙으로 삼았다. 설사 무장 대원이라 할지라도 자신이 속했던 부대의 구성과 활동에 대해 단편적으로 알고 있을 뿐이다.

따라서 간부와 훈련요원으로 구성돼 있는 게릴라 소규모 그룹들이 이 섬 온 산야에 퍼져 있다. 게릴라 사령부는 일정한 곳에 있지 않고, 경찰과 경비대에 대응하기 위해 수시로 이동했다. 게릴라 요원들은 그때그때 상황에 따라 마을에서 차출하며, 임무 수행 후에는 집으로 돌아간다. 임무를 수행하는 동안 주민들은 강도 높은 훈련을 받거나 전투에 참가하여 실제 경험을 얻는다. 잘 조직된 정보망과 '빗개'가 게릴라 요원과 연결돼 있고 유격전에 적절히 배합된다.

입증된 한 정보에 따르면, 유격대는 경찰공격이나 경비대 탈영병들을 통해 획득한 미제카빈 12정, M-1소총 25정을 가지고 있는 것으로 추정하고 있다.

그들은 또 약간의 일제 수류탄과 일제 99식 총을 가지고 있는 것으로도 밝혀지고 있다.

48년 10월 대토벌전이 있기 전까지 게릴라들은 마을에서 양식과 의류 등의 보급을 받고, 마을마다 세포를 통해 각종 정보를 제공받고 있었다.

초기의 토벌작전이 번번이 실패한 것도 경찰 정보가 게릴라의 정보망에 포착된 때문이다. 게릴라에 임하는 태도에서도 경찰과 경비대의 그것이 차이가 있었다.

토벌작전에 나섰을 때 경비대는 공포를 쏘아 게릴라에게 미리 피하라는 신호를 보냈다. 일부 대원들은 게릴라에 가담하기도 했다.

4·3 초기에는 민가에 기거하면서 활동하는 게릴라들이 많았다. 경찰의 손이 뻗치지 않은 중산간 마을에 뿌리를 두고 있었는데, 이런 마을을 '민주부락'이라고 불렀다.

5·10 선거 직전인 5월 7일 입산한 한림원 협조자의 박동우는 입산 3개월 내내 중산간마을에 살았다.

그는 그해 8월 부산으로 도피했지만 뒤늦게 붙잡혀 20년의 징역형을 받았다.

"5월 7일 5·10 단선 반대 캠페인에 참가하자는 권유를 받고 입산 했었주. 단독선거 하면 남북 분단이 되므로 보이콧해야 한다는 명분도 있었지만, 경찰의 횡포로 감정이 고조되어 있었기 때문에 입산하게 된 거죠. 처음엔 명월의 한 민가에서 지내다가 문수동, 귀덕 4구 등으로 옮겨 다니면서 생활 했어요."

그는 당시 중산간 지역은 거의 산 편이었으며, 경찰도 그가 있던 8월까지는 맥을 쓰지 못했다고 털어놓고 있다.

4·3 전야의 비화를 밝히는 한 증언이 있다.

대정지서 공격조는 한밤중에 야외에 모였다. 10여 명의 무장은 두 자루의 99식 총과 일본도, 쇠창, 죽창 등이 있다. 증언자가 소지했던 총은 '꺾어진 총'이었다. 일행 중 누군가가 술을 갖고 와 증언자는 충고를 했다.

"마음으로 투쟁하는 것이지, 술정신을 빌려서 하는 것은 올바른 게 아니다." 그런데 막상 행동 개시에 나서자, 일행들은 걷다가 소변을 본다고 자주 뒤로 빠져 끝내는 증언자가 맨 앞에 나서게 되었다.

이날 대정지서 습격에서 경찰관 한 명에게 총상을 입혔다. 다른 민가에서 술잔치를 벌이던 경찰들이 총소리를 듣고 지서 쪽으로 달려오자 공격조는 뿔뿔이 달아났다며, 이야기를 계속했다.

"그날 밤 행동개시를 시작으로 우리는 해방된다고, 그날 행동개시하면 바로 끝나는 것으로 알았지. 대피생활을 하게 될 줄은 몰랐어. 만약에 우리가 야외생활을 할 걸로 했으면 내의 하나라도 준비할 건데, 야외생활을 할 것으로 생각지 않았어. 책임자도 그런 지시를 안 했고, 이런 상태에서 야외생활을 시작하게 된 거지."

일행 13명은 야외생활에 필요한 초와 모포, 항고 몇 개와 식량 등을 급히 구해 신평리 위쪽 '역구왓' 숲속으로 들었다. 얼마 후 '한수기곳'으로 옮겼다. 그들 일행은 대정면 무장대의 핵심 멤버들이었다. 그 무장대 아지트 주변에는 경찰의 눈을 피해 입산하는 주민이 늘어났다. 이렇게 모여든 피난민들은 가족끼리 움막을 지어 살거나 굴속을 찾아 들었다.

　무장대의 편제는 상부에 도사령부가 있고, 그 밑에 각 면마다 면당 사령부를 두었다. 김달삼과 이덕구는 도사령부 직속이었다. 대정면당부 대원은 30여 명으로, 증원자는 대정면당부 3개 소대를 거느린 중대장이었다. 도사령부 무장부대는 지서습격 때 탈취하거나 9연대 군인들의 입산 때 들고 온 총기로 무장되어 있었으나 면당부 무장대에서 총 가진 수는 5명이 고작이었다.

　대정면당부 조직은 'K'라고 불리던 총책 아래 조직부, 자위부, 선전부, 총무부로 편성되어 있었다. '보급투쟁'을 할 때에는 무장부대 외에 총무부, 선전부 등 40~50여 명이 동원되었다.

　대정면당 총책은 김두옥, 조직책은 고문수, 자위부책은 제주읍에서 파견된 정관이 맡았다.

　증언자는 48년 4월 28일 김익렬 중령과 게릴라측 군사부책 김달삼의 회담 때는 회담장인 구억리 간이학교의 보초 책임을 맡기도 했다. 증원자는 이런 회고담도 말했다.

　"그때 9연대에서 온 사람이 우릴 보고 훈련받은 병사보다 더 씩씩하다고 칭찬도 했주."

　　　　　　　　　　　　　　　　　　　　| 성난 화산섬

"구억리회담 개최를 사전에 알고 있었느냐?"는 질문에 증언자는 솔직히 털어 놓았다.

"우리에게 말도 않고 무조건 가서 지키기만 하라 했죠. 김달삼이 회담하러 온다는 것도 그날에야 알았죠. 회담 내용은 우리 같은 졸자에겐 안 알리거든. 우리에게 유리한 조건으로 회담을 했다는 정도만 알았지. 구체적으로 어찌어찌 회담을 했는지는 몰랐죠."

48년 5·10 선거는 전국적으로 반대 투쟁이 극렬했지만 예정대로 이루어졌다. 전국 2백 개 선거구 중 제주도 2개 선거구만 투표 과반수 미달이 빚어졌을 뿐이다.

선거 결과를 처음 무효 선언한 정당은 우익인 민주독립당 이었다.

5월 15일에는 김구 진영의 한독당과 좌파인 민주주의 민주전선을 비롯해 신민당, 민주학련 등이 단선 무효선언을 발표했다. 5월 16일에는 민주동맹, 민족해방청년동맹, 근로당, 문학가동맹 등이, 17일에는 남조선 정당협의회, 민주학생 연맹이, 18일에는 전평, 교육자협회 등이 5·10 선거 무효선언을 하고 나섰다.

이러한 기류 속에 김구, 김규식 등은 '미·소 양군 철수 후 남북한 총선거 실시'를 제안했다. 남로당에서는 6월 들어 '제주도 인민 대중에 드림'이라는 서한을 발표해 주목을 끌었다.

한편 토벌작전이 한창 벌어지던 5월 28일 제주도 지사가 경질됐다. 제주 출신 임관호가 새 지사로 임명된 것이다.

그는 제주도 산업국장 때 도백으로 전격 발탁, 화제를 모았다. 미군정은 민심 수습용으로 그를 도백으로 선출한 것 같다. 그러니 이런 발탁이 곧 민심을 진정시키지는 못했다.

제주도 지사와 제주 감찰청장을 제주 출신으로 바꾸고 무마정책을 시도한 미군정에 충격을 준 사건이 발생했다. 그것은 6월 18일 발생한 경비대 제 11연대장 박진경 대령의 암살 사건이다.

5·10 선거 파탄으로 미군정은 제주사태를 심각하게 보기 시작했다. 미군정은 더욱 강경한 진압 방침을 결정했다.

이 같은 방침은 군경의 대폭 증강과 몰이식 수색작전으로 나타났다. 군경 합동작전이 전개된 지 한 달 만인 6월 중순 포로수가 6천 명에 이르렀다는 것은 그때의 상황을 잘 말해 준다.

그러나 이러한 토벌작전이 제주도 사태를 진정시키기는커녕 도리어 주민들의 입산을 조장하는 결과를 낳자 많은 단체들이 토벌 중지를 부르짖게 된 것이다.

48년 6월 18일 새벽 3시 15분.

제주도 주둔 경비대 11연대장 숙소에서 한 방의 총성이 정적을 깨뜨리고 멀리 울려퍼졌다. 침대에서 잠든 박진경 대령이 목에 한 방의 총탄을 맞고 절명했다.

이 암살사건은 제주도 사태에 새로운 회오리를 몰고 왔다.

11연대 본부는 제주 농업학교에 있었다. 이 학교는 해방 후 미군이 일본군의 항복문서를 받았던 곳으로, 한때 미군 전술 부대가 주둔했었다.

박 연대장 숙소도 이 학교 건물에 있었다. 그는 술에 취한 채 새벽 1시께 숙소인 연대본부로 귀대했다. 전날 밤 자신의 진급 축하연에 참석하고 돌아온 것이었다.

그는 토벌작전의 공로로 제주 부임 한 달 만에 대령으로 진급했다. 그의 진급은 초고속 승진이었다. 이 승진 축하연이 6월 17일 저녁 미군 장교와 11연대 참모, 통위부에서 파견된 장교들이 참석, '옥성장'에서 성대히 열렸다.

통위부 정보국 김종면 중령은 이 파티 참석자의 한 사람으로 그때의 정황을 회고하고 있다.

"일선 지휘관들이 모두 참석했고 나와 백선진 소령 등 통위부 파견 장교들도 자리를 같이했다. 여러 차례 술잔이 돌았고 한껏 거나하게 취했었다. 19일 새벽 1시께 박 중령은 현재의 KAL호텔 맞은편 자리에 있던 연대본부의 숙소로 돌아와 곧장 잠에 빠졌다. 나는 바로 그 옆방에서 자고 있었는데 박선진, 서종철과 함께였던 것으로 기억한다. 범인이 바로 문 앞에서 보초를 서고 있던 연대장 호위병마저 잠든 틈을 타 박 연대장을 내리갈기고 도망가는 소리조차 깨닫지 못할 정도로 깊이 곯아떨어져 있었다. 새벽녘 연대장 호신병의 놀란 비명소리를 듣고서야 잠에서 깨어날 수 있었다. 즉각 부대에 비상이 걸렸다. 군 내부의 소행이라는 것은 의심의 여지가 없었다. 범인은 M-1 소총을 사용했는데 당시 막 M-1 소총이 일차적으로 군에 보급되기 시작한 때였다. 탄환이 총신을 빠져나올 때 강선과의 마찰로 긁히는 흔적이 총마다 다르다는 점에 착안, 모든 병사들의 M-1소총을 한

발씩 쏘게 해 탄환을 대조하는 치밀한 수사가 진행됐다.”

연대 본부 요원들이 소집된 것은 새벽 4시께였다. 연병장에 1시간 이상 지난 뒤에야 헌병들이 도착했다. 헌병들은 일 열씩 맡아 탄창과 실탄사격을 시키는 등 정밀 조사를 실시했다. 이 수사에는 헌병대, 경찰 외에도 미군 CIC, CID 요원들이 추가로 투입되었다.

딘 장군은 암살사건 보고를 받은 그날로 전용 군용기를 타고 제주에 날아왔다. 그리곤 범인 색출 수사를 진두지휘했다.

총기 검사가 11연대 전장병에 실시되어 병사들은 괜스레 불안의 빛을 감추지 못했다. 의심의 눈초리는 장교라고 예외는 아니었다.

이날 낮 정오께 딘 장관은 암살범 검거에 매진하라는 지시를 내린 후 저녁 7시께 박 대령의 시신을 싣고 귀경했다.

박대령의 장례식은 6월 22일 2시 통위부 총사령부에서 엄수되었다.

박 대령의 그때 나이는 29세였다.

미군정은 박 대령의 후임 11연대장으로 최경록 중령을, 부연대장으로 송요찬 소령을 임명해 토벌작전의 고삐를 죄었다.

그러나 암살범 수사는 오리무중이었다. 미군 CIC와 CID 전문가들이 일주일 동안 치밀한 수사가 진행되었지만 아무런 단서가 잡히지 않았다. 여러 정황으로 보아 군 내부 소행이라는 심증을 좁혔지만, 수사가 미궁에 빠져 있을 때 한 장의 투서가 날아들었다. 이 투서는 ‘제 3중대장 문상길 중위와 연대 정보과 선임 하사를 추궁하면 암살사건 전모를 밝힐 수 있을 것’이라는 내용이었다.

전라도 출신의 문상길 중위는 9연대 창설 요원으로 중대장으로 근무하고 있었다. 육사 3기인 그는 초창기 9연대 모병의 실무장교로, 제식 훈련을 잘 시키기로 알려졌다. 그 무렵 그는 서귀포 처녀와 연애 중이었다.

박 대령 암살 사건 수사대는 곧장 문 중위와 문제의 하사관을 체포, 수사에 들어갔다. M-1소총으로 박 대령을 쏜 범인은 부산 5연대에서 파견된 손선호 하사로 밝혀졌다. 동조자는 양희천 이등상사. 신상우 일등 중사, 강자규 중사, 배경용 하사 등이 체포됐다.

문상길 중위 등 혐의자들이 서울로 압송된 것은 48년 7월 12일이었다. 통위부 참모총장 이형근 대령은 이날 기자회견을 갖고 암살사건을 발표했다.

이들에 대한 고등군법회의 선거 공판은 대한민국 정부 수립 하루 전인 48년 8월 14일 열렸다. 재판부는 조선경비대법 35조를 적용, 문상길 중위와 손선호 등 4명에게 사형을 선고했다. 또 양희천, 강승규에게는 5년형을 각각 선고하고, 황주복 등에게는 무죄를 선고했다. 감찰총장 이응준 대령은 '사형' 판결문을 낭독하면서 손을 떨었다는 후일담이 있다.

문상길 중위 등은 그렇게 해서 죗값을 치렀다.

박진경에 이어 11연대장으로 부임한 최경록 중령도 강력한 토벌작전을 벌였다. 따라서 포로들은 계속 늘어났다.

11연대 본부가 된 제주 농업학교에는 두 군데 운동장이 있었다.

북쪽 운동장은 연병장으로, 남쪽 운동장은 포로수용소로 이용했다. 이곳에는 수십 개의 천막이 쳐져 있었다. 천막에 잡혀온 사람들 중에는 왜 자기가 포로가 됐는지 까닭을 모르는 사람들이 가득했다.

수감자들의 삶은 비참했다. 거의가 노인, 부녀자, 어린이들인 이 포로들에게는 겨우 목숨을 이을 만큼의 밀반죽이 공급되었다.

5·10 선거를 거부, 마을 주민들과 중산간 지대에 올랐다가 경비대에 잡혀 수용소 생활을 했던 김희천은 이렇게 증언한다.

"5·10 선거 때 제주읍 노형 위쪽의 들판에 가서 피난생활을 했어요. 선거 날이 지나 일부 주민은 내려갔고, 우린 산에 있을 때인데 하루는 군인들이 올라왔습니다. 우리는 겁을 먹고 이곳저곳으로 숨었는데 군인들은 '나오면 살려준다'고 외쳤어요. 결국 모두 잡혀서 비행장에서 하룻밤을 지내고 농업학교 천막 수용소에 옮겨져 40일 간 수용생활을 보냈습니다.

수용생활은 먹을 것이 형편없었습니다. 밀밥에 돌소금이 전부였으니까요. 후에 석방증을 주며 풀어주는데 우리 마을 사람만도 117명이었어요."

그러나 수감자가 다 풀려난 것은 아니었다. 조금이라도 의혹이 있는 사람은 육지형무소로 이송되었다.

이즘 수용자의 만원사태는 경비대 수용소만이 아니었다. 경찰서 유치장도 넘쳐났다.

대정면당부 아지트는 무릉2리 '인향동'에 있었다. 하루는 군경 합동작전이 대대적으로 전개된다는 정보가 올라왔다. 그때 현장에서 지휘했던 대정면당부 특경대 중대장 C씨의 증언을 들어본다.

"그때의 산 쪽 분위기는 경찰이 토벌 온다면 맞서 싸우지만 경비대가 가세해서 온다면 맞대결해선 안 된다는 것이었죠. 그래서 무장 부대의 각

기관들에겐 분산해서 토벌기간에는 안전하게 피했다가 오라는 지시가 떨어졌어요. 귀순해 온 경비대원들은 각 소대장들이 맡아 안전문제를 책임지도록 했어요. 중대장인 나도 2명을 맡았습니다. 무장도 해제시켜 무기는 책임자만 아는 곳에 비장했었지요."

그는 미군과 정면으로 마주쳤던 적도 있었다. 그날도 토벌대가 온다는 정보를 듣고 이틀 분의 비상식을 구하기 위해 인향동으로 들어갔다. 비상식은 조밥을 준비하거나 쌀을 볶아서 허리에 차고 다녔다. 대원 2명과 비상식을 챙겨 마을을 벗어나려는데 마을 어귀 담벼락에 미군들이 다닥다닥 붙어 있는 것을 보고 아찔했다. 순간 미군들도 당황한 듯 바로 총을 쏘지 않았다. 그때를 놓치지 않고 줄행랑치기 시작했다. 등 뒤에서 요란한 총성이 울렸다.

증언자는 "당시의 상황은 우리가 총부리를 피한 것이 아니라 총알이 우리를 피한 것 같은 위기 상황이었다."고 회고했다.

11연대의 대대적인 토벌작전이 전개되는 동안 게릴라 측과의 전투는 거의 없었다. 게다가 유격대의 공격 횟수도 줄어들었다.

이 같은 현상은 6월 말부터 두드러졌다.

시련의 길

3·1 사건 후 조천 중학원의 분위기는 살벌했다. 그날 아침 8시에는 형형색색의 기를 든 교내의 학생과 시민 2천여 명이 오현중학 교정을 가득 메웠다.

1. 3·1 정신으로 한국의 통일 독립을 쟁취하자
2. 미국은 남한에서 물러가라
3. 파쇼 세력 타도 만세
4. 학원의 자유를 달라
5. 남한 과도정부 수립 만세

이 같은 슬로건을 내건 기와 플래카드를 높이 들고 '왔샤 왔샤' 스크럼을 짜고 해방가를 외쳐댔다. 교직원들도 자기 학교 대열에 끼여 학생들의 데모를 지원했다. 집회가 열리려던 순간 강동효 서장이 이끄는 기마대와 기동대가 갑자기 시위대에 뛰어들어 위협 발포를 해댔다.

"시위를 그치고 즉시 해산하라!"

그러나 시위대는 동요하지 않고 도리어 그 횡포에 맞서 소리소리 외쳤다.

"미국놈은 물러가라!"

경찰의 횡포에 격분한 군중들은 경찰과 투석으로 대항하며 대오가 파도처럼 물결치면서 일진일퇴를 거듭하고 있었다.

이때 총지휘를 하던 패트리치 대위가 나서 타협안을 제시했다.

"집회를 10분 내에 끝내라!"

시위대가 주춤하는 사이 군경은 전무장력을 동문통, 남문통, 서문통, 칠문통 요소요소에 배치하고 물줄기처럼 밀려오는 시위대의 합류를 막으려고 했으나 그 물줄기는 더욱 거세져 분노는 하늘을 찌를 듯했다.

이렇게 흥분한 데모대는 기동대의 경비선을 뚫고 시가 데모에 나섰다.

"왓샤! 왓샤"

누구도 저지할 수 없는 시위행진은 장단을 맞추면서 이번에는 도민대회장으로 향하고 있었다.

이 데모대의 함성에 호응하듯 시민은 물론이요, 삼양, 화북, 함덕 주민은 동문통에서, 하귀 애월의 주민은 서문통에서, 광양 주민은 남문통에서 대회장으로 우르르 몰려들었다.

작은 물방울이 개울을 이루고 개울은 샛강을, 샛강은 다시 큰 강을 이루듯이 3월 1일 터진 물줄기는 드높은 함성으로 온 섬을 뒤덮었다.

그런데 관덕정 광장에서는 데모대의 큰 물줄기가 지나가고 다음 데모대가 뒤따르고 있을 때, 갑자기 기마대 셋이 뛰어들어 발포하니 학생 1명이 죽고 다수의 부상자를 낸 유혈사태가 벌어졌다.

이 광경을 본 민중 한 사람이 크게 외쳤다.

"미국놈들 살인마들아, 이 애를 살려내라!"

당국은 경찰의 불법행위를 처벌은커녕 민중에 대해 부당한 탄압을 강행했다. 이에 격분한 도민은 "싸우면서 해결의 실마리를 찾자"는 방침에 따라 맹렬한 투쟁으로 나아갔다.

3·1절 총격사건이 있은 후 조천중학원의 분위기도 예전과는 사뭇 달랐다. 조천중학원 학생회장 김용철이 경찰서에 끌려가 고문치사 당했다. 여기에 항의해 나선 이덕구 선생을 경찰은 수업 중에 체포해 갔다.

김용남은 학원 내 '세포'에 가입하였다. 그뿐 아니라 대다수 학생들은 그런 분위기에 휩쓸리고 있었다. 세포라고 하지만 이건 혼자만이 아는 일이다.

"1학년에 입학허믄 '세포'로 가입허게 되는디, 거의 모든 학생들이 가입하게 되주. 그런데 자기 선밖에 몰라. 누게가 무얼하고 어느 선인지, 세포가 되는 건 당원이 되는 거난 서로덜 신원보증을 서주면서 가입허는 거주."

지하당은 경비대나 각종 직장 내에 비밀리에 조직되고 교직원 또는 학원 내에 깊숙이 침투하고 있었다.

"수업을 받다 보믄 연락이 오메. 오늘밤 어느어느 집에서 '강좌'가 있덴 하는. 거기를 가믄 고만고만한 다 아는 얼굴들이 대여섯 앉아 있고, 상부에서 사름이 오는디…… 그 사름도 신용장을 가져와야 되어. 오늘 어디서 강좌있덴 연락올 때, 어떤 사람이 온다는 게 적어젼 있주. 사람이 틀리믄 집에도 안 들여 줘. 대개 보믐 모른 사름이라, 그 사름이 등사판에 긁은 프린트를 주는디, 마르크스 입문도 배웠어. 그 때문에도 잡현 두드려 맞기도 했주. 지금 생각하믄 잘 이해했던 것도 닮지 않아. 사실 그 이론이야 참 좋은 거주만, 현실과 차이가 나니 어떻게 헐거라. 이론대로 될 리가 없는 거 아니라?"

김용남은 1932년 구좌면 덕천리에서 8형제의 장남으로 태어났다. 한방약 장사를 하던 아버지를 따라 5세 때 일본에 건너가, 오사카의 후세에서 살게 되었다. 1945년 8월 조선이 일본의 식민지에서 해방을 맞을 때는 후세 제 3초등학교를 졸업하던 해였다.

아버지는, 아이들에게 해방된 조국에서 교육을 받도록 가족을 먼저 귀국시켰다. 조모와 네 누이와 아우들, 종형제 가족 등 10여 명이, 아버지가 사들인 작은 어선을 타고 제주도를 향했다. 45년 12월 무렵이다. 당도한 곳은 김용남의 숙모의 도움으로 조천면 조천리라는 해변 마을이었다.

그는 일본에서 사는 동안 자유롭게 지껄이던 우리말을 깡그리 잊어버리고 오사카 사투리밖에 말할 수 없었다.

자신이 태어난 제주도 사람들의 사투리가 마치 외국어처럼 쉽게 이해할 수 없었다. 아무튼 까마득히 잊어버린 말을 배우기 위해 마을의 청년동맹이 개설하던 야간학교에 들었다.

46년 9월, 면에는 하나씩 중학교가 생겨 조선리에는 조천 중학원이 개교하는데, 김용남은 그곳에 입학했다.

그는 세 살 때 생모와 사별하고, 계모가 돼지 한 마리 판 15만원의 돈으로 학교에 입학시켜 주었다. 당시의 중학교 교사들은 일본서 귀국한 사람이 많았고, 독립에 대한 열의로 뭔가 이루어 보려는 의지가 불타고 있었다. 학도병에서 돌아온 사람들도 두 명이나 되고, 일본군 군복을 입은 채 교단에 서기도 했다.

조천 중학원에는 훗날 제주도 무장 게릴라 사령관이 된 이덕구 선생도 있었다. 그는 일본 육군의 학도병에 입대한 소위로 제대, 제주도에 돌아와 역사와 지리를 가르쳤다. 김용남이 정치적으로 성장해 가는 데 이덕구 선생의 영향이 컸었다.

그때는 누구나 해방된 조국을 위해 무언가 하려고 하는 열망에 타 있었다. 김용남도 그러한 분위기 속에서 학원 내에 조직된 민애청에 가입해 있었다. 하지만 그는 겨우 15세의 나이로, 뚜렷한 의식이 있는 것은 아니었다.

김용남의 가정환경은 순탄한 것은 아니었다. 아버지는 귀국 하지 않고 집에서는 계모와 자신만이 일손을 움직여야 하고 아우들과 누이가 있었다.

그는 학교에서 돌아오면 계모를 도와 들일에 나가야 했다. 땀흘려 밭고랑을 쳐야 하고 해안에 나가 해초를 베어 와야 했다.

밖에 나가면 친구들도 있고 밥도 얻어먹는다. 이 핑계 저 핑계 대면서 밖으로 겉도는 일이 많아졌다.

그가 어떤 자각을 갖게 된 동기는 47년 3월 1일에 있었던 3·1 운동 28주년 기념식전이었다.

김용남도 3천여 명이 운집한 가운데 칠성통에서 관덕정 광장으로 향하는 데모대에 참가해 있었는데, 거기서 무장경찰대와 정면충돌했었다. 길목을 봉쇄한 경찰대가 지프 위에서 총을 휘갈겨 그의 앞줄에 있던 사람도 그 자리에 쓰러져 피를 흘리는 아수라장이 되고 있었다.

그때 그는 이런 생각을 했다.

'경찰이란 미군정의 앞잡이이며 섬사람들의 적이라는 생각이 섬뜩 뇌리에 파고들었다.'

이 일을 계기로 그는 더욱 적극적인 활동에 나서게 된다.

평화적인 데모에 발포하고 6명의 도민을 죽인 경찰의 처사에 섬사람은 분노했다. 게다가 발포한 경찰관은 육지에서 원군 나온 외지인이라는 데에 섬주민들의 분노에 기름을 부은 격이 되었다.

제주도청을 비롯하여 모든 관공서, 우편국, 학교, 은행 등 섬의 모든 기관이 도민 처사에 항의하여 47년 3월 10일부터 제네스트에 들어갔다. 제네스트는 미군정청의 압력과 경찰의 탄압을 받으면서도 3월 19일까지 계속되었다. 그 기간의 3월 14일, 제주의 초대 지사 박경훈은 항의의 사직을 했다.

박경훈 지사는 사직 3개월 후엔 제주민전 의장에 취임하여 세상을 다시 한 번 놀라게 했다.

이 같은 제주도의 움직임을 '붉은 섬'이라고 적의의 눈으로 보는 사람들이 있다. 육지의 미군정청과 그 밑에서 움직이고 있던 정치인, 고급관료들이다. 조병옥은 제네스트가 한창이던 3월 14일 제주도에 날아왔다. 육지에서 경찰관 4백 명의 증파와 극우청년단체인 서북청년 수백 명을 섬에 투입키로 한 것이다.

'빨갱이를 보면 머리에 피가 역류한다.'는 서북청년단은 제주의 수많은 곳에서 파괴, 약탈 등을 내키는 대로 저질렀다.

그들의 바라는 일에 응하지 않는 섬사람을 '빨갱이의 앞잡이'라고 하여 구타와 방화 등을 일삼았다. 뒷일이 두려워 딸을 내주는 '정략결혼'까지 행해졌다.

이러한 우익의 도량에 대한 섬사람들의 반감이 드세지자, 남로당 제주도 위원회는 은밀히 무장투쟁의 준비를 서두르고 있었다.

D데이는 1948년 4월 3일, 회오리는 시시각각 다가오고 있었다.

제주도에는 '오름'이라는 높이 백 미터 정도의 작은 구릉을 어디서나 볼 수 있다. 수박 한 쪽을 엎어 놓은 듯한 언덕 모양을 하고 있다. 이 오름은 1950m 한라산 봉우리의 분화에 따라 솟아오른 기생화산이다. 이런 크고 작은 오름이 3백 60곳이나 된다. 그 오름들 위에 48년 4월 3일 오전 2시 일제히 봉화가 올랐다. 밤하늘에 붉게 타오른 횃불이 일제히 오른 봉기의 신호였다.

일본군이 버리고 간 99식 소총과 창, 죽창 등을 든 무장대는 전부터 노려오던 지서와 우익 인사들을 일제히 습격했다. 그날 습격한 곳은 제주도에 산재한 11개 지서를 비롯해 서북청년단의 숙소와 우익 요인들을 노렸다.

경악한 미군정은 1천 7백여 명의 경관을 육지에서 급파하기로 하고 제주 비상경비 사령부를 설치했다. 피는 피를 부르는 유혈 사태로 번져간 것이다.

이런 상황 속에서 김용남도 조천중학원을 다니면서 민애청의 활동이 점차 활발해졌다. 레포의 일이 더욱 늘어난 것이다.

48년 7월까지는 그 같은 일에 열을 올리고 있을 때 급기야 제주 경찰에서 지명수배 되었다. 집에 있을 수 없게 되자 친구의 집을 전전하고 있는데 조천리의 세포에서 통지문이 날아왔다. '당원으로 소환'하니 바로 입산하라는 지령이었다.

지역 세포는 정세가 긴박해짐에 따라 본거를 산 속으로 이동하고 있었다. 손 밑 동생에게

"나는 당분간 돌아오지 못할 게다."

이 한 마디를 남기고 은밀히 산으로 갔다. 그는 조직이 자신을 인정해 준 것을 자랑으로 생각했다. 안내인을 따라 간 곳은 조천리의 남쪽 7킬로 남짓 되는 산간지대로 소나무와 동백나무숲이 우거진 밀림 속의 움막집이었다. 그곳에는 10여 명의 남녀가 있었다. 얼굴을 아는 남자를 보고는 흠칫 놀랐다.

그들은 중학생한테는 눈길도 주지 않으면서 움막을 들랑거리고 있었다.

선망의 당원이 됐는데도 김용남은 맥이 풀려 있었다.

그에게 주어진 임무는 세포의 서기에 관한 일이었다. 김순희라는 23세 가량의 선배가 세포의 조직을 책임지고 있었다. 그녀 밑에서 서기로서 보고서나 상부의 지령문 등 각종 서류를 보관하거나 일지를 쓰는 일이었다.

그는 귀국 후 3년밖에 되지 않아 우리말이 서툴렀지만 김순희는 틈나는 대로 가르쳐 주었다.

그녀는 육지인 목포에서 학교를 다닌 사람이지만 친절했다.

그녀도 나중엔 토벌대에게 붙잡혀 사형을 선고 받아 처형되었다.

산에서는 게릴라의 기본 수칙 등을 전수받으며 당원으로서의 이론 무장에 대해 가르침을 받았다.

당시 무장 게릴라에 대해 '공비'니 '폭도'니 하고 불렀지만 제주도 주민의 다수는 내심 산의 무장대에 지지를 보내고 있었다.

그 이유는, 경찰이나 서북청년단의 과잉 탄압을 들 수 있다. 집안에 한 사람의 '입산자'가 생기면 일가권속들을 모두 붙잡아 가는 가혹한 처사가 도리어 그들을 멀리하게 하는 결과를 낳은 것이다. 눈에 띄는 족족 가해하는 관변 측에서 도망치는 곳은 산밖에 없었다.

어린애를 등에 업거나 손에 이끌고, 늙은이를 챙겨 산에서 살 길을 찾는 사람들이 줄지어 이어졌다. 섬사람들과 게릴라들은 한 이웃이 된 것이다.

김용남이 속했던 세포는 비무장 조직이어서 주로 해안부락의 정보 수집이나 도로 파괴 등이 주 임무였다. 그는 때로 메가폰을 손에 들고 밤 도와 마을 근방까지 내려가 조천 부락이 내려다보이는 지점에서 아지프로를 하기도 했다.

이러한 산 생활이 48년 10월까지는 그래도 평온한 상태가 계속되었다. 11월 무렵이 되자 상황은 긴박하게 돌아갔다.

토벌대가 산간 부락을 해안선으로 소개하기 시작했다. 산에 틀어박힌 게릴라와 주민들을 차단하여 고립시키는 작전으로 전환한 것이다.

그 무렵부터 김용남의 주변에도 한발 한발 포위망을 좁혀 오고 있었다.

지하 선거

장마철 들어 군경 토벌대와 게릴라간의 소강상태는 8월까지 이어졌다. 이 같은 현상은 비단 날씨 때문만은 아니고, 유격대가 공격을 자제한 데 원인이 있었다.

토벌대도 부대가 갈린데다 중앙으로부터 별다른 지침을 못해 주춤한 상태였다.

그것은 어쩌면 거대한 '폭풍 전야의 평온기'라고나 할까.

7월 중순부터 남한은 때 아닌 지하선거로 술렁거렸다. 산간벽지는 밤이 되면 소리 없는 반공개 투표로 북적이고, 농촌의 집집 안방도 물밑선거로 북새통을 이루었다. 동네마다 연판장이 돌고 죽창을 든 사람들이 가가호호 돌며 '도장 찍는 일'에 나서고 있었다. 주민들 다수는 영문도 모른 채 그들이 내미는 책장에 손도장을 눌렀다. 이 일은 온나라 수백만 명이 참가하는 일이었다. 그러나 제주섬은 초토화 작전이 벌어지면서 이 일로 인해 엄청난 인명 피해가 발생했다.

그것은 남한의 5 · 10 선거와 단독정부 수립에 대응하여 남한의 좌파와 북한이 남북에 걸쳐 실시한 '8 · 25 지하선거'의 시발이었다. 이것을 이른바 '지하선거'라고 일컬었다.

남한에서는 5 · 10 선거를 치러 198명의 국회의원을 선출했다. 제주도에서만 투표 미달로 2명의 의원을 뽑지 못했다.

1948년 5월 31일 제헌국회 개원식이 열려 의장에 이승만을 선출했다. 그래서 남북의 좌익세력은 다급해졌다.

남한에서는 7월부터 남로당과 전평, 농맹, 민애청 등이 나서서 지하선거를 이끌어 전국을 들끓게 했다. 이를 저지하려는 군정경찰과의 숨바꼭질이 시작된 것이다.

그중 유격대들이 군정 당국과 대치하던 제주도에서는 역설적으로 타 지역보다 지하선거가 활발히 진행되었다.

제주도의 지하선거는 백지에 이름을 쓰고 도장을 받아가는 식으로 진행됐다. 일반 주민들은 영문 모르고 손도장을 찍었다고 생각했다.

이 지하선거는 중산간 마을과 농촌지역을 대상으로 널리 실시되었다.

대정면 무장대에서 활동했던 입산 경력자는 이렇게 말했다.

"지하선거를 독려하기 위해 무장대를 마을에 파견하는 일도 있었지만 마을 안의 조직이 움직였어요. 무장대에서 나서 도장받은 일은 드물었다고 봐야 해요. 그때는 마을에 자위대 조직이 있었어요. 산에서 지시를 내리면 마을 내 조직에서 웬만한 일은 다 처리했죠. 산 쪽에서 '민주부락'이라고 부르던 중산간 마을에서는 낮에도 도장을 받으러 다녔어요. 백지에 서명을 받았으니까요."

제주도의 지하선거는 미군정이 주도했던 5·10 선거처럼 3개 선거구로 나뉘어 실시되었다. 이 같은 사실은 미군 정보보고서에서 밝히고 있다. 미 24군단 「G-2보고서」는 제주도 지하선거에 관해 이렇게 기록하고 있다.

"8월 25일 북조선 선거와 동시에 실시되는 게릴라부대에 의해 관리되는 지하선거가 제주도의 소규모 마을과 시골에서 시행되고 있다. …북조선 선거 감시위원회는 투표 과정을 감시하게 될 것이다. 제주도는 '인민해방군구'로서 3개 선거구로 분리될 것이다. 소규모 유격대들은 밤중에 제주도 작은 마을에 들어가 마을 주민들에게 북조선 선거와 통일정부를 지지하고 남조선 정부를 반대하는 탄원서에 서명할 것을 강요하고 있다."

제주도에서 지하선거가 활발해지면서 토벌대와 게릴라 간의 인명피해가 늘어났다. 48년 8월 2일 한밤중 안덕면 서광리에서 주민들로부터 백지서명을 받던 청년 2명이 토벌대의 기습을 받고 사살되었다. 한 사람은 마을 청년이었고, 다른 한 사람은 경비대원 복장을 한 탈영병이었다.

그때 숨진 마을 청년은 22세의 김중봉으로 밝혀졌다.

서귀실수학교 출신인 그는 마을의 지도급 청년이었다. 그 2개월쯤 지난 뒤 마을 수색에 나선 경찰대는 산 사람들이 지하선거 본부로 삼았던 민가주인 고정유를 불러내 현장 사살했다. 안덕지서 순경은 마을 사람들이 보는 앞에서 "폭도가 죽었던 곳에 그대로 살고 있는 걸 보니 너도 폭도임이

분명하다."면서 사살했다는 것이다.

― 8월 2일 5명의 공산주의자들이 목포를 향해 배로 떠났다. 추측하건대 그들은 북조선 선거에 참여키 위해 평양으로 가던 길인 것 같다.

― 48년 8월 10일 미 24군단 「G-2보고서」에 기록된 글이다. 이 정보기록은 제주도 대표 5명이 북한에서 시행하는 최고인민회의 대의원 선거에 참여하기 위해 배편을 이용, 목포로 떠났다는 내용이다.

한반도를 남북으로 가르는 38도선에 가까운 해주시. 1948년 8월 21일, 해주시 중심부에 세워진 인민회당은 북적이고 있었다. 이곳에서 26일까지는 남조선 인민 대표자 대회가 열리고, 1천 명을 넘는 대표가 사선을 넘어 참여했다. 미군정과 남한 관헌의 눈을 피해 육로와 해로를 통해 참가한 동지들은 이곳에 무사히 만나게 된 것을 기뻐했다.

이곳에는 남조선 노동당의 최고지도자 박헌영 등이 46년 10월 이후 탄압을 피해 월북했으며, 남로당의 본부가 되어 있었다.

남조선 인민대표자 대회는 그해 9월에 창건될 조선민주주의 인민공화국 정부를 세우기 위해 최고인민회의 대의원을 선출하는 모임이었다. 북측은 212명, 남측은 360명의 비율로 정해졌다. 북한은 8월 25일 이미 선거를 통해 212명의 대의원이 선출되었다.

남한은 지하선거를 치를 수밖에 없었다. 각 시와 군에서 인구비에 따라 5~7명의 대표를 먼저 선출한다.

그 총수 1,080명의 대표가 해주의 남조선대표자대회에 모여 그 중에서 360명의 남측 대의원을 선출하게 되는 것이다.

지하 선거가 가장 치열하게 이루어진 제주도는 군경의 눈을 피하는 등 생사의 기로에서 치러진 '서명투표'였다.

이렇게 사선을 넘은 대표 1,080명 중 1,002명이 해주에 집결했다. 참가하지 못한 78명은 입북 도중 체포되거나, 교통수단 때문에 낙오되었다.

제주도 대표로 참가한 사람 가운데 김달삼, 안세훈, 강규찬, 이정숙, 고진희 들이 최고인민회의 대의원으로 선출되었다. 또 중앙 무대에서 활동하던 제주 출신 강문석, 고경흠도 대의원으로 뽑혔다.

대정골 출신의 강문석은 민전과 남로당 중앙위원으로, 김달삼의 장인이기도 하다. 일본대학을 나온 고경흠은 건준 서기국장을 거쳐 근로인민당 간부 자격으로 참석했다.

남한에서는 지하선거를 통해서, 북한에서는 흑백함 선거를 통해 선출된 최고인민회의 대의원들이 9월 2일부터 평양에 모여 '조선 최고인민회의 제1차 회의'를 열었다. 이 회의에서 김달삼은 김일성, 허헌 등과 49명의 조선민주주의 인민공화국 헌법위원회 헌법위원으로 선출된다.

마침내 9월 9일 김일성을 수상으로, 박헌영, 홍명희, 김책을 부수상으로 하는 인공 수립이 선포되었다.

김달삼의 그 뒤 행적에 대해서는 여러 이야기가 전해진다. 그는 북한에서 국가훈장 2급을 받고 빨치산 간부교육을 받은 후 인민유격대 태백산지구 사령이 되어, 유격투쟁을 벌이다 사살된 것으로 알려졌다. 미 24군단

「G-2보고서」에 따르면, 최근 북한에서 돌아온 제주도 인민해방군 지도자 김달삼이 다시 북으로 가고 있다. 최근 여행의 주목적은 그가 앞서 북한에 있을 때 준비해 놓은 무기와 보급품을 수령키 위한 것이다.

그러나 다른 자료에 따르면, 김달삼은 북한에 계속 머물면서 강동정치학원에서 빨치산 간부교육을 받은 것으로 밝혀졌다. 1990년 한국에 온 강동정치학원 박병률 원장도 이렇게 말했다.

"강동학원에서 지리산 빨치산 지도자인 이현상, 제주도 지도자 김달삼 등을 교육시켰어요."

김달삼이 다시 남하한 것은 49년 8월 초였던 것 같다. 그때 그는 인민유격대 제 3병단 태백산지구 사령관의 직책이었다. 그는 3백여 명의 유격대와 함께 경북 안동, 영덕 주변에서 게릴라전을 전개했다.

인민유격대는 3개 병단으로, 제 1병단은 오대산지구, 2병단은 지리산지구에 배치되는데 그 사령관이 훗날 남부군 사령관으로 이름을 떨친 이현상이다.

그의 죽음에 대해서도 몇 가지 주장이 있는데, 각기 사살 주체, 시기, 장소가 다르다. 김남식의 「남로당 연구」에는 "사령관 김달삼과 부사령관 남도부 등 수십 명만이 50년 4월 3일께 월북했다."고 밝히고 있다.

제 14연대

그날은 화창한 일요일이었다. 14연대 하사관 지창수와 전남도당 오르그가 여수읍내 중국집에서 만나고 있을 때 김지회 중위는 돌산 식물원에 있었다. 광주에서 내려온 조경순과 휴일의 한때를 즐기러 나온 것이다.

김지회는 10여 일 동안 광주 도립병원에 입원해 있었는데, 그 동안에 두 사람은 가까운 사이가 되어 있었다. 그가 맹장염 수술을 핑계로 그녀에게 접근한 것은 그녀를 포섭하여 남로당 전남도당과 제주도당의 공작 기밀을 엿보려는 것이었다.

조경순 또한 전남도당으로부터 김지회를 놓치지 말라는 은밀한 지령을 받고 있었다.

전남도당에서 조경순에게 그 같은 지령을 내린 것은, 김지회가 좌익사상을 갖고 있다는 그녀의 보고를 받기 때문이다.

전남도당 군사부에서는 김지회의 정체를 중앙당에 소속된 4연대 내의 프락치로 여겼던 것 같다.

당시 남로당의 군에 대한 프락치 공작에 있어, 장교는 중앙당에서 전담하고, 사병은 각 지방 도당에서 하게끔 되어 있었다.

조경순은 김지회가 들려준 소련의 유명한 여류작가이자 혁명가인 알렉산드라 콜론타이의 생애와 그녀의 작품 『붉은 사랑』에 대해 깊은 감동을 받았다. 조경순은 자신도 콜론타이와 같은 인물이 되고 싶다고 말했다.

김지회가 도립병원에서 퇴원했을 때는 영암 군경 출동사건 관련자들에 대한 처벌조치가 취해진 터라 4연대는 한 차례 홍역을 치른 뒤였다.

연대는 새롭게 신병을 뽑아 충원하면서 훈련에 전념했다. 종전의 2개 대대가 3개 대대로 늘어났다.

그 즈음 지창수의 '병사 소비에트' 조직은 더욱 열을 올리고, 김지회의 '콤 서클' 또한 연대의 전 장교를 조직에 끌어들이는 공작을 펴나갔다.

그 동안 김지회와 조경순은 더욱 뜨거운 사이가 되어 있었다. 마침내 광주시 월산동에 방을 얻어 동거생활로 들어갔다. 그러면서도 두 사람은 각기 남북 공산당 조직의 계보를 달리하는 입장을 고수했다.

조경순은 김지회가 북의 지령을 받고 있다는 것을 어렴풋이 감지하게 되었다.

48년 2월 중순의 어느 날 조경순은 갑자기 고향 제주도를 다녀오겠다고 했다. 김지회는 신경이 곤두섰다. 전남도당과 제주도당 간의 어떤 임무를 그녀가 맡은 것으로 짐작되었기 때문이다.

당시 국내 정세는 긴박한 국면을 맞아, 유엔 감시 하에 남한만의 총선거가 실시될 상황이었다. 이러한 정세 속에서 조경순이 제주도를 다녀오겠다고 했으므로 김지회는 긴장하지 않을 수 없었다.

가끔 조경순은 이런 말을 했었다.

"앞으로 제주도는 남조선 혁명의 기지가 될지도 모른다."

조경순은 도립병원에서 일주일 휴가를 얻어 2월 28일 제주도로 떠났다. 그때는 남한 전 지역에서 '2·7 구국투쟁'이 벌어지고 있었다. 남로당이 제주도에서도 대대적인 폭동을 계획하고 있다는 예감을 얻은 그는 그것을 일단 그의 상부선인 '인민혁명군' 총책 김일광에게 보고할 필요가 있다고 생각했다.

김지회는 곧 김일광에게 급히 만나자는 두 통의 전보를 쳤다. 당시 김일광은 서울 충무로와 남대문로 등 두 곳에 아지트를 두고 있었다. 그러나 수일이 지나도 연락이 없었다. 그런 가운데 제주도에서는 3·1절 기념 대회장에서 경찰과 군중이 충돌, 사상자가 발생했다는 기사가 발표되었다.

그 동안 회신을 받지 못한 김지회는 초조했다. 김지회가 김일광을 처음 만난 것은 조경순과 동거하기 직후였다. 그때 광주에 내려온 김일광을 김지회는 북에서 함께 월남한 사촌 형이라고 조경순에게 소개했다.

김일광은 김지회를 금남로의 요정으로 따로 불러 그동안의 공작 성과를 치하했다. 그리고 비상시의 행동 요령을 지시했다.

"앞으로 혹시 '콤 서클' 조직이 위기에 직면하면 조직원을 이끌고 일단 지리산으로 입산, 그곳 동지들과 합류하여 산악 유격대를 조직하오."

그러면서 현재 지리산 기슭 촌락에는 전 '국군준비대' 경남 출신 간부

하준수를 비롯, 오영주, 김영식, 권석구 등 10여 명이 유격 근거지를 구축 중이라고 일러 주었다. 그들은 본디 남로당 계열이지만 북의 '권위 있는 선'으로 전향하기로 이미 결정을 내렸다고 했다. 그리고 김일광은 김지회 에게 평소 유격전을 연구해 두라면서 책 두 권을 내놓았다.

김지회가 김일광의 소식을 몰라 애태우던 중 놀라운 일이 벌어졌다. 3 월 6일자 신문의 발표문 표제는 '인민혁명군 조직 일망타진'이었고, 검거 인원은 총책임자 강진, 남북연락책 서중석, 청년특별지도부책 김일광 등 1 백여 명을 웃도는 숫자였다.

하지만 지리산에 유격 근거지를 구축한다던 하준수를 비롯한 10여 명 의 이름은 눈에 띄지 않았다.

김지회는 절로 한숨이 새어 나왔다. 그의 상부선은 붕괴되고 만 것이다. 그가 망연해 있을 때 조경순이 제주도에서 돌아왔다. 그녀는 제주도에서 의 일에 대해 별로 말이 없다가 한참 후에야 자초지종을 털어 놓았다.

그녀는 제주도에 파견되는 남로당 중앙의 주요 간부들 안내 임무를 맡 았던 것이다.

48년 1월, 해주와 평양을 숨가삐 오가던 박헌영은 2월 중순 당 선전선 동부장인 강문석을 제주도당 정책 및 조직지도 책임자로 임명하여 이중업 당군사부장, 이재복 군사부 프락치 책임자 등과 함께 제주도에 파견했다.

이때 전남도당에 이들의 안내를 수행하라는 지령이 내려 전남도당 군 사부장과 조경순이 수행했던 것이다.

일행은 전남도당에서 목포항에 준비해 놓은 밀선을 타고 제주도에 갔었다.

상부선을 잃게 된 김지회는 불안했다.

금방 자신에게도 관헌의 손길이 뻗쳐 올 것만 같았다.

'5·10 총선거'를 앞두고 미군정의 좌익에 대한 감시와 단속이 강화되었기 때문이다.

김지회는 '콤서클' 활동에 스스로 브레이크를 걸면서 정세를 관망했다. 그의 애인 조경순도 전남도당의 정세를 관망했다. 또한 전남도당의 간부 수 명이 경찰에 체포되고 도립병원 비밀 세포조직에까지 그들의 눈길이 번득이기 시작했다고 울상을 지었다.

그런 어느 날, 김지회는 생면부지의 방문객을 맞게 되었다.

한눈에 보아도 30대 인텔리 여성임을 알 수 있었다. 그녀는 '우리신문' 편집국 기자 오영숙이라는 명함을 내밀었다. 서울에서 발행되는 합법 신문이었다.

그날은 토요일로, 오영숙 기자는 김지회를 광주 역전의 중국 음식점으로 인도했다.

"노고가 많으시지요. 사장님의 편지를 전하러 왔습니다."

그러면서 봉함 편지 한 통을 내놓았다.

"네……?"

편지를 받아든 김지회는 어리둥절했다.

"편지를 열어 보시지요. 그리고 사장님께 보고드릴 사안이 있으면 전하겠습니다."

여기자는 미소를 지으면서 나직이 말했다.

그제야 김지회는 편지를 개봉했다. 다음과 같은 사연이었다.

"김지회 동지, 동지의 사업성과를 높이 평가합니다. 이번에 대동강 302 호실의 지시에 따라 임시적으로 김 동지를 우리 신문사의 지방 간부사원으로 영입하게 된 것을 기쁘게 생각합니다. 나는 김 동지에게 당초에 맡은 사업에 계속 충실해 주실 것을 바랍니다. 앞으로 지원 요청이나 보고는 우리 신문사 오영숙 기자를 통해 주시기 바랍니다. 오기자는 수시로 김 동지를 방문할 것입니다. 김 동지의 건투를 빕니다."

김지회는 한시름 놓게 된 심정이었다. 그의 새로운 상부선이 구성된 것을 알았기 때문이다.

김지회는 미처 몰랐지만, '우리신문'의 경영주와 사장이 성시백으로 바뀐 것을 뒤늦게야 알았다. 그는 합법을 가장, 신문사와 무역회사를 경영하면서 남한 내의 주요 기밀과 우익 진영 정치인들에 대한 포섭 공작을 벌이고 있었다.

김지회는 오기자에게 광주 4연대 내의 '콤 서클' 조직 상황과 남로당 전남도당에서 조종하고 있는 지창수, 정낙현 등과 '병사 소비에트'의 내막을 설명해 주었다. 그리고 곧 두 사람은 헤어졌다.

그런데 며칠 후 오영숙이 또 김지회를 찾아와 사장의 편지를 전했다. 편지 사연은 이런 것이었다.

"중앙의 믿을 만한 정보에 의하면 1개 연대를 새롭게 창설한다고 하니 김 동지는 이에 재량껏 대처하기 바란다."

상부선에서 전해 준 그 정보는 정확했다. 4월 말 여수 제 14연대 창설을 위해 광주 제 4연대에서 1개 대대 병력이 차출된 것이다.

김지회는 광주를 떠나 신설 연대로 가고 싶었다. 이제 4연대에서는 자신의 정체가 드러나 언제 체포될지 모를 처지였다.

한편 '병사 소비에트'의 리더인 지창수, 정낙현 등도 김지회와 비슷한 처지였다. 게다가 지창수, 정낙현 등은 전남도당으로부터 여수 신설 연대로 옮겨 병사들을 적화하라는 지령을 받고 있었다.

그러나 이 두 조직 멤버들은 이미 연대 지휘부에서 제 14연대 창설 기간병으로 차출되었다. 골치를 앓아 오던 터라 그들을 밀어내려던 것이었다.

여수에 제 14연대가 창설된 것은 48년 '5·10 선거'를 며칠 앞둔 5월 4일이었다.

여수 신월리라는 바닷가 지역이었다. 여수반도 남단에 버섯코처럼 툭 튀어나온 산허리를 파고든 들녘이었다.

이곳은 지난날 일본 해군 항공부대 기지가 있던 곳으로 해방 후에는 미군이 진주한 '앤더슨' 기지였다.

김지회는 14연대 작전 참모 보좌관으로, 지창수는 연대 하사관 자리를 차지했다. '병사 소비에트' 부책인 정낙현은 연대본부 정보과 선임하사 자리를 따냈다.

당시 '콤 서클'과 '병사 소비에트' 리더들은 신설연대의 적화공작의 황금 방석에 앉은 셈이었다. 그래서 전날 동부 6군인 곡성, 구례, 순천, 승주,

광양, 보성-벌교, 여수-여천, 고흥 등지에선 대대적인 신병 모집이 이루어졌다.

각 지방에서 좌익에 기울던 청년들이 경찰의 수배를 받으면서 14연대에 입대했다. 전남도당에서도 예하 군당에 비밀 지시를 내려 그들의 입대를 독려했다.

8월 15일 대한민국 정부가 수립되고 국방경비대가 국군으로 개편되었다. 어느 토요일 김지회 중위는 지창수 상사로부터 영외 초대를 받았다. 두 사람은 어렴풋이 상대의 성향을 짐작은 하고 있었지만 조직의 상부선이 달라 그다지 깊은 접촉은 없었다.

김지회는 웬일인가 싶었지만 지정된 곳에서 지창수를 만났다.

"김중위 님, 우리 합작하는 게 어떻겠습니까?"

김지회는 빙긋이 웃으면서 말했다.

"지 상사의 제의는 좋지만 좀 더 생각해 보자구. 합작을 하자면 먼저 선행조건이 따라야 할 테니까."

"선행조건이라니, 그게 어떤 것입니까? 우린 같은 이념, 같은 노선을 가는 데 문제라뇨?"

"지 상사는 당적 원칙과 지침을 모르고 있어요."

김지회는 정색을 하며 꼬집었다.

"아, 알겠습니다. 중앙당과 지방당의 공작조직 말씀이군요."

"그럼, 우선 당적 원칙부터 외면할 수가 없지 않소."

"그런 문제라면 상부에 건의할 숙제가 있는 것으로 이해하겠습니다."

"그래요. 서로 노력해 가자구요."

김지회는 이렇게 말하면서 냉소를 했다. 지 상사는 김 중위를 남로당 중앙당 소속으로 알고 있다는 생각이 들어서였다. 다음 순간 지창수는 폐부를 찌르는 듯한 질문을 던졌다.

"보좌관 님의 상부는 혹시 북쪽이 아닙니까?"

"지 상사, 그게 무슨 소린가?"

지창수는 얼굴에 살포시 웃음을 띠고 그의 눈을 응시했다.

"아니야, 난 북쪽이 아니야!"

"알겠습니다요. 이쯤에서 그만 두시지요."

김지회는 얼굴이 붉으락푸르락하는 데 지창수는 도리어 태연한 표정을 짓고 있었다.

유혈의 서막

1948년 10월 19일.

여수 신월리 병영에서는 비상나팔소리와 잇단 총소리에 사병들은 어리
둥절했다.

그날은 14연대 제 1대대가 제주도에 증파되는 밤이었다. 제주도에서는
제주도 경비사령부가 창설되고, 9연대장 송요찬의 포고문이 발표되고, 대
토벌작전이 한창 진행 중이었다. 총사령부는 14연대 1개 대대를 증원부대
로 차출, 그날 밤 LST편으로 출항하라는 명령을 내린 상태였다.

그러나 박승훈 연대장은 그 명령이 여수 우체국을 통해 일반 전보로 왔
기 때문에 기밀상 출항시간을 자정으로 변경했다.

이 작업은 극비리에 진행되었고 인사계 하사관인 지창수는 그 작업에
참여했다.

지창수는 그날 밤 하사관 그룹의 '소주 파티'를 소집했다. 하사관 그룹

은 몇 가지 방안을 놓고 격론 끝에 선상반란을 일으키기로 의견을 모았다.

육군 총사령부의 작전은 극비리에 진행되어 제주도 출동일을 그들은 알지 못했다.

일요일은 지창수와 도당 오르그가 정기적으로 접선하는 날이다. 지창수는 오르그에게 선상반란에 대한 계획을 알리며 도당의 긴급지시를 요청했다.

"사태가 긴박하게 돌아가니 오늘 중, 아니면 내일까지는 연락을 기다리겠소. 연락을 받지 못하고 출항하게 되면 독단행동을 양해해 주어야 합니다."

"알겠소."

의사를 충분히 확인하고 그는 광주로 떠났다.

전남도당은 광주시내 비밀 아지트에 버티고 있었다. 이때 지하조직은 조각이 나있었지만 특수 조직만은 시내 깊숙이 '사업'을 지탱하고 있었다.

광주로 돌아간 연락원은 조직책과의 선점으로 나갔으나 접촉할 수 없었다. 그는 한참을 허둥대다가 다시 한 번 선점을 기웃거렸다.

이때 그곳에 기다리고 있는 것은 형사들이었다.

박은 하루 전에 체포되어 선점은 노출되어 있었다.

그는 지나는 행인이라고 둘러댔지만 수갑이 채워져 경찰서로 끌려갔다. 그러나 그는 최소 24시간은 비밀을 고수한다는 철칙을 지켜 하루 동안 자신의 정체를 숨겨 버텨냈다. 그런 정황을 알 수 없던 지창수는 초조한 시간을 보내고 있었다.

10월 19일 아침이었다.

제 1대대에 편입된 하사관 그룹은 초초한 낯빛으로 모여앉아 지창수의 지시를 기다리고 있었다. 지창수가 오르그와의 접선에 실패한 채 출항을 하게 됐으니 초조할 수밖에 없었다.

시커먼 바닷물이 출렁이는데 정낙현 상사가 콘크리트 바닥을 두루 살피더니 이진범 상사에게 손짓하여 구석진 곳으로 데리고 갔다.

"정세가 다 틀렸어."

"그럼, 지창수의 대책은?"

"승선하기 전 연대 내에서 궐기하자는 거야."

"알았어."

"그럼 21시 50분에 작전지시를 하겠어. 시간은 1분도 착오 없도록 동지들에게 전해 주게."

정낙현은 어둠 속으로 사라졌다.

그 시각 장교 식당에서는 출동 장교들을 위한 환송파티가 벌어졌다. 제 1대대장 김일영 대위의 인사말로 회식을 마치고 제각기 영내외의 숙소로 흩어져 갔다. 일부 장교는 대대본부에서 승선을 기다리고, 또 다른 장교는 선적 상황을 알겸 여수 읍내에 나갔다.

21시 50분. 43명의 하사관들은 정각에 다 모여 있었다. 그 자리에 지창수 상사가 상기된 얼굴로 나타나 주워섬겼다.

"10분 후엔 작전에 들어갑니다. 여러분의 결정에 따라 지금부터 내가 총지휘를 합니다. 이의 없습니까?"

정낙현이 나서며 말했다.

"이 순간부터 우리는 인민의 군대가 되는 거다. 우리는 이제 한 배를 탄 운명공동체가 되는 거다."

그의 말에 일동은 침묵으로 동의했다. 그러자 지창수가 단호한 어조로 지시를 내렸다.

"작전명령이니 경어를 쓰지 않겠다. 내가 10시 정각 방아쇠를 당기면 이를 신호로 곧 비상나팔을 불어다오."

하사관들의 작전지시가 끝났을 때 상사 하나가 열 밖으로 나오며 소리 쳤다.

"이거 무이가. 너희들 항명하면 총살이닷!"

"뭐 이 반동새끼!"

한 하사관이 그 상사를 엠원으로 갈겼다. 삽시간에 여기저기서 아비규 환이 울리고 생지옥이 연출되었다. 이때 지창수 상사가 지휘단에 올라 일 장연설을 쏟아냈다.

"경찰이 지금 여길 습격해 온다는 정보가 입수되었다. 우린 즉시 응전할 채비를 갖추어야 한다. 총을 들고 경찰을 타도해 나서자. 우리는 제주도로 출동하는 것을 절대 반대한다. 경찰과 우익 반동을 타도하고 조국의 염원 인 남북통일을 이루어 내자. 지금 북조선 인민군이 남조선 해방을 위하여 38선을 넘어 남쪽으로 진격중이다. 지금부터 우린 해방군이 되어 죽음을 각오하고 싸우러 가자."

대대도 이에 합류하니 반란군 수는 삽시간에 2천 5백 명을 헤아렸다.

반란군은 장교들을 닥치는 대로 사살하고 자정 무렵에는 영내를 벗어나 여수읍으로 진격해 갔다.

이 시점에서는 훗날 반란군을 지휘한 김지회 중위의 신분은 알려지지 않았다. 그는 도리어 지창수의 반란을 '때가 아니라'고 외딴방에 갇혀 있다가 비밀 당원임을 실토하여 순천행 열차에 오르게 된다. 그런 상황에서도 제주 출신의 광주도립병원 간호사 조경순이 그의 곁에 바짝 붙어 있었다.

14연대는 제주도 사태 진압을 위해 미군으로부터 엠원 소총, 경기관총, 61밀리 박격포 등 최신 무기와 다량의 포탄을 지급받았다. 무기고에는 채 반납하지 않은 구식무기와 탄약이 그대로 쌓여 있었다. 여수읍에 진입한 반란군은 이에 동조한 좌익 청년단과 남녀 학생 6백여 명에게 무기를 나누어 주며 무장시켰다.

20일 새벽 5시께 반란군은 여수경찰서와 중요기관을 차례로 점령했다.

제1대대 작전 교육관으로 현장에 있었던 전용인 소위는 그때의 사건을 이렇게 증언한다.

"회식을 마치고 대대 본부에서 출동을 기다리며 누워 있었다. 대대장은 제1 중대장실에서 자고 있었다. 비상나팔소리가 처음 들리고 이어 세 발의 총성이 울렸던 것으로 기억된다. …주민들이 밤에 배를 타고 몰래 들어와 장작을 훔쳐가는 일이 자주 있었고, 어둠을 이용해 어선들이 조업이 금지된 부대 앞바다로 들어와 고기를 잡아가는 일도 많아, 그때마다 경계병이 경고 사격을 하도록 훈련돼 있었기 때문이다. 비상 나팔은 난데없는 것이었다. 평소 연대는 비상 나팔만 울리면 무조건 연병장으로 집결하는 훈련을 계속해오긴 했지만 출동시간이 다 됐는데 훈련은 무슨 훈련인가 하는 생각이 들었다. 대대장실을 나와 연병장으로 향하는데 300미터 쯤 떨어진 근무중대 옆 사무실에 불이 환하게 켜져 있었고, 총소리가 나면서 여러 명이 언덕길을 달려 내려오는 발자국 소리가 어지럽게 들렸다. 나는 누가 밤늦게 싸움질을 하나 하는 생각을 하며 걸어가는데 대대 부관 김정덕 소위가 양팔이 덜렁거리는 상태로 달려와 '저놈들이 나를 쐈다'고 소리치며 내 앞에 털썩 쓰러졌다. 바로 뒤에서는 7, 8명이 '야, 이 새끼야!' 하고 외치며 따라붙고 있었다. 경황 중에도 콘크리트 바닥을 울리는 군홧발 소리가 유난히 크게 들렸다. 나는 순간적으로 대대장에게 알려야 된다는 생각으로 대대 본부를 지나 1층 대장실로 내달렸다."

  김 소위를 공격했던 반도들은 곧바로 탄약고로 달려가 자물쇠에 총을 쏴대고, 비상 나팔소리를 들은 각 대대 병사들은 평소 교육받은 대로 연병장에 집결하고 있었다. 급히 대대장을 깨워 간단히 사태를 보고하고 다시 밖으로 나왔을 때는 이미 1대대가 연병장에 모였고 2, 3대대가 연병장으로 오는 언덕길을 내려서고 있었다.

  대대장은 "빨리 이 사실을 시내에 있는 연대장께 알리라"고 지시했다. 그는 일반 전화로 연대장에게 급보를 전하려고 연대 본부로 달려갔다. 그러나 전화선은 이미 끊겨 있었다. 순간 얼마 전에 보급된 무전기가 생각나 연대본부 뒤편 언덕 위에 있던 통신소로 다시 달려갔다.

  통신병 서너 명이 의외의 사태에 놀란 듯 모여 앉아 어쩔 줄 모르고 있었다. 급히 광주의 5여단 본부를 호출했는데 응답이 없고 여단 통신대의 무전병들이 모두 잠든 모양이었다.

여단 본부와의 교신을 위해 애쓰고 있는 동안 아래쪽 연병장에서는 연대 인사계 지창수 상사의 선동 연설과 "옳소! 옳소!" 하고 외치는 병사들의 함성소리가 또렷이 들려왔다.

바로 그날 2대대 5중대의 주번사관으로 근무하다 반군으로부터 복부 관통상을 입고 구사일생으로 살아난 5중대장 대리 박윤민 소위도 비슷한 증언을 한다.

"보성 파견대장으로 근무하다 연대에 복귀한 지 얼마 되지 않았을 때다. 총소리와 비상 나팔소리를 듣고 막 대대 본부로 향하고 있는데 맞은편 탄약고 쪽에서 몇 명인가가 자물쇠를 부수고 있는 게 보였다. 아마도 '경찰들과 충돌이 벌어져 탄약이 필요한 모양'이라고 생각하고 무심히 다가갔다.

'누구냐?' 하는 외침 소리에 불현듯 '주관사관이다'라고 답했다. 그 순간 '쏴라!' 하는 소리에 이어 총성이 울렸고 복부에 뜨끔한 통증을 느끼며 땅바닥에 엎드렸다. 바닥에 엎드린 순간 1중대 주번 사관 유모와 김정덕 소위, 조병모 소위 등이 쓰러져 있는 것이 눈에 띄었다. 조 소위는 99식 총검이 복부를 관통해 창자가 흘러나와 있는 상태였다. 총에 맞은 아랫배와 오른쪽 무릎으로 파고드는 통증을 누르며 죽은 체하고 엎드려 있는데 한 패가 다가왔다. 한 명이 구둣발로 얼굴을 밟으며 '죽었다'고 소리치고 조 소위의 맥을 짚어보더니 '죽었다'며 패거리를 이끌고 연병장으로 내려갔다. 어느 틈에 반군에 합류한 구두닦이 소년이었는데 짐짓 살펴보는 척하며 우리를 살려준 것이었다."

그는 주위가 조용해진 틈을 타 양팔로 70여 미터를 기어 대대 막사를 향해 이동했다. 양팔굽이 다 까져 온몸이 피투성이였다. 김원기 중사가 그를 발견해 침대에 뉘어 주었다.

그는 심한 통증에 시달리느라 밖의 상황에 신경 쓸 여력이 없었다. 얼마 시간이 흘렀을까. 침대 밑에서 누군가 기어 나왔다. 1대대장 김 대위의 형인 군납업자였다.

그는 그대로 있다가는 죽어갈 것이란 두려움으로 겁에 질려 있는 군납업자에게 부탁했다.

"밖에 나가서 장교 한 명이 총에 맞아 누워 있다고 말하면 당신은 살 수 있고, 나도 살 수 있을지 모르오."

한참을 망설이던 그 사람을 설득해 새벽녘에 내보냈는데 아침이 다 돼서야 김지회 중위가 와서 그를 들것으로 실어냈다.

훗날 홍순석 중위와 함께 반군을 이끌고 지리산으로 들어갔던 바로 그 김지회였다. 김 중위는 19일 주번사관을 맡아 19일 상번 주번 사관인 그와 임무를 교대한 희귀한 인연의 인물이었다.

그가 들것에 실려 여수 시내의 순천병원으로 후송되던 20일 김지회는 반군을 태운 열차 속에 있었다.

14연대 반란의 주모자는 지창수 상사를 비롯한 연대내의 '좌익 하사관' 그룹이었다. 이들은 연대 병력이 연병장에 집결하자 무장한 세포들을 연병장 주변에 배치하고 선동 연설과 하사관 4명을 현장에서 총살하는 위협으로 삽시간에 연대 병력을 반군으로 탈바꿈시킨 것이다.

지 상사는 병사들의 반 경찰 감정을 교묘히 이용했다. 병사들과 경찰 간의 알력은 곳곳에서 유혈 충돌을 빚을 만큼 극심했다. 지난 9월말 구례에서 14연대 휴가병이 경찰과 충돌하는 사건으로 병사들의 분노는 고조되어 있었다.

당시 4연대는 어느 연대보다도 좌익의 침루가 많았는데, 이는 전남 도당의 공작 때문이었다.

이런 상황인지라 4연대는 되도록 골치 아픈 병사들을 골라 여수로 보냈다. 이들 1개 대대 병력을 근간으로 탄생한 14연대는 좌익 세력의 집결체였다.

지창수는 연대 내의 '하사관 그룹'을 유지 독려하면서 전남도당과의 비선을 유지하고 있었다.

그러나 14연대의 반란이 남로당 중앙이나 전남 도당과의 협의를 거쳐 계획된 것은 아니다. 이는 제주도의 4·3과 마찬가지로 당 말단에서 빚어진 자의적인 행동이었다.

그쯤 전남 도당 조직부 특수조직과장을 맡았던 박춘석의 증언은 이런 것이다.

"도당에서 지시한 바 없어요. 사건 직후 도당에서 비상회의가 열려 이미 조직이 드러난 여수는 포기하고 순천 읍당 등에는 즉각 조직 보존 지시, 즉 자제 지시를 내렸습니다."

처음 단계에서는 미구에 반란군을 지휘할 김지회 중위의 신분은 노출되지 않았다. 그러나 그는 위급한 순간 자신의 신분을 노출시켜 일단 위기를 모면했으나, 순천의 역두에 나타난 이현상을 지칭하는 듯한 '노동무'의 확인을 받기까지 지 상사로부터 감시를 받았던 것이다. 그리고 여수 병영에서부터 제주도 출신의 광주 도립병원 간호사 조경순이 그의 곁에 바짝 붙어 있었다.

지 상사 등 하사관 그룹은 여수 읍당과는 사전 연락이 있었던지 3개 대대의 반군이 여수로 진입한 20일 새벽 2시께 여수 읍당 위원장 송욱 교장과 각급 좌익 단체 간부, 여수 남녀 학생들이 조직적으로 이들을 맞이했다.

한편 박승훈 연대장은 19일 밤 11시가 넘어서야 연대를 탈출한 수송 장교로부터 반란의 급보를 듣게 되었다.

때마침 14연대를 방문 중이던 5여단 참모장 오덕준 중령은 급보를 전해 듣고 해군 경비정으로 여수를 빠져 나갔다. 박 연대장은 사태를 지켜보느라 탈출 기회를 놓쳐 읍내 금강여관 지하실에서 꼬박 이틀을 은신해 있다 가까스로 탈출해 24일 새벽에야 선편으로 목포로 빠져 나왔다.

반란군은 새벽 1시께 여수 읍내로 들기 시작했다. 봉산지서를 단숨에 쓸어버리고 수 명의 경찰을 사살했다.

여수 경찰서는 2백여 명으로 저지선을 쳤으나 새벽 2시에 무너지고, 반군들이 시내 곳곳을 활개치고 다녔다.

좌익 청년들은 '인공 만세'를 부르며 거리로 쏟아져 나와 반군을 환영하고 무기와 실탄을 나눠 받으니 하룻밤 사이에 여수읍은 해방구가 되고 말왔다.

거리에는 인민대회 포스터가 나붙고, '제주도 출동 결사반대', '미군의 즉시 철수' 등의 성명서가 발표됐다.

또 여수 읍당은 읍 인민위원회를 구성한 후 경찰과 우익 인사 체포에 나섰다.

급보를 접한 이범석 국방장관은 국방부에서 곧 긴급대책회의를 소집했다. 회의는 소집됐지만 사태에 대한 분명한 정보가 입수되지 않아 이 장관은 채병덕 참모총장에게 "선견대를 인솔해 현지로 내려가 사태를 파악하고 조치를 취하라"는 지시로 회의를 끝냈다.

채 총장과 정일권 참모총장, 백선엽 국장, 하우스만 대위, 정보국 통역관 고정훈 중위 등으로 구성된 선견대는 김포로 나가 C47 수송기편으로 광주로 향했다.

광주 5여단 본부에 선견대가 이르자 채 총장은 사태의 심각성을 깨닫고 그날 하오 서울로 되돌아가고, 21일 정 총장을 서울로 불러올렸다.

한편 육군 총사령관 송호성 준장이 토벌 사령관에 임명돼 21일 광주로 날아왔다. 그는 2여단 예하 12연대, 2연대 및 5여단 예하의 3연대와 4연대 등의 병력을 순천방면으로 급파했다.

선견대의 일원으로 광주에 내려왔던 백선엽 정보국장은 송사령관과 합류해 진압작전에 나서게 됐다. 이때 박정희 대위, 심흥선 대위, 이수영 소위 등이 송 사령관을 수행해 광주로 급파되었다.

한편 여수 시내 주요기관을 접수한 반란군은 20일 아침 9시 30분께 1개 대대 병력을 여수에 잔류시켜 반동분자의 색출, 처형과 경비에 임하도록 하고 2개 대대의 주력은 열차를 타고 순천으로 향했다.

순천경찰서는 그날 새벽 1시께 급보를 받고 경계 태세에 들어갔다. 그러나 우왕좌왕 시간을 끌다가 반군의 순천 진입을 차단할 철도 전단조치를 취하지 못했다.

그날 상오 9시 기관장과 유지들이 승주 군청에 모여 대책을 숙의한 끝에 내린 결론은 "술과 안주를 군인들에게 제공해 군·경·민의 화해를 도모하자"는 것이었다.

그들은 14연대 반란을 앞서 있었던 '영암의 군·경 충돌' 사건이나 순천 경찰서 습격 사건쯤으로 여겼던 것이다.

그때 반란군을 태운 열차는 아무런 저항도 없이 순천역에 이르렀다.

"순천역 앞에 군인들이 집결하고 있는데 분위기가 심상치 않습니다."

이런 경찰 정보가 회의장에 날아들었을 때는 이미 위험 수위를 넘은 상황이었다. 순천에 진입한 반군이 시내 곳곳을 유린하며 경찰의 저항을 무력화시키고 있던 20일 정오 무렵에야 진압방침이 세워졌다.

광주의 5여단 사령부와 4연대 본부에 반란의 급보가 전해진 것은 20일 새벽 1시께였다. 광주의 박 부연대장은 급히 총사령부에 보고하는 한편 미고문관과 협의, 전 부대를 비상소집해 대기시키고, 제 2대대에서 1개 중대를 순천으로 급파했다. 이 중대는 학구를 지나 순천으로 직진하라는 명령을 어기고 엉뚱하게 보성과 벌교를 경유해 아침 10시에야 순천에 도착했다.

박 부연대장은 제 2대대 잔류 병력을 다시 순천으로 향하게 했다. 그가 일시에 병력을 순천에 투입하지 않은 것은, 순천에 주둔해 있던 홍순석 중위의 2개 중대를 믿었기 때문이다.

그러나 그것은 오판이었다. 홍순석은 반군이 순천역에 오기를 기다리다 그들과 합류해 버렸다.

순천이 반군 수중에 떨어진 것은 20일 하오 3시께였다.

순천을 장악한 반군들은 3개 방면으로 병력을 분산하여 학구, 광양, 벌교로 진격하면서 경찰서를 파괴하고 경찰을 사살했다. 여수와 마찬가지로 인민위원회가 조직되고 인공기가 거리에 펄럭이기 시작했다.

이곳이 여수와 달랐던 것은 남로당의 비밀 조직망을 끝내 드러내지 않은 점이다. 이것은 전남도당의 '조직 보존' 지시에 따른 것이었다.

반란군들은 21일 새벽 순천 관내 별양지서, 벌교 서 관내 조성지서를 쳐 들고 창성지서에서는 경찰관 30여 명을 총살했다. 여·순지구에 계엄령이 선포되던 22일 반군의 세력은 서로는 보성, 동으로는 광양, 북으로는 구례·곡성까지 뻗쳐 있었다.

그즘 유격전 근거지를 찾기 위해 지리산 둘레를 돌고 있던 이현상은 반란의 소식을 듣고 급기야 순천에 달려와 총사령에 홍순석, 부사령에 김지회를 지목, 반군 지휘 체계를 갖추도록 하고 신속히 산악지역으로 이동, 무장태세를 갖추도록 했다. 그리고 제일집결지를 지리산 문수골로 일러주고, 어디론가 떠나갔다.

한편 여수·순천·광양 등 반군의 점령지역에서는 경찰과 우익 인사들에 대한 학살극이 벌어지고 있었다. 인민재판이 첫 선을 보인 것이 이때다.

여수에서는 21일까지 8백여 명의 이른바 반동들이 묶여와 경찰서 뒤뜰이나 중앙동 로터리에서 죽임을 당했다.

순천에서는 더 조직적인 우익인사 색출작업이 이루어지고 인민재판의 규모도 확대되어 갔다.

반란군 진압작전에는 2여단 예하의 12연대 2개 대대, 2연대 1개 대대, 3여단 예하의 5·6·15연대에서 각각 1개 대대씩, 5여단 예하의 4연대 3개 대대, 3연대 2개 대대에 출동명령이 내렸다. 이밖에 기갑연대, 항공대, 경찰기동대도 투입됐다. 진압군의 개인화기는 엠원 소총으로 교체됐고, 81밀리 박격포와 60밀리 박격포, 경기관총 등이 배급되었다.

토벌부대는 20일부터 순천을 향해 집결하기 시작했다.

먼저 광주로의 북상로와 백운산·지리산으로의 길목을 차단하고 해상과 육상에서 여수반도 일대를 압축해 가며는 보성-학구-하동선에서 포위망을 좁혀간다는 작전이었다.

진압부대의 주력은 학구로 모여 들었다. 박기병 소령이 이끄는 4연대의 1개 대대가 먼저 도착했고, 부연대장 송석하 소령이 이끄는 3연대의 1개 대대, 백인엽 소령의 12연대의 2개 대대가 뒤를 이어 달려왔다.

순천의 반란군들을 막 공격하려는 순간 문제가 발생했다. 채병덕 참모총장은 순천 탈환작전의 지휘권을 5여단장 김백일 대령에게 맡겼는데 대전에서 내려온 2여단장 원 대령이 이에 반대했다.

그는 학구에서 광주에 내려와 있던 백선엽 국장에게 전화를 걸었다.

"이럴 수가 있는가. 주력부대가 거의 내 예하 부대인데 어떻게 김백일이 지휘를 맡는가. 나는 그 밑에서는 일할 수 없다."

그의 주장은 일리 있는 것이었다. 4연대의 1개 대대를 제외한 나머지 3개 대대가 모두 2여단 예하 부대였다.

그러나 김 여단장에게 지휘권을 맡긴 것 또한 군의관 출신인 원 여단장보다 낫겠다는 판단 때문이었다.

지휘권을 놓고 김·원 두 여단장이 신경전을 벌이고 있을 때 광주의 사령부는 긴급 정보를 듣고 초긴장상태에 빠졌다. 순천 탈환 수일 후의 일이었다.

모든 전투 병력이 출동해 텅 비어 있던 광주 사령부에서는 야단법석이 났다. 앞서 4연대의 1개 대대가 반란군에 합류했던 것으로 보아 개연성이 있는 정보였다.

사령부가 전전긍긍하고 있을 때 갓 임관한 한 소위가 예리한 판단을 해주었다. 대책 마련을 위해 전남경찰국으로 달려갔을 때 백선엽 국장과 만난 그는 소신 있게 말했다.

"그것은 반란군이 아닐 것입니다."

반란군이라면 으레 경유지의 경찰서나 지서를 공격했을 텐데 그런 보고가 없다는 것이었다.

순천 탈환작전은 학구 공방전으로 막이 올랐다.

3연대와 4연대의 각 1개 대대 병력과 맞서 접전을 벌였던 반란군은 12연대의 2개 대대가 진압부대에 합류해 공격하자 일부가 투항하고 주력은 광양방면으로 물러났다. 학구를 장악한 진압부대는 21일 하오 외곽에서 포위망을 좁혀들어 다음날엔 순천을 탈환했다. 백인엽 소령이 지휘하는 12연대는 학구 공방전에 이어 순천 공격에서도 선두에서 시가지를 쳐들어갔다.

22일 날이 밝으면서 장갑차를 앞세운 진압군은 쉽사리 순천을 탈환할 수 있었다.

반란군의 주력은 이미 시내를 빠져나간 뒤였고, 죽창 등으로 무장한 일부 학생이나 청년들의 저항이 있었으나 더는 위협이 될 수 없었다.

순천을 장악한 진압군은 12연대의 2개 대대를 비롯해 모두 5개 대대 규모였다.

한편 진압군의 순천 공격이 있기 전 이곳을 빠져나간 반란군은 광양을 거쳐 백운산으로 퇴각하고 다시 지리산으로 이동했다. 그 도중에서 이들은 하동을 거쳐 광양으로 들어 마산 주둔 15연대의 1개 대대를 공격, 연대장 최남근 중령과 제 2중대장 조시형 소위 등을 생포해 연행해 갔다.

"반란군들은 우리를 끌고 섬진강을 건너 지리산으로 들어갔다. 화엄사골 옆 문수골로 들어갔는데 나와 최 연대장은 한 농가의 다락방에 갇힌 채 카빈총으로 무장한 민간인의 감시를 받았다. 좀 지나 화엄사 쪽으로부터 요란한 총소리가 들려왔다. 반란군들은 무슨 성토대회를 하는지 함성소리가 요란했다. 우리는 진압군이 밀어닥치자 도주했는데 우리를 감시하던 민간인도 어디론가 사라졌다. 나는 최 중령과 함께 기회를 틈타 뺑소니쳤다. 밤새 걸어 토지면 초등학교에 들러 거기서 밤을 지새웠다. 다음 날 큰 길로 나와 행군중이던 15연대 하사관 교육대를 만나 화개장으로 돌아왔다."

조시형 소위의 증언대로 최남근 중령은 지리산까지 끌려갔다 돌아왔다.

여수 탈환전은 정치 지도자들의 성화 속에 진행되었다.

이미 여수에 잔류해 있던 반란군 주력이 앞서 순천을 빠져 나간 김지회, 홍순석 부대와 합류하기 위해 24일 밤부터 이동하기 시작했다. 민간인들도 전화를 피해 피난을 서둘던 때라 시가지에 대한 무차별 포격으로 많은 민간인 희생자가 생겼다. 화염에 휩싸여 벌겋게 타오르는 밤하늘의 기억은 잊기 어려운 광경이었다.

여수 탈환 후 여수비행장에 내려 김백일 5여단장으로부터 상황 설명을 듣고 시내에 들어간 백선엽 국장은 전쟁의 처절한 잔해를 목격할 수 있었다.

반란 9일째인 27일 하오 여수는 진압군에 장악됐으나 그 상처는 너무나도 컸다.

순천과 여수에서 빠져나간 반란군은 제 1집결지인 지리산 문수골로 모여들어 대규모 유격대로 편성되었다.

여순 병란 후

무장대 총사령 이덕구는 10월 24일 정부에 선전포고와 토벌대에는 호소문을 발표했다.

— 친애하는 장병, 경찰들이여!
……당신들은 인민의 편으로 넘어가라.
내 나라, 내 집, 내 부모, 내 형제 지켜주는
게릴라들과 함께 싸우라, 당신들은
인민의 영예로운 자리를 차지하라.

여순병란의 여파는 제주 토벌대에 큰 변화를 가져왔다.
김상겸 대령이 제주도 경비사령관에 임명된 지 80일 만에 제 5여단 예하 부대인 여수 14연대가 반란을 일으켜 파면된 것이다.

그의 후임으로 제 9연대장인 송요찬 소령이 임명되었다.

이에 따라 48년 10월 17일 해안선에서 15킬로 떨어진 중산간 지역을 적성 지역으로 간주해 불문곡직 사살하겠다는 포고문을 발표한 바 있는 그는 더욱 힘을 얻게 되었다.

그러나 여순 병란에 고무된 게릴라의 봉화시위는 더욱 기세를 올렸다. 10월 25일 밤 대정면 모슬봉과 가시오름, 한림면 금오름 등에서는 일제히 봉화가 올랐다. 또 마을에서는 게릴라 쪽에 가담한 '왓샤 시위'가 연이어 벌어졌다. 9연대는 봉화가 오른 대정면 신평리와 일과리, 그리고 한림면 금악리에 출동, 젊은이들을 눈에 띄는 대로 붙잡아 모슬봉 서쪽 터에서 집단 총살시켰다.

10월 26일 대정면 모슬봉 서쪽 동굴 속에서는 대정면 신평리 주민 외에도 무릉리와 일과리, 한림면 금알리와 상명리 주민들이 함께 희생됐다.

토벌군은 대정면 일대를 포위 공격하고, 한림면 금악리를 덮쳐 주민 9명을 잡아다 총살시켰다. 이 토벌작전은 기습적으로 이뤄졌다. 금악리는 중산간에 우뚝 솟아 있는 금오름 자락에 형성된 마을이다. 이 마을에 홍모 등이 무장대로 활동 중이었고, 마을 부근의 오름들이 무장대의 아지트로 활용되고 있어 토벌대가 주목했던 곳이다.

마을은 공포 속에 빠져 들었고 젊은이들은 마을을 떠나 피신했다가 밤이 돼서야 집에 돌아왔다.

48년 10월 말경에 9연대는 한층 강도 높은 토벌작전을 벌였다. 이 시기는 아직 소개령이 발동되기 전이었다. 따라서 중산간 전역에 무차별 방화와 처형이 벌어진 것은 아니다.

한편 경찰은 경찰대로 청년들을 마구 잡아 들였다. 제주읍 삼양리는 해변마을인데도 청년들은 경찰의 연행을 피해 마루 밑을 뜯어내 숨거나 인근 밭에 굴을 파서 몸을 숨겼다.

초토화 작전이 개시되기 직전인 48년 11월 초순, 9연대 장병 1백여 명이 군사재판을 거치치 않은 채 처형된 충격적인 사건이 있었다.

토벌 당국은 이러한 조치에 대해 군 내부의 적색분자를 숙청할 수밖에 없었다는 입장이었다. 그러나 4·3 취재반은 사형장에서 극적으로 생환한 군인의 증언과 감옥에서 탈주하여 자수했던 군인의 행적, 그리고 9연대 장병들의 증언을 통해 그것은 '불법적인 학살행위'였다는 것이다.

토벌 당국은 또 군인들을 처형한 뒤 가족들에게도 일체 알리지 않았다. 게다가 처형의 흔적을 없애기 위해 시신을 굴속에 매장하거나 화장 또는 수장했던 사실이 생존자들의 증언을 통해 속속 밝혀졌다. '한국 전쟁사'에는 다음과 같이 기록되어 있다.

— 제 9연대에서는 매 작전 때마다 작전 기밀이 누설되어 반도들을 포착할 수가 없었는데 우연히도 일당들을 체포하게 되었다. 즉 조천지구 소탕작전을 위하여 이근양 중위가 지휘하는 제 5중대 일부 병력이 해상에서 여수 반란군으로 가장하여 침투 상륙하게 되어 있었다. 반란군으로 가장한 목적은 토벌대가 반도들을 포착할 수가 없었기 때문에 반란군이 여수에서 상륙해 왔다고 하면 조천지구의 반도들이 환영할 것을 예상하고 이

때를 기하여 반도들을 색출하기로 한 것이다. 이 같은 계획을 경찰에 통보하기 위해 송요찬 소령이 경찰국장 홍순봉 경무관에게 전화하려고 수화기를 들고 있을 때 합선으로 말미암아 연대 내의 모 하사관이 반도들에게 작전계획을 누설 보고하는 것을 청취하게 되었다. 연대장은 즉시 헌병 대장으로 하여금 연대 교환병과 경찰청의 교환수를 모두 체포하여 취조한 결과 반도들에게 심야를 이용하여 작전 기밀을 연결했다는 것을 자백 받았고, 연대 내의 세포 일당 80여 명을 검거했는데 주모는 연대 구매관이며 그 외 장, 권 중위 등의 장교가 포함되었다. 출동 부대인 제 5중대 내에서도 선임하사관 조항기 이하 8명이 체포되었는데 이들 세포들은 연대장, 중대장들을 지령만 있으면 언제든지 암살하려고 하였다고 자백했다.

이상의 보고서를 살펴보면 첫째, 송 연대장이 전화기를 든 순간 합선으로 군 내부 정보가 밖으로 누설되는 것을 감청했다.

둘째, 감청 날짜는 10월 28일 밤으로 즉시 사병 17명을 체포했고, 다음 날 1차로 6명을 처형했다. 셋째, 혐의자들에 대한 광범위한 취조 결과 80여 명을 검거했으며, 이 중 장교들도 포함돼 있다. 넷째, 검거 다음날 주모자 6명을 처형했다는 보고서대로 혐의자들은 재판 없이 즉결 처분됐으며, 이 사실을 미군 장교들도 묵인했다는 것이다.

48년 10월 말부터 몰아친 '9연대 숙군작업'은 옥석을 제대로 가리지 않은 채 진행된 흔적이 드러나고 있다. 연행자들을 재판 없이 처형한 것은 물론이거니와 희생자들을 취조 없이 처단한 사실도 생환자의 증언을 통해 밝혀졌다.

6·25 전쟁 때 부상을 입고 준위로 예편한 9연대 3기생 출신의 한 증언자의 체험담이다.

"송요찬 연대장 시절입니다. 연대 본부가 제주농업학교 운동장 한켠의 콘센트 건물에 자리 잡고 있었습니다. 원래 모슬포에서 창설된 9연대 기존 병력들이 제1대대로 재편되어 그곳에 함께 주둔하고 있었지요. 어느날 아침에 비상나팔이 울려 퍼졌습니다. 단독무장을 하려니까 그냥 작업복 차림으로 모이라는 지시가 떨어졌습니다. 부대원들이 연병장에 집결하자 서종철 부연대장이 앞에 나와 '지금부터 한라산 토벌작전에서 혁혁한 공을 세운 대원들을 표창할 터이니 호명 받은 대원들은 나오라'고 말하더군요. 그런데 호명되는 대원들을 가만히 보니까 전투원들이 아니고 막사에서 빈둥대던 기간요원들이 대부분이었어요. 나는 의아하게 생각했지요. 정확한 숫자는 알 수 없지만 처음엔 꽉 찼던 연병장이 듬성듬성 빌 정도로 꽤 많은 인원이 불려나가 한쪽에 집결하였습니다. 얼마 뒤 '호명 끝!'이라는 말이 떨어지자마자 그것이 신호였던지 기관총으로 무장한 헌병대원들이 막사 뒤에서 갑자기 뛰쳐나와 그들을 포위하더군요. 눈 깜짝할 사이였습니다. 그때야 말채찍을 치켜든 송요찬 연대장이 나타나 '앞에 나온 군인들은 모두 가짜 군인이다. 즉결에 처한다'고 소리치더군요."

여순반란 직후부터 9연대 장병들에 대한 숙군작업이 벌어졌다. 이어 경찰 프락치 색출작업과 지역 인사들에 대한 학살극이 전개되었다. 토벌 당국은 일제 때의 사회주의 경력이 있거나 '3·1 사건' 파업 가담자들에 대한 인물들을 연행, 고문·처형극을 서슴지 않았다.

현직 검사를 재판도 없이 즉결 처단하는 광란의 바람이 휩쓰는 무법천지가 벌어진 것이다. 제주도 총무국장의 보급품 때문에 불만을 품은 서북 청년단의 손에 죽임을 당했다. 고급관리, 법조인, 언론인, 교육자들도 예외는 아니었다.

11월에 접어들면서 제주도 온 섬은 광풍에 휩싸였다. 서북 청년단은 조사기관이 아닌 사설단체인데도 기존의 수사기관보다 더 위세가 컸다. 칠성로 적산가옥 2층의 서청 사무실에서는 고문치사사건도 발생했다. 9연대 정보과, 헌병대, 미군 CIC, 경찰 특별수사대, 경찰 사찰과, 서북청년단 등 6개 조사기관 책임자 중 제주 출신은 한 사람도 없었다. 이 엄청난 검거 선풍 속에서 제주인은 철저히 배제되었던 것이다.

서청이 제주도에 들어온 것은 세 시기로 볼 수 있다. 첫째, 3·1 사건 직후로 전북 출신 유해진 지사의 호위병 형식으로 서청단원이 발을 붙이기 시작했다. 두 번째는 4·3 발발 직후의 일이다. 경무부장 조병옥의 요청에 의해 서청단원 5백 명을 급파했다는 것이다. 세 번째는 여순반란 직후의 일로, 11, 12월 두 달 사이에 1천 명 이상의 단원들이 경찰이나 경비대원으로 옷을 갈아입고 토벌의 중심에 선 것이다. 그들의 무소불위의 권력은 대체 어디서 온 것일까.

48년 당시 강순현 관재처 불하과장은 적산 관리 문제로 탁 대위와 서청의 미움을 사 구속됐다가 6·25 발발 직전에 출소되는 등 몇 번의 죽을 고

비를 넘겼던 인물이다.

그는 무장대 사령이던 김달삼과는 일본의 성봉중학교 동기이고, 이덕구는 릿교대학 후배였다. 강 과장은 무장대 사령들과의 인연뿐만 아니라 그의 학병동기인 서종철은 9연대 부연대장이었다. 강 과장이 제주제일중 교장 서리를 맡고 있을 때 3·1 발포사건이 발생했다. 그는 학생들의 희생을 막기 위해 탄원하다가 자신마저 구속돼 체형 1년 6월에 집행 유예로 풀려났다. 교직에서 물러난 그는 같이 구속됐던 농업학교 교사 한병택과 함께 관재처에 들어갔다가 두 번째 구속을 당한 것이다. 그의 체험담을 들어본다.

"농업학교 천막에 있던 사람들 대부분이 육지 형무소로 보내졌는데 나는 경찰서 유치장에 갇히게 됐습니다. 1948년 12월 말 9연대가 2연대와 교대하게 되자 서종철이 날 찾아왔습니다. 그는 '난 이제 가네. 자네를 풀어줘야겠지만 지금 나가면 위험하네. 대석방(처형)시킬 사람들은 다 처리했네.'라며 가버렸습니다. 곧이어 경찰서 유치장의 경위가 하는 말이 '당신은 이름도 없고 근거도 없소. 내보내 봤자 서청이 주목하고 있으니 육지로 가시오.'라면서 날 다른 사람들과 함께 배에 태웠습니다. 목포형무소에 도착하니 제주에서 끌려온 사람들로 가득 찼는데 주로 6개월이나 1년형을 받은 사람들이었습니다. 그러나 난 재판도 받지 않은 상태였지요. 사흘쯤 지나 다시 서대문형무소로 이감됐습니다. 거기서 1년쯤 지났을 때인 1949년 가을경 교도관이 하는 말이 '육군 본부에서 당신의 형이 확정돼 나왔는데, 무기징역이오'라고 말했습니다. 세상에, 아무런 잘못도 없고 재판도 받지 않은 사람에게 무기징역이라니 기가 막힐 노릇이었지요. 다시 시간이 흘러

1950년 6월 20일경인데 교도관은 아내가 면회 왔다며 소지품을 모두 갖고 나오라고 했습니다. 면회를 하면서 소지품을 모두 갖고 나오라는 말이 이상하다고 생각했는데, 교도관은 '당신, 이제 형집행 정지요.'라며 풀어주는 것이었습니다. 6월 24일 서울에서 밤 열차를 탔습니다. 목포에 내리니 계엄령이 내려져 있었습니다. 밤사이 6·25가 터진 겁니다. 내가 당했던 일이 하도 기가 막혀서 릿교대학 동창인 김영길이 제주지법 판사로 있던 시절에 그에게 '도대체 내가 무슨 혐의로 끌려갔는지 알아봐 달라'고 했습니다. 김영길은 '에이! 이제 와서 그런 걸 따져서 뭣하게.'라고 하더군요."

48년 10월부터 9연대 본부에서 수난을 겪던 읍내 유지들 가운데 언론인들도 다수였다. 토벌당국은 무리한 작전에 제동을 걸던 언론인과 사사건건 마찰을 빚었다. 그들은 협박과 테러를 가하다가 끝내는 농업학교에 구금, 처형했다. 제주신보 김기오 기자는 토벌전을 폭로하는 기사를 게재했다가 경찰의 미움을 사 제주를 떠나야 했다. 그의 말을 들어 본다.

"최천 감찰청장 시절인데, 하루는 경찰의 토벌지구를 취재하게 됐습니다. 난 송요찬 연대장과 G-2에 있던 한국인 2세 캡틴 리와 함께 현장을 찾았지요, 그런데 소위 폭도라고 해서 처형된 사람 중에 놀랍게도 장님이 있었습니다. 난 즉시 그 내용을 기사화해 신문에 실었습니다. 그랬더니 당장 최천 감찰청장으로부터 '어떻게 민간과 경찰을 이간시키는 허위기사를 실었느냐'는 항의가 들어왔습니다. 또 이북 출신인 동태훈 사찰주임이 '당신, 한라산 폭도와 무슨 관계야. 사상이 의심스럽다'고 협박하며 날 유치장에 가뒀습니다. 난 항의 끝에 풀려났지만 뒷날 또 사건이 터졌습니다. 외도지서의 응원경찰이 주민을 데려갔는데 그 주민이 시체가 되어 길바닥에 버려진 것입니다. 난 그 내용을 또 기사화 했습니다. 그러자 경찰이 구수회의를 열어 날 제거하기로 결정했다는 소문이 들려 왔습니다. 애월초교와 제주농업학교 후배인 박운봉 경사가 날 걱정한 나머지 '기오 형, 몸 조심하세요'라며 언질을 줬습니다. 난 생명에 위협을 느껴 그날로 서울로 떠났습니다. 그게 1948년 7월경의 일입니다."

48년 10월경 유지들과 함께 언론인들도 줄줄이 농업학교에 끌려 들어 갔다.

이처럼 유지들과 언론인들이 수감될 때에 토벌당국을 발칵 뒤집는 사건이 발생했다. 10월 24일 이덕구의 '선전포고문'과 '호소문' 삐라가 읍내 곳곳에 뿌려진 것이다. 수사 결과 삐라는 제주신문 주간이던 김호진에 의해 인쇄된 것으로 밝혀졌다.

김호진은 신변이 노출될 기미가 보이자 입산을 시도하다가 잡혀 농업학교로 끌려왔다. 수감자 중에서도 그는 심한 고문을 받고 얼마 후 보초가 들어와 '김호진, 석방!' 하고 불러내더니 끌고 가 처형해 버렸다.

수용소에 갇힌 유지들의 처형은 9연대 주둔기간 내내 이어 졌다. 9연대는 12월말 2연대와 교대해 제주를 떠나기 전 숱한 수감자들이 희생되었다. 23일 토벌대는 박성대 방앗간에서 지방유지 6명을 처리한 후 시체에 기름을 부어 소각했다. 비밀리 진행된 이 끔찍한 짓을 알지 못했다. 그들의 구

명을 위해 이리 뛰고 저리 뛰어다니다 유족들이 뒤늦게 그들의 죽음을 안 것은 한 제보자 때문이었다.

김원중의 가족은 타다 남은 외투 속에 새겨진 이름의 사체를 확인했지만, 배두봉의 유족들은 시신을 찾지 못해 발을 동동 굴렀다.

애월면 하귀리 태생인 배두봉은 일본 오사카에서 항일 투쟁으로 징역 6개월을 복역하고 귀향 후 야학을 개설해 민족의식을 일깨우던 중 항일시위를 벌이다 검거된 애국지사이다.

이처럼 유지들이 천막수용소에 갇힐 무렵 읍내 여성들도 헌병대에 줄줄이 끌려갔다. 이들은 내로라하는 여성들로 20대 후반에서 40대 중반의 신여성들이다. 수감된 여성 중 몇몇 사람은 먼저 들어온 남편이나 가족을 만나기도 했다. 최정숙은 별 탈 없이 나갔지만, 그의 아버지 최원순 법원장과 오빠 최남식은 갇혀 있었다.

이 시기에는 무장대의 전술이 바뀌고 있었다. 지난날 무장대는 경찰만을 상대해 교전을 하고 경비대를 만나면 슬슬 피하던 전법을 바꾸어 경비대와 맞대응해 나섰다. 따라서 무장대 병력의 충원을 위해 해변마을 주민을 대거 입산시켰다. 이때 자진 입산하는 젊은이도 있었지만, 토벌대의 무차별 징벌을 피해 산으로 가는 주민들이 많았다.

무장대와 경비대가 맞붙자 두 열차가 마주보며 달리는 꼴이었다.

11월 들자 중산간에 소개령이 내린 상태였다.

무장대의 전술 변화는 성동격서의 게릴라식 양동작전을 펴고 나왔다. 일단 공격 목표가 정해지면 전화선을 끊고 도로를 끊고 지원군의 증원을 차단시켰다. 또 보급을 위해서는 지서의 경찰 병력을 묶어둔 채 민가에서 식량과 옷가지를 챙겨 유유히 사라지기도 했다.

11월 5일 '증문 어두운 마루 전투'는 치열했다. 이날 무장대는 '어두운 마루'에 이르는 지점에 매복을 시켜놓고 안덕지서 습격을 하자 급보를 접한 경찰토벌대 트럭이 무장의 기습을 당해 혼쭐이 났다. 이 전투로 무장대 4명의 사상자와 경찰의 4명 전사, 4명 부상의 대가를 치르고 민가 30채가 화염에 휩싸여 갔다.

민가의 화재가 갑자기 증가한 것도 이때였다. 수망리를 불 놓은 토벌대는 다시 의귀리 들어서자 집집 처마 끝에 불꽃을 댕겼다.

이날 조부모와 아버지를 잃은 한 증인은 자신이 10세 때 겪은 쓰라린 이야기를 털어 놓는다.

"아버지는 도망 다니면 의심 받는다 허명 피신하지도 안 했주. 그날 수망리 쪽에 연기 오르더니 좀 있응께 군인 셋이 집으로 닥쳐 불을 지르경 햄서. 아버지는 '말로 햄써'라면 사정 해십주. 그러나 군인들은 무지금 아버지를 죽였저. 옆에 있던 할머니가 '왜 우리 아들을 죽어 부십주' 그추루 햄서. 할머니도 팡, 할아버지도 팡팡 쏘아 죽었저. 그날 의귀리 사정은 모르지만 서른 호 집에서 스무 집 남고 죄 재 됩수다."

애월면 중산간 마을도 무장대가 우익을 지목해 살해하는 사건이 잇따랐다. 11일 새벽 기습 공격한 무장대는 게릴라 전법으로 경찰을 지서에 묶어둔 채 우익인사의 집을 뒤지며 가족을 해쳤다. 이 소식을 들은 경비대 2대대는 추격전에 나섰지만, 게릴라는 이미 꼬리를 감추었다. 토벌대가 대흘리와 와흘리를 덮쳤으나 허탕 치기 일쑤였다.

이튿날 토벌대의 공격으로 젊은이는 퉁기고 노약자들은 무더기로 잡혀 곤욕을 치렀다. 한 증언자는 울먹이며 말한다.

"군인들이 총 쏘며 오고 있다 햄시난. '용의 자리'라는 숲으로 갔십주. 그러나 군인들에게 들켜 어머니와 네 살 난 여동생도 죽어 부십주."

뒤따른 숙군

이범석 장관은 채병덕 참모총장에게 다음의 지시를 내렸다.

"선견대를 인솔해 현지로 내려가 사태를 파악한 뒤 급한 조치를 먼저 취하라."

채 총장과 정일권 육군참모부장, 백선엽 정보국장, 짐 하우스만 대위, 존 리드 대위와 정보국 통역관으로 있던 고정훈 중위 등으로 선견대를 꾸렸다.

이들은 김포비행장에서 C-47 수송기 편으로 광주를 향해 몸을 실었다.

광주 5여단장 김상겸 대령이 이들의 마중을 위해 비행장에 나와 있었다. 그는 제주도 경비사령부 사령관을 겸했는데 수일 후 14연대의 반란사건으로 해임됐다.

채 총장은 곧 서울로 돌아가고, 21일에는 정일권 부장도 돌아갔다. 당시의 상황은 먼저 38선 동향이었다. 현장에 남은 백선엽 대령은 정보국장으로서 일선의 상황을 살피면서 판단을 해야만 했다.

송호성 준장이 토벌 사령관에 임명돼 21일 광주로 날아왔다. 백 정보국장은 송호성 사령관을 수행해 광주로 내려온 진압팀과 합류했다. 그때 여러 사람이 끼여 왔는데 김점곤 소령은 전투 정보과장으로 작전지도를 한 아름 싣고 내려왔다.

그중에는 낯선 사람이 하나 섞여 있었다. 박정희 소령이었다. 심흥선, 한신 소령, 이수영 소위 등도 있었다. 생소한 박정희 소령은 까무잡잡한 얼굴에 작은 키, 과묵할 정도로 말이 없던 사람이었다.

당시의 작전계획은 백선엽 정보국장과 하우스만 대위, 그리고 리드 대위 등이 주로 작전을 협의했다.

진압군은 병력 배치를 끝내고 있었으나 왠지 그들의 행동은 굼떠 보였다. 광주 사령부에서 작전 상황을 지켜보고 있었으나 왠지 공격 상황에 관한 보고가 늑장을 부리고 있었다.

백 국장의 뇌리에는 이상한 생각이 맴돌았다. 일선 지휘관들이 뭔가 눈치를 보는 것 같다는 생각도 들었다.

백 국장은 지프에 올라 광주 비행장으로 내달렸다.

L4 경비행기 한 대가 있었다. 장성환 중위가 조종하는 비행기였다. 그는 "당장 순천으로 가자"고 했다.

비행기는 곧 순천 북방의 상공에 이르렀다. 잠시 후 학구역 들판에 전개되고 있는 진압군의 모습이 시야에 들어왔다. 그러나 진압군은 움직이지 않고 있었다.

마음이 급해져 뭔가 신호를 보내야겠다는 충동이 일었다.

그는 넥타이를 풀어, 카키색 넥타이에 "반란군이 도주할 수 있으니 빨리 공격하라."고 적어 비행기 창문 밖으로 던졌다. 바람을 타고 날던 넥타이가 물결치는 황금 들녘 위로 떨어졌다.

그러나 아무도 그것을 보지 못했다. 안 되겠다 싶은 백 대령은 와이셔츠를 벗어 메모지 한 장에 같은 내용의 글을 적었다. 얼른 와이셔츠 주머니를 열어 메모지를 넣고 단추를 잠근 뒤 아까처럼 비행기 창밖으로 던졌다.

초조한 마음으로 지상을 내려다보고 있는데 누군가 와이셔츠를 잡는 듯한 모습이 어른거렸다.

그러자 얼마 뒤에 잔압군이 움직이기 시작했다. 운 좋게도 그 와이셔츠는 12연대 2개 대대를 이끌고 작전에 들어간 아우 백인엽 소령에게 전달된 것이었다.

진압군은 박격포와 기관총을 순천 방향으로 내쏘면서 진격을 시작했다. 그들이 순천을 거쳐 광양으로 진입할 때 웃지 못 할 희비극이 벌어졌다. 한 소대가 군청과 경찰서 건물을 접수한 뒤 마을로 들어서자 주민들은 "인민공화국 만세"를 외쳤다고 한다. 진압군의 한 병사가 이북 말을 쓰고 있는 것을 보고 인민군으로 착각했던 것이다.

여수로 진입하기 전에도 참상은 여기저기서 벌어졌다.

벌교의 부용교 주변에서는 반란군이 들이닥치면서 1백여 명의 우익 인사가 집단으로 죽임을 당했다가 반란군이 물러가고 진압군이 닥치면서 반란 동조자와 부역자들이 집단 처형됐다.

마지막 남은 곳은 여수였다. 반란군은 지리산 쪽으로 빠져나갔으나 뒤에 남은 좌익 청년들의 저항이 만만치 않았다.

여수 진입을 위해 거쳐야 하는 장군봉에서 필사적인 저항을 했다. 송호성 사령관은 장갑차에 올라 장군봉을 뚫고 진격하려다 기관총 사격을 받아 한쪽 귀를 먹기도 했다.

마침내 진압군의 장군봉 작전 뒤 그들의 저항은 꺾였다.

하지만 남아 있던 좌익들은 건물을 진지로 삼아 마지막 저항을 하고 있었다.

진압군은 이들이 몸을 숨긴 건물을 반격포로 쏴대면서 계속 밀고 들어갔다. 대전에서 1개 대대를 이끌고 현지에 왔던 함병선 2연대장은 그때 사격을 받았다. 전봇대 뒤에서 쏜 총탄이 하마터면 그에게 맞을 뻔했다.

총을 쏜 사람은 어린 여학생이었다. 함 중령이 "네가 나를 죽이려고 했느냐?"고 호통을 쳤지만, 그 여학생은 당황하지 않더라고 했다. 그 여중생은 "내일이면 인민군이 와서 우리를 해방시킬 것"이라며 당당하더라는 것이다.

그 여중생을 이끌고 여수여중으로 가니 그런 학생 2백여 명이 모여 있었다고 했다. 함 중령은 이 어린 학생들을 단단히 훈계해 집으로 돌려보냈다고 했다.

진압군은 반란군과 잔여 세력들을 물리치기 위해 맹렬한 포격을 가했고 여수는 그렇게 불타고 있었다.

백선엽 정보국장은 여수가 진압되고 평정을 찾던 시점에 서울로 되돌아갔다.

여·순 지구의 반란 현장에서 돌아온 그는 군대 내부에 숨은 좌익의 동향에 많은 생각을 하게 되었다. 현지에서 수집한 정보 등을 통해 군대 내부에 숨어든 좌익이 어느 정도 뿌리를 내린 것인지가 초미의 관심사였다.

이런 고민에 빠져 있을 무렵, 기회가 찾아온 것이다.

이응준 총참모장이 신상철 헌병 사령관과 백선엽 국장을 자신의 안암동 자택으로 불렀다.

그의 방에 들어섰을 때 어두운 얼굴을 짓고 있던 총참모장은 아무 말 없이 탁자 위에 놓인 보따리 하나를 가리켰다. 제법 분량이 많아 보이는 보따리였다. 잠시 뜸을 들이던 이 총참모장은 "대통령께서 내려보내신 문서"라고 첫마디를 꺼냈다. 그러더니 거두절미하고 대강의 경위를 말했다.

이 대통령은 김태선 치안국장으로부터 큰 보따리 하나를 받았다. 대통령에게 보고하는 군대 내부의 남로당 조직의 리스트였다.

이 보따리를 건네받아 살펴본 이 대통령은 화가 치밀어 올라 그 자리에서 로버트 미 군사 고문단장을 경무대로 불러들였다. 이 대통령은 로버트 단장에게 보따리를 내던지면서 말했다.

"이게 다 당신들이 불러들인 일이요. 미군정이 국방경비대 모집 때 아무런 검증 없이 선발하면서 이렇게 군대 내부에 좌익을 키웠으니 당신들이 알아서 처리하라."

로버트 단장은 보따리를 받은 뒤 이응준 총참모장을 찾아 대책을 협의했고, 이 총참모장은 늦은 시간에 그들을 불러들였다.

이 총참모장은 두 사람에게 지시했다.

"아무래도 당신 둘이 비밀리에 숙군작업을 진행하도록 하오."

제주 4·3 봉기에 이어 여·순 반란이 일어나자 갓 출범한 이 정권은 그해 12월 1일자 '국가보안법'을 제정해 공포했다.

백선엽 대령은 국방부 정보국장으로서 그 작업의 선두에 서게 되었다. 신상철 헌병사령관은 혐의자로 지목된 사람을 체포해 오는 작업을 맡았다. 백 국장은 보따리를 그대로 들고 왔다. 처음 서류를 펼쳐 보면서 그는 경악할 지경이었다. 서류에 적힌 이름들이 전혀 낯설지 않은 면면들이었기 때문이다.

정보국에서 군내 좌익을 색출하는 일을 담당하는 인물로는 베테랑 수사관이었던 김안일 방첩과장이 적임자였다. 그리고 태릉에 주둔한 1연대 정보주임이었던 김창룡 대위도 가세했다. 하지만 인원 충원이 필요했다.

그밖에 경찰 정보계통에서 일해 온 이희영, 김진구, 이각봉 등 12명을 데리고 왔다.

이처럼 일이 진행되면서 그 규모가 턱없이 커져갔다. 이들을 수용할 장소 또한 마땅치 않았다. 그래서 영등포의 창고중대가 사용하던 빨간 벽돌집을 임시 수용소로 확보했다. 게다가 점점 인원이 증가되면서 백 국장이 머물고 있던 명동의 증권거래소 안 정보국 사무실은 곧 그 본거지로 변해갔다.

증권거래소 3층에 정보국장 사무실이 있고, 2층은 헌병대 사무실이었다. 3층에서 내려간 지시에 따라 2층의 헌병대가 좌익으로 지목된 사람들을 체포해 들였다. 증권거래소 지하에는 별도의 영창이 있었다. 조사는 아주 빠르게 진행되었다. 48년 12월에 시작된 숙군작업이 두 달째 접어들 무렵이었다. 김안일 소령이 퇴근 직전의 백 국장 사무실을 찾아 왔다.

"저 잠깐 드릴 말씀이 있는데요."

1949년 초 추위가 맹위를 떨치던 날이었다. 차가운 날씨에 퇴근 무렵의 일이다 보니 백 국장은 조금 이상하다는 생각이 들었다.

국장은 여느 때와는 다른 표정으로 앉은 채 바라보았다. 김 과장은 주춤거리면서 국장 책상 앞에 서 있었다.

"뭔지 말해 봐."

국장은 사무실 중간에 놓여 있던 응접세트 의자에 김과장과 함께 자리를 잡고 앉았다.

"국장님, 경비사관학교 2기생 동기 중에 박정희 소령이라고 들어보셨습니까?"

그가 조심스럽게 꺼낸 말이었다.

1948년 10월 여·순 지구에서 벌어진 14연대 반란사건 진압을 위해 광주에 내려갔을 때 만났던 박 소령의 얘기였다.

그는 남로당 군사분야 중요 책임자라는 혐의를 받아 증권거래소 건물의 지하 감방에 갇혀 있었다.

그는 이미 혐의가 밝혀져 군사재판에서 사형을 선고받은 뒤였다. 그는 곧 수색에 있는 처형장으로 끌려 갈 실낱같은 운명이었다. 집행은 10여 일

뒤로 정해진 상태였다.

　백 국장은 그 같은 박 소령의 처지를 알고는 있었다. 그러나 조사를 그가 직접 진행했던 게 아니라서 상세한 속내를 알고 있지는 못했다. 잠시 침묵이 흐른 뒤 김안일 과장이 말을 이어갔다.

　"국장님, 박 소령은 훌륭한 인재입니다. 비록 남로당 군사책이라는 혐의로 형이 확정됐지만 참 아까운 사람입니다."

　백 국장은 잠자코 김 과장의 말을 듣고 있었다.

　"혐의 사실은 부인하기 어렵지만 박 소령은 군 내부의 좌익 색출에 결정적인 기여를 한 사람입니다. 자신도 남로당에 가입한 점을 무척 후회하고 있습니다. 이 사람을 한번 살려줄 수 없습니까……."

　남로당 군사책이란 혐의가 밝혀져 사형이 확정된 박 소령을 살리는 일은 결코 쉽지 않은 일이었다.

　백 국장은 잠시 생각에 파묻혔다. 김 소령의 말을 듣고 곧 판단을 내리기는 쉽지 않은 일이었다. 그래도 김 과장의 표정이 매우 간절했다. 이건 나중에 들은 얘기지만 박 소령을 구명하기 위한 작업은 여러 모로 펼쳐졌다.

　그렇다 치더라도 결정권은 백 국장이 쥐고 있었다.

　날은 이미 어두워지고 있었다. 게다가 사무실은 무거운 분위기로 가라앉고 있었다.

　김안일 소령은 다시 말을 이어갔다.

　"박정희 소령이 마지막으로 국장님을 한번 뵙게 해 달라고 간청했습니다. 꼭 만나 주셨으면 좋겠습니다."

그 까닭인즉 사형이 확정됐지만, 군대에 파고든 남로당 조직을 검거하는 데 공을 세웠다는 이유에서였다.

"그렇다면 당신 말대로 한번 박 소령을 만나봅시다."

백 국장이 허락했다. 김안일 소령은 말이 떨어지기 바쁘게 자리에서 일어나 사무실을 걸어 나갔다. 잠시 사이, 박 소령이 문 밖에서 기다리고 있었던지, 조금 있자 사무실 문이 열렸다. 김 소령의 뒤를 따라 들어오는 사람이 박정희 소령이었다. 작은 키에 다부지고 과묵한 인상은 광주에 갔을 때 만났던 모습 그대로였다.

그러나 핼쑥해진 얼굴이었다. 김 과장은 백 국장 왼쪽 의자에 앉고 박 소령은 백 국장 정면에 서 있었다. 그와 백 국장 중간에는 기다란 탁자 두 개가 놓여 있었다.

그는 계급장을 뗀 군복 차림이었다. 손에는 수갑이 채워져 있었다. 그때 박 소령은 좀 고개를 숙여 목례를 했다. 그리고는 묵묵히 그 자리에 서 있었다.

백 국장은 그를 바라보면서 앉기를 권했다.

"우선, 그 자리에 앉으시라."

머뭇거리던 박정희 소령이 의자에 앉았다. 자리에 앉은 박 소령은 꼿꼿한 자세였다. 의자 등받이에 몸을 기대지 않고 좀 걸터앉은 자세였다. 백 국장은 그가 스스로 입을 열기를 기다렸다.

그는 말이 없었으나 백 국장은 계속 기다렸다.

당연히 그가 먼저 입을 열어야 함에도 그는 왠지 말이 없었다. 이런 참으로 딱히 이유를 밝히기 어려운 침묵의 시간이 꽤 길었다는 느낌이 들었다. 이때 얼굴을 조금 찡그리는 듯하던 박 소령이 입을 열었다.

그의 말은 간결체였다. 아무 꾸밈도 없었다.

"한번 살려 주십시오."

그의 목소리는 조금 떨리고 있었다. 순간 그의 눈에는 눈물이 도는 듯했다. 그의 모습이 의연하다. 아니 처연하기도 했다. 아니 꿋꿋했다.

백 국장은 잠시 동안 생각에 잠겨 있었다. 그를 살리는 일은 결코 쉬운 일은 아니었다.

이 엄혹한 시절에 숙군을 지휘하고 있는 그가 사형이 확정된 사람을 살려주는 일에 앞장설 수 있는 처지가 결코 아니었다.

그러나 자신도 모르게 그의 입에서는 이런 말이 새어나오고 있었다.

"그럽시다…… 그리 해보도록 하지요."

지휘부의 궤멸

해가 뉘엿뉘엿 지고 있을 때 허름한 점퍼를 걸친 중년 남자가 상투를 튼 노인 한 사람을 데리고 동순천역을 찾았다. 그 중년 남자는 보초에게 다가와 나직이 말했다.

"여기 책임자 동지를 만나고 싶소. 난 노상명이라는 산사람입니다."

선이 굵은 얼굴에 별갑테 안경 속으로 쏘아보는 눈빛은 날카로웠다.

노상명이라는 가명은 훗날 남한 유격대의 전설적인 인물이다. 동행한 촌로는 남원군당의 연락원이었다.

이현상은 일제 때 지리산에 들어 은거 끝에 해방을 맞고 그 후 박헌영의 직계로서 남한의 지하조직을 지도하고 있었다.

그는 소련 유학을 꿈꾸다 실현에 옮기지 못하고 평양의 강동정치학원에서 군사학을 익히고 서울로 돌아왔다. 이때의 학원장이었던 소련계의 박병률은 훗날 그때의 이현상에 대해 다음과 같이 회고하고 있다.

"이현상 같은 고위간부가 학생으로 들어온 예는 없었습니다. 그래서 나는 그에게 별실을 제공하고 특별히 예우했습니다. 그의 학습 태도는 매우 진지했던 것으로 기억합니다."

그때 남로당의 거물 이주하가 평양에 와 있었다. 그는 함경도 출신이지만 해방 후 박헌영을 좇아 서울에 와 있었고, 이현상이 서울로 돌아가기 전, 평양에서 박헌영과 이주하, 이현상 세 사람의 은밀한 만남이 있었다. 당시 이주하는 남로당의 군사책이었고, 이현상이 군사학을 연수했다는 사실로 미루어 '남로당의 지하 군단'에 대한 꿈을 가졌으리라는 추측을 자아내게 한다.

이현상은 48년 7월 서울로 돌아왔다. 그러나 한동안 그의 모습은 어디서도 볼 수 없었다. 그러다가 석 달 후 동순천역에서 홀연 모습을 나타냈다.

보초는 홍사령에게 달려가 보고를 했다.

"노상명이라고? 도당에서 왔나?"

홍순석과 작전을 의논하던 지창수는 보초막에서 서성거리고 있던 방문자를 보더니 놀라 뛰어 나왔다.

"이 선생님 아니십니까?……"

"지창수 동지 맞지요? 홍순석 동지는?"

홍순석도 달려 왔다.

지창수는 감격에 겨워 인사부터 했다.

"저는 국군준비대 시절 서울에서 선생님을 뵌 적이 있습니다."

"나도 두 동지를 잘 압니다. 수고가 많군요."

두 지휘자는 지옥에서 부처를 만난 격이었다.

그동안 도당과의 선도 끊어져 막막하던 차에 중앙의 지도자가 왔으니 반가움은 이루 말할 수 없었다.

"선생님, 철도는 저희 수중에 있지만 계엄령 하에 검문검색이 심할 텐데요……."

전라선 열차는 20일 오후부터 전주 이남을 정부군이 장악하여 일반인은 발이 묶이고, 차량들도 전주 이남은 모든 통행이 금지되어 있었다.

"다행히 남원군당 동무가 안내해 줘서 무사히 왔죠."

그 문제에 대해서는 더 이상 묻지 않았다. 하지만 한 가지 추리를 한다면, 그가 남원군당의 연락원을 대동하고 왔다는 것은 서울이나 먼 곳에서 온 것이 아니다. 그 무렵 그는 소백산이나 지리산 가까운 어느 지점에 있었다는 추정을 하게 한다.

이현상은 그들의 안내를 받으며 역사의 구석진 방으로 들어가자 바짓가랑이 섶을 뒤져 똘똘 말린 종이쪽지를 꺼내 들더니 초급장교들의 이름을 불러 내렸다.

"지금부터 부를 사람들이 무사한지, 어디서 무엇을 하고 있는지 궁금합니다. 중위 김○○, 이○○, 강○○, 소위 박○○, 천○○……."

이현상은 16명의 이름을 단숨에 불러 내렸다.

홍순석과 지창수는 순간 뜨끔한 생각이 들었다. 노 사령이 호명한 이름 가운데 아는 이름도 있고 알지 못하는 이름들도 있었다. 그런데 그 장교들은 여수와 순천 봉기 때 사병들에 의해 사살된 것이 분명했다.

성난 화산섬

"그 장교들이 어떤 인물인가요?"

"그들은 우리 동지입니다. 당 중앙이 관리하는 14연대의 비밀당원들입니다."

홍순석과 지창수는 잠시 호흡이 멈칫했다.

거사 때 사병들은 장교라면 다짜고짜 쏴댔다.

그런데 그 결과라니…….

"모두 사살되고 한 사람만 살아 있습니다."

"뭐라고?"

"…김지회 중위만은 무사합니다."

김지회는 그 시각까지도 동순천역 찻간에 묶인 채 보초의 감시를 받고 있었다.

여수서부터 여행 가방을 들고 뒤쫓아 온 조경순이 김지회 곁에서 눈물 섞인 말로 호소했으나, 보초는 그저 지켜볼 뿐이었다. 석양이 가까워 총성이 더욱 거세어지자 김지회는 더욱 거세게 소리쳤다. 그러던 차 연락병이 달려온 것이다.

김지회는 이현상을 보자 "선생님!" 하고 울음부터 터뜨렸다. 이현상은 그의 등을 다독이며

"혁명에는 이런 역경도 생기는 법이지. 한때의 시련이라고 생각해. …… 하지만 그 금싸라기 같은 젊은 것들을……." 하면서 말끝을 잇지 못했다.

좀 지나 작전지시를 마친 이진범도 소식을 듣고 달려와 이사령에게 인사를 했다.

"이진범 동지도 잘 왔군요. 다들 모여요."

그는 엉거주춤 서있는 홍순석, 지창수와 김지회, 이진범을 한 자리에 앉게 했다.

"지동지는 큰 과오를 범했지만 지금은 그걸 따지기 전에, 우선 정세를 검토합시다."

이렇게 시작된 토의는 두 시간 남짓 이어졌다.

이처럼 동순천역의 지휘부 회의가 숨 가쁘게 진행되는 동안에도, 사태는 긴박하게 돌아가고 12량의 장갑차부대가 순천 탈환에 동원되고 있다는 정보가 들어왔다.

"선생님 상황이 긴박합니다. 지시를 내려 주십시오."

"좋소, 이제부터 당의 이름으로 봉기군을 인민유격대로 하고 홍순석 동지를 사령으로, 김지회 동지를 부사령으로 임명하겠소. 우선 순천의 병력을 지휘부가 즉시 광양을 거쳐 백운산으로 이동하오. 지창수 동지는 뒤에 남아 별교 방면과 여수의 잔류 병력을 수습하여 백운산으로 뒤쫓도록 하고…… 모두 일사분란하게 병력을 백운산으로 집결했으면 하오."

그의 명을 받아 김지회 부대가 움직일 때 조경순은 트렁크를 들고 가쁜 숨을 내쉬며 대열을 따르고 있었다. 그런 모습을 뒤돌아보던 김지회는 트렁크에 멜빵을 걸어 등에 매게 했다.

"고생되지만 힘을 내. 지리산에 가면 휴식도 취할 수 있겠지."

"염려 마세요. 힘을 낼 게요."

그녀는 강단 있게 대열을 따르고 있었지만, 앞으로의 길이 얼마나 험난하리란 생각을 얼핏 떠올려 본다.

얼마 후 논실이라는 산골마을에 이르자 구례 유격대장 박종하가 20여 명의 대원과 기다리고 있었다. 38식 보총과 대창 등을 들고 있던 그들은 완전 무장한 김지회 부대를 보자 눈빛이 달라졌다. 그곳에선 돼지를 잡고 푸짐한 음식을 마련해 그들을 맞이했다.

어느 새 시냇물에 뛰어들었는지 목욕을 마치고 나온 김지회는 희어 말쑥했다.

"반란군이 아니라 개선군 같은 모습입니다. 하하…… 그 모습으로 앞으로의 산 생활을 어찌 견디지요?"

장난기 많은 박종하는 거리낌 없이 농담을 걸었다.

이때 곁에 있던 이영회가 박종하에게 물었다.

"대장 동무, 순천 소식은 들었어요? 놈들이 퍽두 설쳤을 텐데……."

"물으나 마나지요. 개판을 치고 있대요."

출발에 앞서 김지회가 물었다.

"박 동지. 우린 지리산으로 향해야 할 텐데 어떤 행로를 하는 것이 좋을까요?"

"당분간 백운산에 체류하는 것이 어때요."

"글쎄 그건 상부의 명에 따라야 할 것 같고, 구례유격대의 병력은 얼마나 됩니까?"

"자꾸 줄고 있지만 25명쯤……."

"유격대 25란 숫자는 대단한 힘입니다. 우리의 4백과 비할 바 아니죠.

우선 지리에 밝고 마을마다 정보와 보급선이 확보되고 산 생활에 필수인 유격전에 익숙할 테니깐요."

"그렇긴 해요. 그럼 일단 문수골로 가지요. 그곳은 마을이 가깝고 군당과도 연락이 쉬워 지리적으로 매우 유리합니다."

박종하 대장이 말하는 문수골은 노고단과 왕시루봉 사이의 깊은 골짜기이다. 주능선까지 5킬로의 거리요, 일단 주능선을 타면 심원골, 화계사골, 뱀사골, 피아골을 이리 저리 통할 수 있고 전남북, 경남을 자유로 왕래할 수 있다.

가깝게 낮날봉이라고 있는데, 3도의 경계선이 맞닿아 있는 곳이다. 그만큼 편리한 지점이며, 잔돌평전에서 천왕봉까지도 단숨에 내달릴 수 있다.

"맥점인 셈이군요."

김지회는 만족한 듯이 뇌었다.

게다가 문수골은 주변 마을이 민주부락이라는 것이다. 당장 큰 병력이 아지트로 사용할 수 있는 분교도 있는 곳이다.

그럼 정착지를 문수골로 정하고, 그 길목인 구례읍을 먼저 치기로 했다.

구례는 5·10단선 때 관내 7개 투표소가 제대로 투표를 못하고 경찰이 총칼로 모양만의 선거를 치렀던 곳이다.

24일 오후, 반란군이 구례에 진격해 오리라는 풍문이 들리는 속에 경찰서에서는 작전회의가 열렸다. 김지회 부대가 구례로 향한다면, 먼저 구례군에 이르러 신월리쪽으로 섬진강을 건너 구례 읍내로 진격하는 행로였다.

서장 안종삼은 민첩한 우형사에게 경찰대와 청년단원을 지휘케 하여 신월리에서 구례 읍내로 드는 요충지 제비재에 매복케 했다.

우형사의 경찰부대가 제비재에서 밤을 지새우고 있을 즈음, 박종하의 향도로 김지회 부대는 구례 간전면 간문리를 거쳐 섬진강을 건너고 있었다.

심야의 도강을 마친 김지회 부대는 25일 새벽, 제비재와는 반대쪽인 마산면으로부터 서시다리를 건너 전투 없이 구례읍을 장악했다. 김지회는 곧 경찰대가 배치된 제비재 방면으로 병력을 움직여 놓고 경찰서 앞마당으로 읍민들을 집합시켰다. 김지회는 여기서 한마당 연설을 했다.

"이제 해방을 위해 우리 젊은 군인들이 일어섰습니다. 우리의 궐기에 협력해 주십시오. 그런다면 지금까지의 민족 반역행위는 용서받을 수 있습니다."

이에 모여든 읍민들은 뜨거운 박수로 호응했다.

이즈음부터 봉기군의 성격은 달라졌다. 당초의 전투적인 태세에서 그들의 성향은 정치적으로 바뀐 것이다. 그들은 단순한 앙갚음이 아니라 '인민의 무력'임을 내세워 남로당의 무장으로 탈바꿈한 것이다.

김지회 부대가 사라진 이튿날 아침 남원에 주둔중인 3연대의 2개 대대가 구례에 출동했다. 박승일 대위의 제1대대와 조재미 대위의 제2대대 등 2천여 병력이었다.

3연대가 구례읍을 훑고 지나간 이튿날 밤 김지회 부대의 대대적인 보급투쟁이 벌어졌다. 26일 새벽 구례읍을 기습 점거한 봉기군은 금융조합 창고를 털어 벼 2백 섬을 문수골로 옮기고, 월동에 필요한 물자를 시장에서 구입한 후 그곳으로 물러섰다.

정부군은 김지회 부대를 섬멸할 작전을 세우고 3·5·12·15 연대를 동원해서 지리산 자락을 봉쇄했다. 12연대가 주공이 되어 구례-화엄사-노고단-연하천-벽소령-화개장에 이르는 지리산 주능선 일대를 수색했으나 구례 야산대의 향도를 받은 김지회 부대를 끝내 발견하지 못했다.

문수골의 고정 아지트를 쫓겨난 김지회 부대는 그 후 왕시루 봉 자락을 떠돌면서 게릴라전을 펼쳤다. 어느 날 지리산 주능선에서 12연대는 2, 3대대를 군산으로 복귀시키고 제1대대만 구례에 남아 경비를 맡고 있었다. 그후 백인기 중령이 12연대를 지휘하게 된다.

11월 3일 밤, 섬진강 건너 간문리에는 김수열 소위가 김지회 부대의 내습에 대비하고 있었다. 그날 술에 곤드레가 된 대원들은 간전국민학교에서 잠에 빠져 있었다. 성찬호 상사 등 수 명이 근처 민가에서 밤늦게 술을 마시고 있었다.

이때 김지회 부대가 습격한 것이다. 먼저 지서를 습격하여 숙직중인 경찰을 무장 해제시켜 구석에 감금했다. 그 후 학교를 포위하고 사격을 퍼붓자 잠결에 깨어난 소대장 이하 전원이 손을 들고 나왔다.

김지회는 포로가 된 90여 명의 하사관 교육 대원에게 보급품을 지워서 산으로 올랐으나 무기만 빼앗고 수일 수 전원 부대로 돌려보냈다. 그들을 보내면서 김지회는 "군대를 그만두라"면서 여비 400원씩을 지급했다.

하사관 교육대의 소식을 보고받은 원용덕은 예하 지휘관 회의를 남원에서 소집했다. 백인기 12연대장은 4일 15시 30분 구례읍을 출발했다.

사령부의 소집 명령은 경찰 전화를 이용 했는데, 이 정보는 내부에 침투해 있던 내통자에 의해 김지회 부대에 알려졌다. 김지회는 양쪽 길목, 즉 곡성을 경유하는 길과 구례 산동면을 거치는 양쪽 길목에 각 1개 소대의 매복조를 배치했다. 산동으로 배치된 소대는 '쑤악재' 쥐바위에 매복하고 백인기 부대를 기다렸다. 영문 모르는 연대장 일행이 쑤악재를 막 돌아오고 있을 때, 양 언덕의 총구가 집중사격을 갈겨두겼다. 차에서 뛰어내린 보위 병사들은 연대장을 팽개치고 뛰었지만 그 자리서 6명이 사살되고 나머지는 행방을 알 수 없었다.

부상을 입고 허겁지겁 달려 나온 백인기는 부근 산대밭에 뛰어 들었다. 대밭에 숨어 든 그는 지레 겁을 먹고 권총으로 자결해 버렸다.

연대장이 행방불명된 것을 안 12연대는 병력을 총동원하여 수색작전에 나선다.

김지회 부대에서도 수색대가 올 것을 알고 대비하고 있었다. 김지회는 이영회에게 1개 중대병력을 주어 수색대를 기습토록 했다.

그는 쑤악재의 쥐바위에서 북쪽으로 내려간 학교 인근의 솔밭과 비각, 무덤 위에 대원들을 매복시켰다.

차량은 선두에 연대 작전참모, 다음 차에 대대장이 타고, 뒤이어 5중대, 6중대, 7중대 순으로 트럭이 뒤따르고 있었다.

쑤악재 가차이 이르자 작전참모는 행렬을 정지시키고 정찰조를 내보내 고개 주변을 탐색하게 했다.

고개 마루터기 이른 김희준 대대장은 차에서 내려 앞을 내려다보았으나 어떤 조짐도 느끼지 못했다. 마침내 차량들은 줄줄이 내리막길 굴러가기 시작했다.

이때 돌연 아래쪽 비각과 솔밭에서 총성이 울렸다. 언덕길을 미끄러지듯 굴러오는 차량들을 향해 아래쪽에서 역사면 공격을 한 것이다.

이영회의 명령으로 하사관 그룹이 엠원을 쏴대며 돌격하자 중대병력의 총구에서는 일제히 불을 뿜기 시작했다.

고즈넉하던 쑤악재가 갑자기 뇌성벽력으로 불꽃을 피웠다.

선두차의 제5중대가 뛰거나 뛰어 내리며, 손부터 들었다. 작전주임 이하 80여 명이 눈 깜짝할 사이 포로가 되고 대대장과 중대장만 용케 빠져 나왔다. 뒤따르던 차량이 급정거하면서 3개 중대병력이 일시에 사격을 퍼붓자 이영회부대는 고개를 묻고 주춤거렸다. 이어 토벌군은 박격포를 장치하여 야산대를 강타하기 시작했다.

세에 밀린 이영회 부대는 황급히 부대를 수습해서 간미봉 줄기를 타고 화엄사골로 꼬리를 감추었다. 치고 빠지는 게릴라 전법을 사용한 것이다.

이즘 김지회 부대는 왕시루봉을 떠나 골 깊은 피아골에 뿌리를 두고 구례 주변을 맴돌고 있었다. 피아골은 주능선으로 뻗은 골이 16킬로에 이르는 협곡이며 숲이 무성하기로 유명하다.

이후 구례 주변에서의 게릴라 활동은 잠잠해졌다. 이현상은 선을 통해 김지회 부대를 주능선 너머 함양땅 백무골로 불러들인 것이다.

홍순석이 사령이었지만, 김지회, 지창수 두 부대를 합친 6백여 명의 유격대는 김지회 지휘 아래 피아골을 떠나 백무골로 옮겼다.

2킬로에 걸친 행군 대열은 첫날밤을 거림골에서 야영했다. 낙엽을 헤치고 드러누우니 땅은 서릿발이 하얗다. 그동안 노획한 상당수의 잉여 무기를 바위틈에 숨겨 두고 대열은 세석평전으로 올랐다. 거림골의 그 자리는 '무기고트'라는 이름으로 두고두고 그들의 선점 또는 비상선이 된다. 12월로 접어든 고원은 한겨울이었다.

끝없이 펼친 관목숲의 앙상한 가지 위를 칼바람이 몰아치고 있었다. 멀리는 남해 바다가 안개 속에 가물거렸다. 그 바다 저편에 있는 제주도를 떠올리며 김지회는 무심코 뒤를 돌아보았다. 조경순은 작은 얼굴에 엷은 미소를 띠며 그를 쳐다보았다. 그것으로 그들의 소통은 이루어진다. 그 험난한 산 생활도 내일의 희망으로 소금처럼 녹아버리는 것이다.

백무골 하동바위에서는 이현상이 그들을 맞이했다. 그들을 본 이현상은 얼굴에 웃음을 띠며 다가왔다.

"선생님 그간 노고가 많으셨지요?"

김지회를 선두로 홍순석, 지창수들이 뒤따라 고개 숙여 인사를 올렸다.

"동지들 반가와요. 동지들은 혁혁한 전과를 올린 소영웅들입니다. 그 전과는 잊지 않을 것입니다."

대원들이 뒤를 이어 늘어서자 이현상은 힘주어 말했다.

"한 달 전 신월리를 떠날 때 3천을 헤아리던 동지들이 이 자리엔 5백여 명만이 남았습니다. 그 귀한 목숨들이 어디로 가고 여러분들은 이제 금싸라기 같은 존재입니다. 우린 모진 간난을 이겨내고 승리를 쟁취할 때까지

굳은 신념으로 싸워 나갑시다."

그즘 김삼홍 서부경남책은 문정골 아지트에 있으면서 이현상 부대의 월동을 돕기 위해 함양산청의 지하당원을 동원해 식량, 피복 등을 백무골로 나르고 있었다. 이현상 부대는 그런 분위기 속에서 대열을 재정비하며 첫 번째 맞는 산중의 겨울이었다.

이듬해 봄 정일권의 지전사부대와 이현상 부대의 첫 접촉은 3월 24일 덕유산 줄기인 기백산 아래, 거창군 장기마을에서 벌어졌다.

이때 이현상부대는 기백산 기슭의 여러 마을을 10일 남짓 맴돌며 거창읍을 점령할 작전을 벌이고 있었다. 그 전초 부대인 홍순석의 일대가 거창의 관문인 위천지서를 점령하고 있던 차 정보 착오로 거창읍에 주둔중인 3연대 3대대에 노출되어 교전을 벌인 끝에 홍순석은 10여 명의 전사자를 내고 기백산으로 물러서 버렸다. 이때 홍순석이 자신을 노출시켜 그 부대가 지리산의 이현상 부대라는 것을 알게 된 정일권사령부는 즉각 예하 총병력을 동원해 덕유산 일대를 포위한 것이다.

대군의 포위망이 좁혀 온 것을 이현상부대는 4백 50여 전력을 총동원해 일대 반격을 시도했다.

이때 이현상부대는 거창 십리능선에서 지전사의 대부대와 마주친 '십리능선 전투'는 유격부대가 단 한 번 맞이한 주력끼리의 대회전이었다.

이날 이현상부대는 7시간에 걸친 격전에서 갑절이 넘는 지전사의 대대병력을 섬멸했으나 마지막에는 탄약이 소진되어 일단 함양 괘관산으로 후

퇴했다가 여기서 대열을 정비하고 지리산으로 돌아왔다.

이현상 부대는 50여 명 안팎의 소부대로 나뉘어 지리산을 향해 이동을 시작했다. 산중 행동은 4보 간격 1열 종대가 원칙이다. 이 대형이 은밀행동과 적의 기습에 대해 제일 유리한 것으로 판단했던 것이다.

그동안 50명 안팎의 소부대로 나뉘어 지리산을 향해 이동을 시작했다. 비상선은 뱀사골 중턱의 병풍소였다. 한발 앞서 이현상은 연락병 하나를 데리고 떠났고, 29명의 지휘부는 김지회가 선발했다. 그 뒤를 이진범, 송관일 등이 소부대를 이끌고 띄엄이 뒤따르고 있었다. 2월 말 지리산을 떠날 때는 백설이 하얬는데, 다시 돌아온 지리산은 연초록이 온 산을 뒤덮고 있었다.

김지회의 지휘부가 남원의 반선리에 이른 것은 4월 초, 자정이 넘은 시각이었다. 일행은 시장기와 강행군으로 몹시 지쳐 있었다. 이 마을에 과부댁이 술도가를 하고 있었는데 평소 토벌대가 드나들고 있었다.

"아줌마, 야심한 밤이지만 밥을 좀 지어 주세요."

"예, 밥은 시간이 좀 걸릴 텡께 우선 막걸리나 드시고 시장끼를 면하시랑께요."

"아줌마, 토벌대애들 얼씬거리지 않아요?"

"요새는 좀 뜸하데요. 걱정은 마시라요."

"그럼 한잔씩 할까요."

조경순이 좀 불안한 표정을 짓자 김지회는 홍순석에게 술잔을 돌리며 한 마디 던졌다.

"괜찮아, 여기는 지리산이야. 이 한밤에 함부로 얼씬거리지 못해. 자, 홍 동지 한잔 들어."

과부댁은 전내기술을 잔뜩 퍼내왔다.

빈 속에 독한 술을 들이켰으니 일행은 세상모르고 곯아떨어졌다.

과부댁은 술 배달 총각을 산내면에 주둔한 3대대에 보내 신고했다. 3대 대는 병력 60여 명을 스리쿼터에 싣고 반선으로 달려와 깊은 잠에 빠진 김 지회의 지휘부를 급습했다.

아뿔싸, 이들은 순식간에 17명이 즉사하고, 7명은 놀란 눈을 씀벅이며 손을 들었다. 이곳을 탈출한 자는 조경순을 비롯, 술을 입에 대지 않은 5명 이었다. 홍순석과 수 명의 수뇌부는 그 자리에서 고꾸라졌으나 김지회는 중상을 입고 수백 미터 되는 연장골까지 뿍뿍 기어가 수풀 속에서 절명했 다. 시체는 닷새나 지난 후 까마귀 떼가 모여드는 것을 보고 수색대가 찾아 가 발견했다.

당초 토벌대는 김지회가 탈출한 것으로 여겨 수색대를 편성해 뒤쫓게 했다. 이 수색대는 온 골짜기를 뒤진 사흘 후 달궁마을을 헤매던 조경순 일 행 3명을 발견하고 사로잡았다.

조경순은 그해 가을 서울 고등군재에서 문화공작대의 유진오와 함께 사형을 선고받았으나, 후에 무기로 감형된 뒤 6·25초 옥중 사살되었다. 멀 리 함경도의 한 사나이와 남녘 끝 탐라섬의 비바리는 환자와 간호사라는 특이한 인연으로 만나 짧은 사랑의 발자취를 지리산에서 마감했다.

낮도 무섭고 밤도 두려워

조천면에서 신촌리는 해변마을로 중산간처럼 소개령이 내리거나 마을이 불타지는 않았다. 그러나 48년 11월과 12월 두달간 이곳 주민들은 죽음의 공포 속에서 나날을 견뎌야 했다.

이 신촌리는 초기에 사령을 맡은 김달삼에 바통을 이어 받은 이덕구 총책의 고장이다. 또 무장대 간부였던 김대진도 이 마을 출신이다. 젊은이들이 이들을 따라 산에 오르고, 김용남은 이덕구 선생을 따라 같은 길을 걸었다.

초토화 작전이 시작되면서 마을에 남았던 주민들에게도 수난은 닥친 것이다. 신촌리는 속칭 '닭마르'라 불리는데 마을 뒤쪽 언덕은 한 그루 노송이 덩그렁 서 있어 '외소낭밭'이라 한다. 그 오른쪽 오름이 원당봉이다.

48년 11월 11일, 무장대가 조천리를 쳐들어 우익 인사를 살해하는 사건이 생기면서 사태는 험악해졌다. 토벌대는 무장대를 추격하며 중산간까지 이르렀지만 무장대는 이미 꼬리를 감춘 뒤였다. 화가 치민 토벌대는 죄 없는 중산간 주민들에게 애먼 분풀이를 했다.

뒷날 12일부터는 해변마을까지 내려와 미욱한 젊은이들에게 학살극을 벌였다. 신촌리에서 김수진 등 6~7명이 잡혀 함덕리 서우봉으로 끌려가 희생되었다.

신촌리 서쪽 바닷가 부근에 '닭마르'라는 등성이가 있는데, 이 '닭마르'에서 다시 서쪽을 보면 언덕 위에 외솔나무 한 그루가 서 있다. 이곳을 오르면 마을 전경이 훤히 내려다보인다. 주민들은 이곳에 '빗개'를 세워 토벌대의 동향을 살폈다.

11월 16일. 마을 청년 김형송 등 3명은 '닭마르'에서 희생자가 생겼다는 소식을 듣고 이들을 매장하기 위해 삽을 들고 나섰다. '닭마르'에 이르자 토벌대가 다가오는 모습을 보고 날래 도망쳤으나 몇 걸음 못 가 쓰러졌다. 희생된 김형송의 아우 김형만도 이날 총을 맞았다.

다행히 그는 간호사의 치료로 목숨을 건질 수 있었다. 당시 14세이던 그는 어머니와 형이 희생된 상황을 다음과 같이 증언한다.

"우린 '윗당'이란 곳 외딴 집에 살았어요. 군인들이 다가오자 큰형은 급히 근처 대밭으로 피했고, 난 벽장 안에 숨었죠. 군인들은 갈팡질팡하는 어머니와 형수, 여조카 세 명, 그리고 작은형을 끌고 갔어요. 며칠 후 형수는 갓난애를 업고 간 덕분에 살아오고 어머니와 작은형은 총살당했습니다. 우린 아무 죄도 없었어요."

한편 48년 11월 4일과 11일 무장대는 면사무소와 지서가 있는 조천리를 공격하여 면사무소를 소각하고 우익 인사를 살해했다. 이에 토벌대는 11

월 6일 마을에 남아 있던 젊은이 8명을 보복 총살했다. 두 차례에 걸친 무장대의 습격과 토벌대의 보복전은 이후부터 주민들의 운명에 분수령이 된다. 나아가 11월 11일 사건 이후에는 주민들의 대규모 입산이 벌어진다.

이때의 상황은 실로 가관이었다. 온 동네 사람들이 피난가야 산다며 너도나도 서둘러 산을 타기 시작했다. 얼씬하면 조천지서에서 사람들을 잡아갔기 때문에 모두들 공포에 질려 있는데다 11일 새벽 산사람들이 습격한 사건이 벌어져 더욱 위기를 느낀 것이다.

노약자와 거동이 불편한 사람을 빼고는 거의가 산에 올랐다.

어린아이 손을 이끌고 가는 여인네들도 많았다. 피신한 조천 주민은 1천 명이 족히 넘었다.

그중 일부는 곧 내려와 무사했지만 하산할 기회를 놓친 사람들은 한겨울 산에서 헤매다 억울하게 죽어갔다. 이때 주민들은 왜 죽음을 피해 산에 올랐을까. 그 이유는 자명했다.

토벌전이 가혹하게 벌어지니까 조금이라도 의심을 받는 사람이나 가족 중에 입산한 사람이 있는 집안은 살아남기 어렵다고 생각했기 때문에 스스로 입산한 것이었다.

당시 무장대의 역량은 게릴라전에서나 통했다. 무장대는 중산간에 대한 토벌대의 무차별 방화와 토벌에 속수무책이었다.

여기서 잠깐 조천중학원생이던 강행일을 통해 무장대의 단면을 보자. 그는 삐라를 붙이다 토벌대에게 쫓기게 되어 48년 11월께 입산해 선전부에 배치됐다. 그는 이듬해 3월에 헌병대에 붙잡혔지만 사태가 웬만큼 진정된 뒤라 요행히 방위군에 편성되어 구사일생으로 살아났다.

"도당 사령부는 어스생오름 서쪽 밀림지대에 있었주. 도당 산하에는 선전, 조직, 총무, 군사부가 있었어요. 당책과 각 읍, 면책 등 소위 '캡'들의 모임 때 습격 일시와 장소 등이 결정되었주. 난 선전부에 소속돼 '샛별'이란 신문을 주간마다 발간했주. 16절지 크기의 마분지 2중 분량이었는데 5백 부쯤 등사 했어요. 주로 '노랑개 ○○명 섬멸, 검은개 ○○명 사살' 등 전과를 적었고, 중산간 대학살을 알리면서 봉기를 선동하는 문구로 썼습니다. 그런데 그때 무장대 병력은 미미했주. 또 도당 비밀 아지트가 발각되는 바람에 여러 번 쫓겨 다녔습니다. 무장은 군사부만 갖고 있었주. 군사부는 모두 4개 지대로 나뉘었는데 제 1지대(조천면 관할)는 이덕구 사령, 제 2지대(구좌면)는 김대진, 제 3지대(남원면)는 김의봉, 제 4지대(대정면)는 오 아무개가 각각 맡았주. 이중 제 1지대만 1백 명 안팎이고, 나머지는 50명가량의 병력이었죠. 다 합쳐야 250명가량인데, 이중 무기가 없는 대원도 많았주. 또 제 4지대는 예비지대로, 이러니 본격적인 토벌전에 맞설 만한 힘은 없었주."

무장대는 게릴라 전법으로 기습전을 펴 물러간 뒤 마을에서는 토벌대의 보복극이 벌어졌다. 토벌대는 조천면 여성동맹 위원장 김옥희 등 여맹원 둘을 잡아 고문했지만 말을 듣지 않아 그들의 목을 베어 시가행진을 했다.

김옥희는 1919년 조천 만세운동과 1930년대 항일 투쟁을 이끌었던 김시범 의사의 딸이다. 김시범은 해방 후 조천면 인민위원장과 초대 조천면장을 역임했다. 그후 6·25가 터지자 토벌대에게 처형된다.

48년 12월 2일 군인들은 중산간에 토벌 갔다 돌아오던 중 조천리 '봉수

동'에 이르러 주민 한희경과 김성돌을 발견한다. 군인들은 아무 신문도 없이 이들을 쏘아댔다. 그런데 김성돌은 60대 노인이었고, 한희경은 현직 경찰의 형이었다.

한희경의 사촌인 한희규는 말한다.

"한희경은 제주경찰 3기생으로 당시 제주경찰서에 근무하고 있던 한희범의 형입니다. 몇 마디 취조라도 했다면 '내 동생이 경찰이오'라고 했을 텐데 무조건 총을 쏘니 대책이 없었지요. 특히 사촌네는 경찰가족이라 하여 무장대에게 집이 불탄 적도 있었는데 오히려 토벌대에게 죽는 어처구니없는 일이 벌어진 것입니다. 백부는 분을 참지 못해 사촌의 호적에 '군인들에게 총살당했음'이라고 사망신고 했어요. 그런데 이로 인해 5촌 조카들이 연좌제에 걸려 육군사관학교에 진학도 못했고 군대에 가서도 곤욕을 치렀습니다. 너무나 억울한 일입니다."

12월에 들어 사태는 더욱 악화돼 산으로 간 사람들은 산중에서, 마을에 남았던 사람들도 걸핏하면 함덕 백사장이나 조천국교로 끌려가 죽임을 당하는 일들이 노상 벌어졌다. 이러던 중 12월 21일의 무장대 습격은 또 다시 큰 화근을 불러 왔다.

이날 새벽 무장대는 마을을 덮쳐 우익인사의 부모와 동생 등을 죽창으로 무참히 살해했다.

토벌대의 복수전은 곧 벌어졌다. 토벌대는 밤새 마을 경비 담당이었던 박순규 등 7명을 단지 '보초 잘못섰다'는 이유로 죽임을 당했다.

피는 피를 부른다던가, 토벌대는 군 주둔지인 함덕초등학교에 수감돼 있던 주민들을 총살했다. 이때 희생된 사람 가운데 조천리 주민은 이용옥 등 13명이었다.

소년은 어디로

　김용남이 게릴라가 된 것은 이덕구 선생의 영향이 컸었다. 향학열에 불타던 그는 고장의 조천면에 중학원이 생기고 해방된 제주에서 한글로 공부하게 된 것이 더 없이 기뻤다.

　선생님들도 뛰어난 분들이 많았다. 일본서 갓 돌아온 인텔리들로, 그중에서도 큰 영향을 끼친 사람이 이덕구 선생이었다.

　심한 곰보얼굴이었다. 어려서 마마에 걸린 선생의 얼굴은 울퉁불퉁 곰보 투성이었다. 선생을 따르던 학생들은 이런 노래를 부르며 껄껄댔다.

　머리에 쓰던 헌팅 캡
　허리에 권총 차고
　그에게 두려움이란 당치 않은 말

울퉁불퉁 곰보 얼굴은
덕구 덕구 '아가리작박'
빡빡 얽은 그 얼굴

이덕구 선생은 1920년 조천면 '요동가름'의 넉넉한 집안의 3남으로 태어났다. 일본에 건너가 입명관대학에 다니다 학병으로 소집돼 일본의 항복으로 제대했다.

제주에 돌아온 그는 신설된 조천중학원 교사로 나서 역사와 지리를 가르쳤다. 그는 목성이 컸는데 3·1절 시위 때 중학원생을 체포한 경찰관에 항의하다가 고문을 당해 고막이 터져 귀가 멀었다고 한다. 귀가 멀면 절로 음성이 커진다는 것이다. 수업시간 때 큰소리를 내면 침이 튕긴다.

평소 조용하고 과묵한 성품이었으나 수업은 열정적이었다.

그는 해방 후 김구 선생을 존경했으며, 역사 시간이면 으레 그분의 애국정신을 자랑삼아 이야기 했다.

이덕구 선생은 항상 군복차림으로 교단에 서곤 했다. 공부에는 매우 엄격했다.

그런 인기 있던 선생이 어느 날 갑자기 학교에 나오지 않았다. 일주일쯤 지나 모습을 드러냈을 때는 바지저고리에 두루마기를 입은 한복차림이었다. 교단에 선 그는 학생들에게 큰소리로 말했다.

"오늘 수업이 마지막 수업이 될지도 모른다. 내가 나오지 않더라도 다른 선생들의 말씀을 잘 듣고 공부를 열심히 하도록……."

이런 말을 남기고 그는 학교를 떠났다.

그런 이틀 뒤였다. 시내에는 삐라가 나붙었다. 거기에는 '인민군 사령관 이덕구'라는 이름이 크게 적혀 있었다.

48년 5, 6월경이라고 김용남은 기억하고 있다.

"…여러분 열심히 공부하도록. 나는 육지로 가기로 했다."

이렇게 마지막으로 말한 이덕구 선생은 육지가 아니라, '산'으로 가서 게릴라 부대의 사령관이 된 것이다.

그가 입산한 그 무렵은 제주도의 무장투쟁이 본격화하기 시작한 시기였다. 이덕구 사령보다 반년쯤 지나 산에 든 김용남은 49년 1월의 매서운 겨울이었다.

이덕구 사령관은 부관 한 사람을 대동하고 김용남 등의 아지트를 찾아왔다. 그는 군복에 물을 들인 작업복 차림으로 머리에 전과 같은 헌팅캡을 쓰고 손에는 기다란 외제 권총을 들고 있었다. 용남은 반가움에 다가가려고 했으나 주변의 눈치를 보며 머뭇거리고 있는데 이덕구 사령이 그에게 눈길을 주었다.

"뭐야, 너까지 이런데 와 있는가. 집에서 공부를 해야 하는데……."

그것은 선생의 훈시 그대로였다.

이덕구 사령관은 게릴라들에게 뭔가 지시를 내리며 잠시 후 아지트를 떠났다.

무슨 신호였을까. 권총을 하늘에 향하여 한 방 내쏘더니 어둠속에 사라져 갔다. 김용남이 이덕구를 본 것은 그것이 마지막이었다.

토벌대의 수색전은 연일 계속되었다. 도망쳐 다니는 것, 이것이 산 생활의 전부였다. 낮에는 종일 깊은 숲속에 숨어 공포와 추위에 떨면서 앉아 있고, 밤이 되면 야행동물처럼 나서야 했다. 비상식량을 저장해 둔 곳에 가서 쌀이나 보리를 가져 온다. 11월 무렵부터 토벌이 가열되어 비상식도 점차 구하기 어려웠다. 곡식을 내주는 주민도 줄어들고 있었다. 죽창을 들고 위협을 해야 약간의 곡물을 얻어오는 경우가 생겼다.

"협조라고 하지만 약탈이나 다름없다."고 김용남은 생각했다. 관에 의해 강제적으로 소개된 농가에 들어 보리나 수수, 옥수수 따위를 훔쳐 왔다.

점점 게릴라들에겐 엄한 월동작전이 펼쳐지게 되었다. 겨울을 나기 위한 식량을 조달하는 운동을 온 섬에 펼쳐 나갔다. 이 섬의 주식은 수수와 보리다. 그것을 주민에게 공출해서 항아리에 넣어 흙 속에 묻어 둔다. 하지만 이렇게 모은 곡물도 토벌대에게 숨긴 곳을 들켜 파헤치게 돼서는 먹을 것이 사라져 버린다.

주린 배를 견디고 있는 어느 날, 김용남은 몇몇 대원과 상의하여 야생마를 잡아먹기로 했다. 야생마 외에도 산을 여기저기 뛰어다니는 방목마도 눈에 띄었다. 수많은 마을이 불타버려 주인을 잃어버린 말이 야생마가 되기도 했다. 말을 잡는 연장이나 덫이 있는 것도 아니다. 총은 토벌대를 부르게 되니 사용할 수 없었다.

게다가 김용남은 비전투원이므로 총 따위 갖고 있지 않았다.

말을 잡을 수 있는 방법은 대원 몇이서 말을 밭 한 가운데로 몰아넣어 목에 로프를 휘감은 뒤 날뛰는 말을 힘껏 잡아 당겨 고꾸라뜨린다. 실로 잔

인한 짓이었으나 기아상태에서 게릴라가 살기 위해서는 그 길밖에 없었다. 말의 관자노리를 돌로 찍어 내린다. 한 번 두 번 세 번 연거푸 그 짓을하는 것이다. 말은 입에서 핏덩이가 섞인 거품을 뿜어낸다. 심하게 날뛰던 말을 몇이서 내리누르고 식칼로 목덜미를 베고 숨통을 찌른다. 이렇게 뻗은 말을 조각내어 먹는다.

먹다 남은 고기는 불로 훈제를 하여 비상용으로 부대에 넣어 가지고 다녔다. 이따금 야생의 소를 잡는 날이면 즐거운 파티가 열리곤 했다.

입산 후 처음으로 동굴에 숨어들 때의 일이다.

김용남은 산속을 쫓겨 다니다 우연히 희한한 동굴을 발견한 것이다. 48년 10월 하순 경 모두들 휴식을 취하고 있을 때 대원 하나가 담배에 성냥을 그어댔다. 그러자 아래쪽에서 바람이 불더니 성냥불이 꺼졌다. 이상한 일이었다. 혹시 그 아래가 빈 공간이 아닌가 하여 대원이 발치에 있는 바위를 두드리자 쿵쿵 소리가 되돌아 왔다. 분명 동굴인 듯 싶었다. 한편에 놓인 돌 가까이 가자 시원한 바람이 몸을 휘감았다. 이번에는 돌을 치워 입구를 벌리자 성인 한 사람이 파고들만한 동굴이 있는 것이었다.

"이건 멋진 아지트가 되겠어."

그 대원이 그들에게 말했다. 그 동굴은 돌이 여기저기 흩어진 밭에서 수직으로 3미터쯤의 깊이였다.

그곳을 내리면 수평으로 사람 하나가 통과할 만한 동굴이 뻗어 있다. 후에 게릴라들이 이 동굴을 '아기 낳는 구멍'이라고 한 것은 흡사 여인의 음부를 빼닮았기 때문에 붙인 이름이다.

이 동굴을 더 나아가면 오륙십 명이 들 만한 넓은 공간이 펼쳐져 있었다. 당초 이것이 끝이라고 여겼으나 동굴은 더 이어져 있었다. 하지만 그보다 더 나간 사람은 아무도 없었다. 고장의 주민도 이 동굴을 아는 사람은 없었다.

이 새로운 아지트에는 김용남을 비롯한 조촌리와 와흘리, 선흘리 등 세 마을 30여 명의 주민들이 숨어 있었다.

그런데 이 아지트는 토벌군에 발견되고 만다. 누군가가 밀고를 한 것이다. 가을철이었다. 추수를 마친 보리짚과 콩깍지 등이 여기저기 밭에 쌓여 있었다. 토벌대는 그것을 몰아넣고 위에서 휘발유를 뿌려 불을 붙였다. 게릴라 모두를 숨 막혀 죽이려는 작전이었다. 공격하기 전에 토벌대 측에선 대원 한 명을 굴속에 넣어서 상황을 살피게 했다. 게릴라 쪽에선 '아기 구멍' 입구에 힘센 대원을 배치시켜놓고 있었다. 그 좁은 구멍을 지나지 않고는 주력부대가 있는 곳까지 이를 수가 없다. 침입 해 오면 거기서 찔러 죽일 태세였다. 토벌대는 일단 들어오기는 했으나, 그대로 나가는 것은 위태롭다고 생각해 소각작전으로 전환했다.

구멍 위쪽에서부터 보리짚과 콩깍지 등을 가득히 집어넣어 불을 붙인 것이다. 삽시간에 동굴 안에는 연기가 자욱해 졌다. 모두들 심한 기침을 해댔다. 질식할 것 같은 김용남은 냉큼 수건에 오줌을 누워 입을 틀어막았다. 이러면 질식을 막을 수 있다고 들었기 때문이다. 모두들 동굴 속 구석으로 구석으로 떠밀려 갔다. 한 치 앞도 보이지 않는 어둠 속을 손으로 더듬으면서 동물적인 감각으로 나아갈 수밖에 없었다. 연기는 가득 차 있었지만 모두가 아직 숨 쉬는 것을 보면 어딘가에서 연기가 빠져 나가고 있을 터이다. 그런 생각으로 뒤꽁무니 쪽으로 계속 나아가고 있었다. 거기 출구가 있었던 것이다. 어둠 저 쪽에 희미하게 빛이 어른거리고 있었다.

토벌군은 불을 놓았으니, 이제 전원이 질식해 죽었으리라 생각하고 철수하기 시작했다. 그런데 불을 놓은 반대쪽 오름 에서 연기가 피어오르고 있었다. 그걸 보초가 발견하고 동굴 속을 향해 방아쇠를 당겼다. 동굴에서 나오려던 30세 가량의 게릴라가 가슴에 총격을 맞고, 바짝 뒤따르던 동지가 발에 총알을 맞아 그 자리에서 쓰러졌다. 토벌대원들은 그 후 커다란 돌을 날라다 구멍 입구를 틀어막았다. 이것으로 전멸했으리라 판단하고 그들은 철수했다.

동굴 속에서 몸을 움츠리며 오륙 시간 좀 지났을까.

연기와의 싸움에서도 끈기 있게 견뎌낸 김용남 등 대원들은 탈출을 시도했다. 마을에서 가장 힘이 센 40대가 나서 쇠망치 하나로 돌을 두들겨 깨트리기 시작했다.

제주도의 돌은 현무암으로 여느 돌보다 딴딴하지가 않다.

동굴 벽을 끈기 있게 두들기자 돌덩이가 무너져 내려 가까스로 사람 하나가 나올 수 있는 구멍이 생겼다.

허수아비를 만들어 상의를 입히고 모자를 얹어 그것을 구멍에서 올렸다 내렸다를 되풀이했다. 아무 반응이 없었다. 밖에 토벌대의 보초가 서있지 않다는 증거다. 김용남 등 일동은 밖으로 나왔다.

"아, 시원한 공기!"

대원들은 공기의 소중함을 체득하는 것 같았다.

"그래, 공기는 우리가 바라는 해방과 같은 거여."

김용남이 가득 숨을 몰아쉬며 이런 감탄사를 늘어놓고 있을 때, 부상자는 게릴라의 야전병원으로 옮겨지고 대원들은 옛 근거지로 돌아가고 있었다.

토벌대의 허점을 노려 살아남은 기쁨에 대원 모두는 큰 소리를 외쳤다.

"우리는 이리 씩씩하게 살아 있다!"

소년 게릴라 김용남이 처음으로 겪은 전투였다. 어둠이 저물어 갈 때 한라산 봉우리에는 초록별들이 반짝이고 있었다.

그즈음 제 2연대가 육지에서 투입되었다. 그들은 귀순작전을 폈다. 이제까지는 제 9연대가 펴던 삼광작전이라고 하여 죽이고, 불 지르고, 빼앗는 작전이었다.

새롭게 펼친 제 2연대의 귀순 작전이 효과를 거두었던지 산에 오른 사람들이 조금씩 귀순하게 되었다. 국방군정찰대가 산에 투입되면서 정보제공자 등 관변에 협력하는 자도 생겨 아지트가 공격받는 일이 늘고 있었다.

이른바 토끼몰이 작전이라 하여, 하나의 산을 포위하여 아래로부터 위로 토끼 몰이하듯 밀어 올린다. 나무뿌리건 넝쿨이건 할 것 없이 헤쳐 오르면서 산 밑부터 훑어 오른다. 민간인으로 구성된 민보단원이 한 줄로 늘어서 산을 포위하여 아래에서 위로 휘몰아 가는 작전이다.

그 무렵이었다. 김용남 등 10여 명이 지키고 있던 아지트가 발견되어 습격을 받았다. 아지트는 조천면의 중산간 부락이었다. 산과 해안의 중간지대에 있는 산속으로, 소나무 숲 속에 소나무 가지로 뼈대를 만들어 짚을 올려

놓은 오두막이었다. 그 속에는 3명의 여자와 남자 12명이 틀어박혀 있었다.

산정의 오솔길에서 토벌대가 카빈을 난사하면서 내려오고 있었다. 오름에 세워둔 '빗개'가 "노랑개다!" 소리치며 달려오자 그들은 총소리 나는 반대쪽으로 뺑소니치기 시작했다. 다람쥐처럼 다들 날랜 동작이었다. 한참 달리다 김용남은 늪 쪽으로 비껴 산허리를 돌아 죽을 둥 살 둥 산줄기를 타고 달렸다. 총알이 핑핑 귓가를 스치고 금방 발을 뗀 자리에 '핑'소리와 함께 돌가루가 튀어 올랐다. 그러나 용케 토벌대의 사정거리를 벗어난 한 오름에서 한 숨을 돌리고 난 후였다.

위태로이 소나무숲과 관목 사이를 뛰어가면서 아래를 내려다보았다. 60여 미터 떨어진 저편에 여자 세 명이 붙잡혀 있는 모습이 보였다.

두 명은 용남과 같은 학원 동급생, 다른 한 명은 30대의 김옥희라는 마을의 여성동맹 위원장이었다. 토벌대가 공포를 팡팡 내쏠 때, 그녀는 이제는 끝이라고 단념했는지 있는 힘을 다하여 "조선민주주의 공화국 만세"를 외쳐댔다. 꽤 거리를 둔 김용남한테도 그 소리가 뚜렷이 들렸다.

김옥희의 비장한 최후를 보면서 그는 가슴이 후끈했다.

그녀의 외침을 듣고 성난 토벌대는 "이 쌍 빨갱이!" 하면서 가지고 있던 총검으로 그녀를 찔러댔다. 그녀는 그 자리에 쓰러졌다. 그것으로 그치지 않았다. 토벌대원은 그녀의 목을 잘랐다. 빨갱이의 목을 본부에 가지고 가면 공을 인정받는지 혹은 길가에 늘어놓아 선전에 이용하려는 것인지.

그 대낮의 참극을 목격한 김용남은 절로 몸이 떨렸다. 잘린 목은 부대에 넣어져 붙잡힌 두 명의 여자게릴라에 들려서 숲속을 연행되어 갔다. 두 명의 여자 게릴라는 모진 고문에 시달린 뒤 광주 형무소로 송치되었다. 머리를 들렸던 여성은 그 후 일본에 밀항했다. 훗날 김용남은 그녀와 도쿄에서 우연히 재회하게 된다.

김용남과 일행은 그날 밤 한라산 쪽으로 내달렸다.

그날 한라산에는 첫눈이 내리고 있었다.

훗날 「한라산」이라는 시가 『자작나무 숲길』이라는 시집에 발표되기도 했다.

그날의 화산섬
시뻘건 불 내뿜으며
한 멍에 감아 안고
안개 휘둘렀다 불 밝힌 오름

유채꽃 노라니 피는
봄의 아수라
웬 심장 터지는 아픔이더냐

삼백 예순 오름마다
미움 돌팔매질 하던
풀뿌리 민초들

온 섬 떨치어

골골이 울린 함성

새날의 아침을 재촉하니

오름마다 선혈로 메아리지는

오, 핏빛 4월이 오면!

몇 번인가 아지트 습격을 받던 49년 4월 하순께 대원들은 뿔뿔이 흩어지고 김용남은 혼자 수 일 째 산속을 헤매고 있었다.

우연히도 같은 게릴라의 대원이 돼 있던 중학원 친구와 산중에서 만나게 된다. 서로 품어 안으며 무사히 살아 있는 것을 기뻐했다.

그 친구도 아지트 급습으로 혼자되었다고 했다.

두 친구 다 사오일 동안 굶은 상태였다. 고사리가 자라는 계절이었다. 고사리를 꺾어 먹으려고, 친구와 나지막한 언덕으로 올라갔다. 고사리 꺾는 데 정신을 쏟으며 언덕을 오르는데 눈앞에 네댓 명의 사나이가 엎드리고 있었다. 자경단의 무리들이었다.

두 친구의 움직임을 지켜보고 있었던 모양이다.

"야 이놈들" 하고 와락 덤벼들었다. 손에는 단칼을 들고 있었다. 김용남도 단칼을 가지고 있었으나, 놀라 아래쪽으로 도망쳤다.

끝내는 추격을 당해 둘 다 붙잡혔다. 뺨을 세게 얻어맞고 쇳줄로 양손을 묶여버렸다. 함덕리에 있는 국방군의 대대본부에 연행되어 수없이 군화로 채였다.

　대대본부에서는 1주일 간 갇혀 있었다. 계모가 면회를 와 계란을 넣은 죽을 냄비 가득히 가지고 와서 위로의 말을 건넸다.

　"고생했다. 이것 먹어둬."

　취조를 맡은 사람은 서북청년단의 황이라는 사나이였다. 1년 가까운 산 생활로 김용남의 머리는 길게 자라 있었고 몸은 때 투성이었다.

　"머리를 자르고 목욕탕에 가서 때 좀 벗기고 오라."

　황은 하루 동안만 석방시켜 준다고 말했다. 이유는 알 수 없었다. 그는 뇌물을 바랐던 것일까. 돈을 주면 목숨만은 살려준다는 속내였던지도 모른다. 그러나 김용남이 입산한 뒤엔 계모 이외엔 일하는 사람이 아무도 없었다. 하루의 끼니를 잇는 것도 어려운 형편이어서 뇌물을 주는 여유 따윈 있을 턱이 없었다.

　당시의 대대본부는 붙잡힌 수백 명의 인원으로 북새통을 이루고 있어서, 두세 명을 놓아준다 해서 별탈이 없었다.

　이미 상황은 산중의 근거지가 거의 궤멸되어 있었기 때문에. 도망칠 수는 없으리라고 여겼는지도 모른다. 그는 아버지의 손밑동생으로 지역의 민보단 부단장으로 있는 숙부를 찾아갔다. 숙부는 김용남을 따라온 친구를 심하게 꾸짖었다.

　"왜 내 조카를 산 채로 데려왔느냐! 이놈의 목에 쌀 세 가마의 현상이 걸려 있는 것을 너도 알았을 텐데."

　이렇게 추궁하면서 숙부는 용남에게 다가와 커다란 손으로 뺨을 세게 올려붙였다. 용남은 붕 떠서 토방 머리에 쓰러졌다. 숙부는 그래도 모자라 성부림을 해댔다.

"네 놈 때문에 우리 집안이 얼마나 망가진지 아느냐."

김용남은 뒤에 안 일이지만, 계모는 그가 폭도로 가담했다는 이유로, '폭도의 가족'으로 수용소에 3개월 동안이나 갇혀 있었다. 여느 경우라면 그대로 죽임을 당했을 텐데 계모는 "그 애는 내가 낳은 자식이 아니다"고 우기는 바람에 목숨만은 살아나온 것이다.

그때 계모는 임신 중이어서 수용소 안에서 출산을 했다. 아무런 설비도 없는 수용소 안의 출산으로 하여 계모는 출혈 과다로 한쪽 눈이 실명되어 버렸다.

김용남의 숙부는 가까스로 노여움을 달랬는지 상 앞에 앉으라고 했다.

"이 녀석 요기라도 해라."

아버지의 또 다른 막냇동생은 이런 말을 했다.

"네게 돈을 줘서 빼줄 수는 있어. 하지만 그러다간 한이 없을 테니 기왕 당한 일 가서 죗값을 치르는 것이 나아. 2년쯤이면 다할 테니까."

김용남은 만 16세였는데 1년쯤 살다 나오면 될 것이라고 가볍게 생각했었다.

형무소에 입소하겠다고 마음을 정하고 고장 마을을 한 바퀴 휘돌았다. 학원의 친구 하나가 길동무를 해주었다.

둘이 집 가까운 연북정에 올랐다. 바다가 한눈에 들어왔다. 석양빛이 물들고 있었다.

이튿날 대대본부로 돌아온 그는 제주시로 연행되어 헌병대 분실에서 취조를 받았다. 다시금 그곳에서 제주 농업학교 창고로 내보내졌다. 그곳에는 산에서 붙잡힌 사람이나 행방불명된 사람이 모두 수감되어 있었다. 세포책도 있었다. 한글을 친절히 가르쳐 준 김순기 선배도 있었다. 김양근이라는 제주도당조직부장도 곁에 있었다. 그는 조사를 받을 때 의연히 버티었다.

"내가 당신들한테 할 말은 내 이름과 본적지뿐이다. 그밖에는 아무 말도 할 수 없다."

김양근은 몽둥이로 등허리를 무참히 얻어맞았다. 김양근의 단호한 자세를 듣고 나서 처음엔 뭔가 흔들렸던 김용남도 배짱 있게 버티려는 마음이 생겼다.

"있는 대로 불면 살려주겠다."

이렇게 꼬드겼지만, 아무것도 행동한 일이 없었기 때문에 실토할 것도 없었다.

"한 가지 말하라면, 제주도의 봉기는 시기상조였소. 2년 뒤였더라면 성공했을지도 모르죠."

"이 자식, 건방진 놈 같으니."

취조관에게 구둣발로 채이고 몇 번이나 기절했었다. 반성할 여지가 없는 놈으로 취급되어 같은 또래의 대원들이 모두 석방되었는데도 그는 농업학교에서 제주항의 부두에 있는 주조공장 창고에 처넣어졌다.

그 창고는 두 개로 나뉘어 있는데, 각각 백 명씩 합쳐 2백여 명이 갇혀 있었다. 재판을 마친 사람이 A, B, C의 세 급으로 분류되었다. A는 즉결형 그룹이며, B, C는 형무소행이었다.

김용남은 제주재판소의 지방법원에서 군사재판을 받게 되었다.

법정에는 백 명 가까운 소년들이 있었다. 앞줄부터 차례로 이름을 불러 댔다. 형식적이지만 변호사가 따랐다.

대위가 변호사가 되어 "이 소년들은 마을의 성인들에 거역할 수 없어 산으로 따라가 시키는 일을 했던 소년들이다. 그들이 한 행위는 밉지만 장래가 있는 아이들이니 극형만은 면해주는 것이 좋겠습니다."

이렇게 변호하는 것을 그는 잘도 꾸며대는구나 하고 혼잣속으로 생각했다.

그러나 판결이 나지 않은 채로 49년 8월 중순 무렵 1백 50여 명이 어느 날 시내를 두 줄 종대로 걸어서 산지항의 부두로 향했다.

이때에 제주도 주민들의 민심은 일변해 있었다.

사건 이후 1년 반의 세월이 흐르고 있었다. 줄지어 걸어가는 그들을 보고 있던 도로변의 주민들은 갖은 욕설을 퍼부으며 돌멩이가 날아들었다.

"이 빨갱이 새끼."

"폭도놈들."

침을 뱉는 사람들도 있었다. 사건이 일어났을 때만 해도 게릴라 쪽을 동정했던 섬사람들의 민심이 냉큼 변해 있었다. 사람들의 마음이 변하기 쉽다는 것을 그는 온몸으로 느꼈다.

배는 목포에 닿았다. 7인 1조로 묶인 채 시멘트를 옮기듯이 무게 화물차에 올려졌다. 한 밤낮이 걸려 먼동이 트는 인천에 닿을 수 있었다.

연행된 인천 소년형무소의 담벼락 속 마당은 사람으로 메워져 있었다. 모두 땅바닥에 앉혀 있었다. 적어도 2백 명 정도는 되었지 싶었다. 각지에서 정치범이 모여 있으며, 제주에서도 1백 명은 연행되어 와 있었다. 마당에 고꾸라 앉아 차례로 이름을 부르며 형이 선고되고 있었다.

그의 차례가 되었다.

"김용남, 징역 7년을 선고한다."

그때 그는 하늘이 무너져 내리는 듯한 충격을 받았다.

죄명은 국가보안법 위반과 내란죄였다. 성인은 2년, 자신은 1년쯤 되리라 달가운 생각을 했던 환상은 깨어져 버렸다.

그 판결로, 이곳에서 살아나갈 수가 없으리라는 생각이 들었다.

1,000번의 수인번호를 달고 인천 소년형무소 생활이 시작되었다.

숭시

초토화 작전이 진행되면서 중산간 마을 주민들이 겪은 참상은 필설로 다하기 어렵다. 점차 죄어드는 토벌대의 포위망을 벗어난다는 것은 생사를 건 일이었다. 남편이 사라진 여인들은 등에 이불을 지고, 머리엔 솥단지를 얹은 채 어린이들을 손에 이끌면서 살을 에는 한라산으로 발길을 옮겼다. 토벌대에 걸려 죽기도 하고 혹여 살아난다 해도 가족이 총에 맞아 쓰러지는 모습을 먼 발치에서 지켜봐야 했다.

얼어 죽지 않으려면 자연굴을 찾아 헤매야 했다. 또 남자들은 위험을 무릅쓰고 밤도와 마을로 내려와 식량을 캐내어 가족의 굶주림을 면해야 했다.

해변마을 주민들의 고초도 이만저만이 아니었다. 토벌대는 걸핏하면 무장대 지원 혐의를 내세워 총질을 했다. 보초 서다 졸았다고 총질하고, 여성들의 수난 또한 적지 않았다.

그해 봄부터 제주에는 유달리 '숭시'가 많았다. '숭시'란 '흉사'를 일컬으며, 흉사를 예고하는 징조를 뜻하기도 한다. 우리나라는 예로부터 숱한 자연재해와 병란 등에 시달려 온 탓으로 고장마다 '흉사'에 관한 전설이 있다. 육지와 동떨어진 제주도의 경우는 좀더 색다른 것이 있다. 도민들은 올챙이의 번성과 냉이가 무성하게 자라는 데서도 불길한 징조를 예감했다. '대나무꽃' 숭시는 여순병란을 맞기 전 전라도에서 있었던 일인데, 제주도에서도 예외는 아니었다.

양경수 도민의 증언을 들어본다.

"사태 전에 불길한 조짐이 많았습니다. 샛별이 싸리비 모양의 꼬리를 끌며 크게 빛났습니다. 미친개가 많이 생겨나 사람들이 물려 죽기도 했습니다. 또 그 해에는 생전 보지 못한 대꽃이 많이 피었습니다."

이상한 일이다. 표선면 가시리 사는 한 할머니도 대꽃과 샛별에 얽힌 숭시를 잊지 않고 있었다.

"대꽃은 벼 이삭처럼 생겼주. 좀 더 길쭉하고 색깔은 진누런색이었주. 4·3 전에는 워낙 자락자락 달려 푸른 대나무가 누렇게 보였주. 어른들은 '큰 숭시'라며 걱정했었주. 그땐 집집마다 대나무가 있었는데 실제 대꽃이 많이 핀 집이 그렇지 않은 집안보다 희생이 컸었주. 또 새벽에 동녘에서 뜨는 샛별이 위 아래로 두 개가 있기도 했었주. 위쪽 것은 불그스름하고, 아래쪽 것은 반짝반짝 빛났었주."

섬 노인네가 기억하는 숭시에는 이밖에도 '멸치잡이 그물에 쥐떼가 걸린다거나' '감이나 동백 열매의 씨앗이 거꾸로 앉았다'는 둥 풍설들이 떠돌아 다녔다.

서귀포시 서호동과 호근동 노인들은 마을 주민들이 죽임당할 때 소들이 크게 울었던 기억을 말하기도 했다. 아주 길게 구슬피 울부짖었다는 얘기다.

한 할머니는 "토벌대가 관음사를 불태울 때 마른하늘에 날벼락이 쳤다."고 말했다. 지상의 재앙에 하늘도 어떤 예시와 무서운 경고를 보내는 것인지도 모른다.

이러한 예시와 경고는 48년 11월 중순부터 벌어진 놀라운 초토화 작전을 점지한 것일까.

48년 11월 13일 새벽녘, 조천면 교래리를 포위한 토벌군의 총칼이 달빛에 번쩍이며 이리저리 움직였다. 그들은 집집마다 들이닥쳐 불을 붙이기 시작했다. 놀라 잠에서 깨어난 주민들이 냅다 밖으로 뛰어 나오자 총구에서 불똥이 튀어 나왔다. 교래리 넓은 들녘에 총소리와 비명이 울려 퍼졌다. 하늘과 땅이 벼락 맞은 듯 온통 불꽃 더미 속이었다. 날이 밝을 때까지 이어진 이 재앙은 1백여 호가 모여 살던 1백년의 유서 깊은 마을이 하룻밤 새 잿더미로 바뀌었다. 남아 있는 것이란 불에 타버린 시신들뿐이었다.

이날의 희생자는 거의 노약자들이었다. 재빨리 도망치지 못한 것이 죄였다. 양복천 할머니는 이날 어린 아들을 잃었다.

스무 살에 교래리로 시집온 양 할머니는 이날 9세된 아들을 잃은 것을 못 잊어 했다.

"그날 새벽 총소리가 요란하자 젊은이들은 날래 피신했주. 그러나 난 어린 아들과 딸 땜에 그냥 집에 남았주. 그런데 집에 불을 붙이는 군인들이 심상치 않았어요. 그저 살려달라고 빌었주. 그 순간 총알이 내 옆구리를 뚫었주. 세 살 난 딸을 업은 채로 퍽 쓰러지자 아홉 살 난 아들이 '어머니' 하며 달려 들었주. 그러자 군인은 아들을 보고 한 방을 쏘았어요. '이 새끼는 아직 안 죽었네' 하며 아들을 쏘던 군인의 목소리가 지금도 귓가에 쟁쟁해요. 아들은 가슴을 맞아 심장이 다 나왔주. 그들은 사람이 아니었주. 그들이 나가버리자 아들이 불에 탈까 봐 마당에 끌어낸 뒤 담요를 풀어 업었던 딸을 살폈주. 그때까지도 울지 않아 딸까지 총에 맞았으리라곤 생각지 못했어요. 그런데 등에서 아기를 내려 보니 담요가 너덜너덜하고 딸의 왼쪽 무릎이 뻥 뚫려 있었어요. 내 옆구리를 스친 총알이 담요를 뚫고 딸의 왼쪽 다리를 부숴놓은 거십주. 두 번째 생일날 불구자가 된 딸이 이제 쉰한 살이어요."

시신들은 총에 맞아 불에 타버렸고 한 소녀는 대검에 찔려 숨져 있었다. 이날 가족과 친족 14명을 잃은 김인생 노인은 증언했다.

"군인들은 집안에 닥치자마자 불을 붙인 후 젖먹이서부터 노인네까지 14명을 모두 끌어내 죽 세워놓고 총질을 했어요. 나는 급히 대숲에 숨어 그 끔찍한 장면을 모두 보았주. 군인들이 철수한 후에 살펴보니 생지옥이었어요. 그런데 놀랍게도 여섯 살 난 조카는 세 군데나 총을 맞고도 목숨이 붙어 있었주."

총에 맞고도 살아난 아이는 역시 총에 맞고 숨져가면서도 손자를 담요에 싸 대밭에 던진 증조할아버지의 구원으로 살아날 수 있었다. 어린아이 김용길은 당시의 총상으로 평생 오른팔 한 번 구부리지 못하고 왼쪽 다리는 평생을 목발에 의지해 살아야 했다.

한편 이 생지옥 이후 살아남은 주민들은 갈 곳이 없었다. '뒷곳'이라는 숲에서 숨어 지냈지만 오래 버틸 수는 없었다. 그 후 토벌대에 잡혀 한둘씩 목숨을 잃었다.

앞서 교래리를 진탕친 토벌대는 11월 13일 새벽 2시께부터 인근 와흘 2구로 이동했다. 와흘 1구는 이틀 전인 11일 함덕리에서 출동한 토벌대의 공격을 받았다. 토벌대는 이날 무장대가 조천지서를 습격하고 물러서자 이들을 쫓느라 와흘 1구까지 올라와 마을을 불 지른 것이다. 주민들은 미리 마을 안에 있는 '와흘굴'에 숨거나 '바늘오름'에 피신해 무사했다.

그러나 13일 토벌대가 와흘 2구를 덮쳤을 때 마을 주민들이 많이 남아 있었다. 젊은이들은 모두 피신했었다.

신촌리 출신인 고성춘 영감은 면양을 기르느라 이곳 와흘 2구 수기동에 살고 있었다. 그는 이날 멀리서 마을이 불타는 것을 보았다. 마을에는 아내와 여동생이 남아 있었다.

"난 수기동 청년 20명과 함께 바늘오름 남쪽에 있는 '궤'에 숨어지냈주. 사건이 나던 날 오름 중턱에 올라 사방을 둘러보는데 오전 7시께 군인들이 교래리에서 와흘 2구로 가는 것이 보이더군요. 군인들이 집집마다 불을 붙이고 닥치는 대로 총을 쏘는 것도 보였주. 저녁 때 마을로 와보니 처참한 모습이었주. 여동생은 이마에 총을 맞아 즉사했고, 아내는 가슴에 총을 맞았는데 아침에 먹은 음식이 밖으로 흘러 나왔주. 그날 수기동에서만 16명이 희생됐주. 불에 탄 시신은 배가 터져 창자가 나와 개가 그걸 보고 날뛰었주. 우린 개들을 쫓아내고 시신을 가매장했어요.”

이날 수기동에 들어와 방화한 군인은 4명이었다. ‘토벌’에 나선 군인치고는 적은 병력이었다. 군인들은 이미 마을 안에 어떤 사람들이 남아 있는지 알고 있었다.

그런데 이틀 전까지만 해도 조천지서를 습격하며 기세를 올리던 무장대는 주민들이 학살당하는 동안 어디에 있었는가, 고영춘 영감은 이에 대해 “우리가 숨었던 바늘오름 부근은 피난민들이고 무장대는 더 깊은 ‘물장오리’로 올라갔다”고 말했다.

한편 살아남은 사람들이 잿더미가 된 마을을 배회하며 지낼 때 해변 마을로 소개하라는 명령이 전해졌다. 언뜻 반가운 소식이었다.

그러나 소개지에서는 더 큰 짐이 기다리고 있었다. 해변 마을로 소개한 지 보름 쯤 지났을 12월 초순께 이른바 ‘자수사건’이 벌어진 것이다. 산 넘어 산이었다.

토벌대는 소개민은 물론이요, 해변 마을 주민에게도 자수할 것을 권유했다.

“털끝만큼이라도 가책이 되는 점이 있으면 자수하라.”

자수한 사람은 자유로울 것이라는 유혹도 뒤따랐다. 이에 조천면 관내 2백여 명의 청년들이 ‘자수’했다. 자수자 중에는 와흘리 주민도 적지 않았다. 중산간에 살면서 식량 제공이나 집회 참석 등 무장대의 요구를 피할 수 없었기 때문이다.

군 주둔지인 함덕국교로 찾아간 자수자들은 보름쯤 지난 후에 제주읍 내 농업학교로 옮겨지고 곧 '박성내'라는 냇가로 끌려가 총살됐다. 12월 21일 벌어진 참극이었다. 이때 희생된 와흘리면 중 확인된 사람은 문명국 등 34명이다.

이 죽음터에서 총상을 입고도 김태준은 기적적으로 살아와 유족들은 시신이나마 수습할 수 있었다. 그때의 처절했던 증언을 들어본다.

"불가피한 일이었지만 나도 산에 15일을 오른 적이 있기에 자수를 했었주. 그런데 꼭 죄가 있어서라기보다는 자수하면 생명을 보장한다니 여기저기 숨어 있던 사람들이 나온 거죠. 자수자들은 함덕국교에 집결하라고 했었주. 거기서 특별한 취조도 없이 약 2주일을 보냈었주. 그러던 중 12월 21일 오후 5시께 '토벌 간다'면서 일부를 호명 했어요. 또 일부는 토벌에 따라갔다 오면 자유롭게 될지도 모른다는 생각에 자원을 했었주. 나도 자원 대열에 끼였주. 군인들이 주먹밥을 하나씩 나눠줬는데 곧 버스가 오는 바람에 주먹밥을 늦게 받은 사람들은 미처 차에 오르지 못했주."

이렇게 2백여 명의 자수자 가운데 150명이 버스에 올랐다. 그것은 삶과 죽음의 갈림길이었다. 그의 증언은 이어진다.

"제주농업학교에 도착하자 군인들은 우리들 손을 뒤로 철사 줄로 결박한 후 다시 굴비 엮듯 10명씩 묶어 스리쿼터에 태웠어요. 중간에 사태가 심상치 않음을 눈치 챈 와흘리 출신 2명이 탈출했주. 철사줄이 모자라 그들만 새끼줄로 묶었는데 이를 풀고 달리는 차에서 뛰어 내린거주. 박성대에 다다르자 군인들은 총살에 앞서 우리들의 주머니를 털어 돈과 귀중품을 챙겼주. 길가에서 1백 미터 떨어진 냇가 바위 위까지 끌고 가 묶여 있는 10명 단위로 총을 쏴 떨어뜨렸주. 난 왼쪽 어깨와 오른쪽 팔을 맞았어요. 그러나 정신을 잃지 않고 있다가 다음 사람들이 끌려오는 불과 3~4분 사이에 철사를 끊고 바위틈에 숨었주. 군인들은 곧 휘발유를 뿌려 시신을 태웠어요. 난 새벽까지 숨어 있다가 현장을 벗어났주. 그때 눈이 많이 내렸고 무척 추웠는데 맨발엔 동상이 걸렸고 너덜너덜해진 팔에선 피가 뚝뚝 떨어졌주. 아무것도 먹지 못한 채 '원당봉'을 등대 삼아 밤 시간을 이용해 닷새 만에 고향에 도착했주."

한편 중산간 마을 대흘리는 서로 멀리 떨어져 1구와 2구로 나뉘어져 있다. 1구를 '하늘', 2구를 '곱은달'이라는 옛 이름을 간직한 이 마을도 거센 광풍이 휘몰아쳤다.

큰 수난은 '곱은달'에서 먼저 시작됐다. 48년 11월 11일, 토벌대는 대흘 2구를 덮쳐 미처 도망치지 못한 노약자 20명을 쏘아댔다. 대흘리 방화는 11월 20일께 온 마을에 순식간에 이뤄졌다. 인근 마을이 방화됐다는 소식을 접한 대흘리 주민들은 미리 피신해 큰 인명 피해는 없었다. 그러나 토벌대는 방화에 앞선 수색 과정에서 주민 김윤생 등 세 명을 사살했다.

잿더미 위에서 어찌할 바를 몰라 갈팡질팡하던 주민들에게 소개 명령이 전해졌다. 11월 21일 경부터 주민들은 노약자를 앞세워 해변 마을로 내려가고, 젊은이들은 도피생활에 들어갔다. 가족과 헤어지는 순간이었다.

마을에 남은 청년들은 근처 굴이나 '벡케' 속에 숨었다. 농토를 개간하면서 주변에 널려 있는 큰 돌을 한쪽을 치우다 보면 밭에는 '벡케'라 하는 돌무더기가 쌓여 있다. 대흘 1구 출신인 부성방 옹은 그해 겨우내 '벡케' 속에 숨어 지냈다. 그는 한때 경찰이었다. 46년 10월 경찰에 투신했던 그는 47년 3·1 사건이 발생하자 사직했다.

"난 경찰직이 성격에 맞지 않아 7개월 만에 그만 뒀주. 당시 경찰 중에는 도민을 마구 구타하고 욕설을 일삼던 사람들이 많았는데 난 그럴 수가 없었어요. 또 3·1 사건이 발생해 사회가 어수선해지자 경찰을 떠나 고향에 돌아와 살던 중 4·3 사건이 터졌는데, 젊은이들은 무서워 소개하지 않고 인근에 숨어 지냈어요. 난 동네 청년 다섯 명과 함께 마을 안 왕대밭에 있는 벡케 밑에 굴을 팠어요. 밖에서는 돌무더기로만 보이기 때문에 우린 돌틈 사이로 밖을 보았지만 군인들은 바로 옆을 지나면서도 우릴 발견하지 못했주. 또 교대로 '빗개'를 서 군인들이 오기 전에 미리 피할 수 있었어요. 그런데 한번은 밥 지어 먹다가 죽을 뻔했었주. 토벌대가 갑자기 들이닥치자 급히 뛰었주. 난 무사했지만 바로 옆에서 같이 뛰던 김임생이 총에 맞았주."

이보다 앞서 12월 3일에는 피신중이던 주민 둘이 붙잡혀 총살됐다.

이처럼 마을 주변에서 은신하던 젊은이들이 한둘씩 사라져 갔다.

한편 초토화작전이 벌어지자 조천면 중산간의 동쪽 끝에 자리한 선흘리 주민들은 '선흘곶'으로 피신했다. 그럼 먼저 '선흘곶'에 얽힌 사연부터 알아보기로 하자.

선흘리는 대흘, 와흘과 이곳의 산쪽 마을, 동백숲으로 알려진 마을이었다. 이 동백숲은 상록 활엽수 천연림으로 제주의 기념물로 보존되어 있다.

그런데 해방 후 이 마을의 불화는 이 숲에서 비롯되었다. 일제 때 구장을 지낸 부을동은 일제 말기 30여만 평의 '선흘곶'을 불하 받았는데, 해방이 되자 마을 주민들이 도로 찾을 움직임을 보였다.

이때는 이미 남로당 세력이 지하에서 꿈틀거렸으며, 이를 막게 되는 서북청년들이 섬에 들어와 있었다. 권력의 위세를 알고 있던 부을동은 곧 서청을 불러 들였다.

이 마을은 대대로 안 씨와 부 씨가 살아 왔는데, 급기야 '선흘곶' 동백숲을 놓고 벌어진 알력은 성씨의 대결로 나타났다. 안 씨를 중심으로 한 마을 청년과 서청을 등에 업은 부 씨 간의 대립은 걷잡을 수 없이 확대되어 갔다.

부 씨는 서청에 도움을 청하고 초록은 동색이라 경찰이 출동하자 안 씨쪽 청년들은 입산하기 시작했다.

4·3 봉기가 일어나기 전 젊은이들끼리는 이런 말을 주고받았다.

"제주시에서 만나요."

그 말 속에는 그들만이 통하는 꿍꿍이속이 있었다.

그날, 그들이 시위에 참가하기 위해 거리를 행진할 때 전봇대에 나붙은 삐라 문구는 이런 것이었다.

"소련군은 철수한다. 미군도 철수하라."

이때는 밤마다 남로당 대원들이 '왓샤! 왓샤!' 외치면서 골목을 돌아다녔다. 이들을 '왓샤 부대'라고 했다.

이런 와중에 마을 주민 3백여 명과 함께 안중택 소년도 산으로 갔다. 마을 남쪽의 '너상굴동산'에 '알굴'과 '웃굴'이 있었다. 사다리를 놓고 내려가는 '알굴'에는 젊은 돌격대원들이 들고, 빡빡 기어 들어가는 '웃굴'에는 어린이와 노약자들이 들었다. 열여덟 또래의 처녀들이 토벌대가 올 만한 망루에서 낮에는 '빗개'를 서고 밤에는 횃불로 연락을 했다.

그러나 이 두 굴은 얼마 안 가 국방군에 의해 발견되고 말았다. 이때 저항하던 마을 젊은이들 다수가 총에 맞아 쓰러졌다. 어린이들은 차에 태워 함덕리로 갔는데 젊은이들 1개 분대 가량이 처형당했다는 소문이었다.

안중택은 선흘리에서 무장대의 만행도 알고 있었다.

"군인을 노란개, 순경을 검은개라고 했어요. 조촌면 북촌리에서는 세 여자가 순경을 호미로 찍어 죽인 일도 있었주."

북촌리는 군인들이 보복작전을 폈던 마을이다.

또 신흥리에서는 좌익의 포섭 대상자 명단에 오른 사람을 경찰이 처단했던 일도 있었다.

토벌대의 초토화 작전이 벌어지자 선흘 주민들은 당초 '선흘곶'으로 피신했다. 수십만 평의 동백나무 숲인 선흘곶은 앞을 가릴 수 없도록 우거졌고, 자연굴이 여기저기 있어 은신처로 안성맞춤이었다. 그러나 은신했던 굴이 발견되자 작전 개시 며칠 만에 큰 희생자들이 생기고 말았다.

그 후 산속을 헤매다 용케 이 '아기 낳는 굴'에 합류하게 된 선흘리 세포 안중택은 입심이 좋아 동굴 속의 무료한 시간을 잘도 달래 주었다.

그는 열세 살의 나이로 한라산의 중산간까지 말에 태워져 가서 제주 인민해방군 이덕구 사령관 앞에 선서하고 입산했다는 열성적인 세포였다.

그의 재미나는 입담은 그날도 이어졌다.

"이덕구는 별명이 '아가리작박'이었주. 턱이 튀어나왔기 땜유. 선서할 때 보니까 얼굴은 곰보에다 붉은 장화를 신고 있었주."

수십만 평의 동백나무 숲이 우거진 선흘곶은 은신처로 안성맞춤이었다. 그러나 토벌대의 초토화작전이 개시된 지 며칠 사이에 큰 희생자들이 발생하고 말았다.

10월 31일 수 명의 희생자가 생기자 청년들은 몸을 숨겼지만 노약자들은 그냥 마을에 남아 있었다. 그러나 11월 18일 토벌대는 피신한 청년들에게 줄 떡을 만드느라 밤중까지 불이 켜져 있던 집을 덮쳐 김성규를 비롯해 고월규, 고순옥과 할머니 한 명을 쏘고 집에 불을 질렀다. 이 사건 이후 주민들은 이불과 식량 등 생필품을 챙겨 선흘곶의 굴을 찾아 들었다.

11월 21일께, 토벌대는 텅 빈 마을에 불을 놓았다. 그리고 숨어 있는 주민들에게 소개령이 내렸다. 일부 노약자들은 해변마을로 가고 일부는 계속 굴속에 숨었다.

참극은 토벌대의 지시에 따라 해변마을로 내려간 주민부터 시작됐다. 소개한 지 이틀 만인 23일께 토벌대는 소개민 수용소에서 허남홍의 아내

백문휴, 안의영 등 젊은 여성들을 끌어내 함덕리 모래밭 등에서 쏴두꼈다.

11월 24일 마을 수색에 나선 토벌대는 김달평을 발견했다. 나이 들어 오갈 데 없던 그는 군인들이 나타나자 다급한 나머지 고구마 수확 후 밭 한 켠에 쌓아놓은 고구마 더미 속에 숨었다.

그러나 꿈틀거리는 바람에 들켜 그 자리에서 총살됐다.

11월 25일, 주민들이 숨었던 굴 중에서 도틀굴이 맨 먼저 발각됐다. 토벌대는 15명을 쏘아대고 1명은 일부러 살렸다.

11월 26일, 토벌대는 전날 도틀굴에서 잡은 사람 중 살려둔 한 명을 다그쳐 인근 굴을 수색했다. 곧 동굴이 발각됐다.

내부가 큰 이동 굴에는 노약자 등 많은 주민이 숨어 있었는데 토벌대는 총을 난사한 후 휘발유를 뿌려 시신을 불 태웠다. 이 '목시물굴'에서 잡힌 조명옥의 증언이다.

"마을이 불태워지자 시어머니와 남편, 그리고 어린 아들 둘과 신흘곶 속에 있는 목시물굴에 숨었다가 잡혔주. 군인들은 굴 입구에서 죽이고 아기 업은 여자는 따로 분리해 함덕으로 끌고 갔지요. 난 두 살 난 아들을 업고 있어서 총질은 모면했주. 일곱 살 난 아들을 급히 '빌려 업은' 김형조의 부인도 구사일생 했주."

11월 26일 목시물굴에서 확인된 희생자는 고경환 등 28명이다.

한편 토벌대는 목시물굴에서 잡은 주민 중 한 명을 앞세워 다시금 굴을 찾아 나섰다. 하루만인 11월 27일, 이번에는 웃밤오름 인근의 '밴뱅디굴'이 드러났다. 이곳에서도 김한평 등 5명이 생포되었다.

그런데 김형조는 묵시물굴과 밴뱅디굴에 숨어서도 용케 살아났다. 억울한 사연을 후손에게 전하려고 위기의 순간에도 굴속의 희생자 명단을 적어 항아리 속에 감췄던 그의 증언이 새롭다.

"난 목시물굴에 숨어 있었는데 반못굴에 있던 사람들이 희생되자 이튿날 몇몇이 모여 시신을 수습키 위해 나섰어요. 반못굴로 향하던 중 갑자기 박격포 소리가 요란히 났주. 모두들 겁에 질려 다시 목시물굴로 도망쳐 들어갔어요. 그런데 난 잠시 멍히 서 있다가 더 위쪽을 향해 뛰었주. 웃밤 오름 근처까지 올라가 밴뱅디굴에 숨었지만 다음날 밴뱅디굴도 발각됐주. 죽을 때 죽더라도 맞서 싸우자며 굴 안에 방호벽을 쌓았어요. 그때 누군가 굴 안으로 바람이 들어온다고 했주. 그곳을 한참 팠더니 굴 밖으로 구멍이 뚫렸어요. 밖으로 나오자 군인들이 기관총을 난사했주. 난 '노랑개다!'고 외치며 정신없이 뛰었어요. 결국 그 중에서 5명은 탈출에 성공했지만 나머지는 희생했주."

김형조는 탈출에 성공한 젊은이들을 모아 시신을 수습키 위해 먼저 숨어 있었던 목시물굴을 찾았다고 했다.

"눈 뜨고는 보지 못할 광경이었주. 시신에 휘발유를 뿌려 태웠는데 서로 뒤엉켜 있었어요. 우린 까마귀들이 달려드는 걸 막기 위해 시신을 가매장했주. 희생자 명단을 적은 노트를 두 권 만들어, 하나는 내가 갖고 하나는 항아리에 담아 땅 속에 묻었주. 그리고 함께 있던 사람에게 '내가 죽거든 이 항아리에서 문서를 찾아내 살아남은 사람들에게 알리라'고 했주. 선흘리는 피해가 컸어요. 선흘 1구인 경우 3백 가호였는데 157명이 희생됐어요."

선 타러 간다

조천은 일제 때 일본인들이 "머리는 조천"이라 할 만큼 인물이 출중하기로 알려진 고장이다.

1919년 만세운동과 민족해방 투쟁의 본산이기도 했다. 해방 후에는 전도적으로 인민위원회와 남로당을 주도한 인물들이 조천리에서 배출됐다.

해방 후 이덕구 선생에게 역사를 배웠다는 조천 중학원생과의 일문일답이다.

"조천 중학원에 1회로 입학했다고 들었습니다."

"제가 초등학교 6학년 때 해방이 되었습니다. 당시는 3월에 학기가 끝나는데, 수업을 다 못 받았다고 허연 9월에 졸업했습니다. 그 후 몇 달 놀다가, 일본에서 돌아오신 분들이 중학원을 세웠다고 하기에 46년 4월인가, 5월에 입학을 했습니다. 나이들은 하도 짬뽕이라서 저는 16살인데 20살 된 학생도 있었수다. 그래서 연령이 높은 학생은 A클라스, 우린 B클라스가 됐습니다. 개교는 해도 교실이 없어, 옛날 면사무소 옆 면 창고에서 수업을 했습니다. 우리가 2학년이 되난 신입생이 들어왔는데 거기는 두 학급밖에 수업을 못험주게, 그래서 A 클라스가 구리 사무소로 옮겼습니다. 우리 반은 남녀 혼합인데 여학생이 15명쯤…… 한 학급이 55명 선일거우다. 그리고 2학년 겨울쯤엔가 휴교가 돼서 3학년은 다녀보지를 못했수다."

"그런데 48년 5월쯤까진 학교에 다녔던 것 같다고 한 분이 있던데."

"우린 3학년 때까지밖에 못 다닌 것 같수다. 왜 그런고 하니 선생님덜도 그쪽 길로 나간 분이 많아서 학교를 나올 수가 없었고, 학생들도 그래서… 많이덜 죽어십주."

"선생님들 수업 중 기억나시는 게 있습니까?"

"그때사 교재도 없어서 선생님들이 국어믄 국어, 역사믄 역사 식으로 따로 프린트해서 하루치, 2~3일치 해서 나누어 주었습니다. 그러믄 그걸 묶어서 책도 만들고, 사태 때고 해서 저는 상급학교에 더 진학은 못했습니다."

"어떤 분의 말씀 중에 학생 중 한 명이 경찰서에서 맞아죽어 학생들이 들고 일어선 일이 있었다고 하던데요."

"지서하고 학교가 마주 보고 있어서 그런 일은 잦았습니다. 밤에는 학생이 이기지만 낮에는 얼먹고 해나십주."

"이덕구 선생님은 강의가 어땠습니까?"

"말은 잘 하지는 못하는 편이었습니다. 일본군 장교 출신인데, 그래서 그런지도 모릅주. 지식인이었던 것 같습니다. 덕구 선생님은 역사를 주로 가르쳤는데…… 그래서 사상이 그렇게 된지도 모르겠습니다마는. 그러고 저야 잘 모릅주만 선생님이 저쪽 일을 봤으니 우린 그 사상이 공산주의렌 보는 겁주."

"학생 중에서 지서 같은 데에 잡혀가 매도 맞고 어떤 학생은 죽기도 했다는데?"

"매도 맞았고, 지서에도 몇 번 들어갔었습니다만, 똑똑허질 못해서 재수 좋게 지금까지 살아진 것 같습니다. 48년 12월경 조천에서 '자수' 허렌 헐 때 중학원에 다녀난 사람은 다 자수해야 된덴허연, 난 걷지도 못하는 걸 친구들이 업언 함덕초등학교로 갔습니다. 교실엔 사람들이 빽빽이 앉아 있는데, 이틀만엔가 난 앉지도 못하는 환자렌허연 …… 난 맞안 걷지도 못해 나십주…… 책임자가 뒷날 석방시켜 줬습니다. 남은 사람들은 15살 미만과 노인들만 빼고, 한라산에 토벌 간다고 허연 차로 실어 가는데 ……원래 계획이 그랬는지, 가다가 불상사로 그렇게 된 건지 …… 다 죽여 버렸죠. 다섯 차 갔다니까 적어도 2백 명 이상 죽었을 겁니다."

"그런데 매를 맞아서 걷지도 못했다고 했는데 그 전에 무슨 일로 매를 맞은 겁니까?"

"하루는 서북청년들이 신촌에 와서 주민들 다 신촌초등학교로 모이라고 집에서들 내몰았습니다. 운동장에 모이니까 눈을 감고 앉으렌 하더니, 색안경에 마스크 낀 사람이 나와서 이 사람은 죄 있을 것 같다. 저 사람은 없을 것 같다 판정을 내리는데 경찰가족 같은 사람은 다 따로 뽑아냅주. 나중에 생각해보난 나 같은 중학생이나 학생들만 주목했던 것 같아마씀. 15

명쯤 지목돼서 교실 같은 데를 따로 따로 데려가더니 무조건 때리는 겁주. 지목 정도에 따라서, 세게 지목된 사람은 더 맞았습니다. 난 운좋게 빠졌수다 마는, 다른 사람들은 초주검이 되고 난 후에 대기했던 차에 태우고 경찰서로 갔는데 … 거의 다 돌아오지 못했습니다. 중학원생도 5명은 되었습니다. 밀고자도 누구라는 걸 알 수는 있어십주만 …시절이 그런 걸 ……."

"신촌을 소각시키려 했다는 말을 들었던 것 같습니다만……."

"산에서 한번은 초등학교를 불 질러 버렸습니다. 사실 초등학교는 해방 후에야 된 것이고 일제시대에는 강습소였습니다. 그날따라 이상한 게 다른 때는 그 사람덜이 하는 걸 보면 식량이나 의복을 털어가고, 잡아갈 사람만 잡아가고 헙니다. 그런데 학교에, 보초를 서는데 왈칵 밀어닥친 … 순경도 한 사람 죽었습니다만, 털고 가면서 학교에도 불을 붙여 버린겁주. 그 사람덜이 가버리고 얼마 없어 군인들이 왈칵 몰려오더니, '신촌은 빨갱이가 있어 내통해서 이렇게 됐다.'고 허면서 사람 전부를 그 밤중에 '옴팡밭'에 모아십주. 그때 다 죽이려는 걸 김순철 순경이 살렸습니다. 은인입주. 자수하러 함덕에 갔다 온 그 후의 일일 겁니다."

조천리는 해방 전부터 소비조합을 만들어 일본 상품 불매운동을 벌였고 산림계, 청년회, 야학 등 활동이 유별났다. 독서 서클이 활발하여 청소년 때에 세계문학 전집을 독파할 만큼 문예열도 높았다.

마을에선 야학으로 한글을 깨우쳤으며 이런 활동은 배일과 독립운동으로 이어졌다.

해방 이듬해인 1946년 들어 조천면 사무소 옆 자리에 중학 과정의 야학 조천중학원이 선 것은 이와 같은 맥락의 결과였다. 신촌리 출신 이좌구는 서울에서 학병동맹에 가입했던 동생 이덕구를 이 학원의 초대 원장을 시켰다. 이 학교 교사는 거의 조천리 출신으로 짜였으며 유독 대정 사람 이승진이 끼어 있었다. 그가 봉기 때 군사부 총책이 된 김달삼이다. 그의 장인 강문석은 조선노동당 중앙의 간부이며 '공산주의 ABC'의 저자이기도 하다.

그래서 조천중학원은 공산주의 운동의 보금자리가 되고, 이덕구는 청년 동맹의 초대 책임자가 되었다.

3·1 사건 때 그들은 경찰을 고립시키기 위해 미리 준비했던 끄트머리를 날카롭게 깎은 대막대기로 기마대 부대장이 탄 말의 엉덩이를 찌르게 했다. 말이 날뛰면 군중이 다칠 것을 미리 계산한 공작이었다.

이 공작은 그대로 들어맞았다. 경찰의 발포로 6명이 죽고 10여 명의 부상자를 낸 것이다.

이어 그들은 3·10 총파업 사건으로 확대해 갔다.

해방 후 23세였던 김석규는 제주시 남문로에 있던 '후생의원'의 약제실에 근무하고 있었다. 그는 남로당에 가입했다.

그가 남로당에 가입한 것은 거물급 좌익이었던 김대진이 그의 5촌이었으며, 고향인 신촌리가 남로당의 본부가 있었던 때문이기도 했다. 훗날 총사령이 된 이덕구도 거사 전 이 마을에 숨어 지냈었다. 김석규는 말했다.

"당시 중학교 1년생이던 어느 학생은, 겨울방학 때 집에 가보니까 할아버지께서 건넌방에를 못 가게 하였다. 며칠 지내면서 그 방에 이덕구가 숨어 있는 걸 알았다. 주변 집은 모두 같은 성씨의 동족이어서 돼지 추렴같은 것을 해도 은폐시킬 수 있는 환경이었다.”

그 학생은 겨울방학 동안에 그와 친해져서 퍼즐을 함께 풀면서 지내기도 했다.

김석규가 연락병으로 뛰던 초기 지하 루트는 전도에 걸쳐 있었다.

상부의 지시를 받으면 문서들을 보자기에 싸서, 하루는 서귀까지 주로 남제주군에 배달하는 일을 했다. 일단 버스에 오르면 보따리는 허드레 물건처럼 의자 밑에 던져 놓았다. 임검을 피하는 방법이었다.

문서를 전달할 때는 암호를 썼다. 약속된 장소에 이르면

“낚싯줄 사러 왔습니다.” 하면 상대방은,

“낚시 몇 개 달린 것을 찾습니까?”

그래서 이 암호로 약속된 숫자가 맞으면 손을 맞잡았다.

그 후 입산해서 속했던 곳은 조천 면당이었다. 여기서 반년 이상 있었던 곳은 ‘새미오름’ 남쪽의 ‘꾀꼬리오름’이었다.

이곳은 제주시에서 성읍으로 빠지는 중산간 도로변으로 와산리와 교래리의 중간 지점이다.

그 후 함덕에 주둔했던 군부대가 교래리로 옮겨와 위쪽의 ‘산랑이오름’으로 옮겼다. 면당은 면내에 자리 잡고 있다가 차츰 쫓기면서 깊은 산 속으로 옮긴 것이다. 그들은 750고지의 성판악으로 옮길 때 투위책이 잡혔다.

면당의 처음 인원은 50여 명이었다. 소속 인원은 자위책이 30명, 조직

책은 12명 정도였다. 선전책은 등사판을 구입하여 삐라 등을 제작하다가 물자 조달이 안 되어 흐지부지되고 말았다.

투위책 집은 천막이었으나 나머지는 나무를 잘라 임시로 천막을 쳐서 사용했다. 나무를 베어 집을 짓는 것은 간단했다.

네 귀의 나무를 중간에서 베어 누이면 기둥과 도리가 된다.

서리는 작은 나무들을 끊어 걸치면 되고, 잔가지의 잎으로 지붕을 해 덮었다.

매일같이 그들은 리→면→도본부에 서로 연락을 했으며, 이런 연락을 '선 타러 간다'고 했다. 연락은 1, 2, 3선이 있었다.

예컨대 A라는 곳을 습격하려면 A지구 투위책이 마을 가까이 내려가 10일쯤 매일 차편과 마을의 동정을 살폈다. 다음 면당에서 2일쯤 확인하고, 다음 도본부가 직접 확인할 만큼 신중에 신중을 기했다.

좌익 게릴라의 입산 초기는 47년 5월 무렵이었다. 이때는 산에 아지트를 정해 둔 정도였으나, 그해 8월께부터는 입산이 시작되고 있었다. 처음에는 돼지고기를 마차로 실어다 먹고 야생마도 잡아먹는 등 배곯는 일은 없었다. 그러나 48년 들어서는 이미 식량이 동나 쌀보리를 그냥 삶아 먹어야 했다. 그해 봄에는 고사리만 보름 동안 먹은 적도 있었다.

북촌 이야기

그날은 북촌리 투위책이 인근마을에 내려가 차 다니는 것을 면밀히 관찰했다. 총사령 이덕구의 지시로, 군부대 차량을 습격하여 총 15자루를 탈취하는 작전이었다.

"북촌이 당했다"는 보고를 받고 김석규는 밤중에 학교 마당에 가보니 기관총으로 갈겨버린 시체들 틈에서 어린이의 울음소리가 앙앙 들렸다.

그러나 옥도징기나 머큐로크롬 정도의 의약품은 손쓸 엄두도 내지 못했다.

그해 2월 들어 보급은 동이 나고 위험은 점점 죄어 왔다. 산에 잔설이 남아 있는 때인데, 게릴라들은 '산란이 오름'이 교래리의 주둔군과 가깝기 때문에 성판악으로 옮기기로 하고 투위책과 부상병들을 먼저 옮겼다. 그도 뒤따라 성판악으로 옮기고 나서 이튿날 아침에 부대를 다 털어보니 좁쌀 얼마가 남아 있었다. 그것으로 죽을 쒀 먹고 앉았는데 불시에 군인들이 포위망을 좁혀 왔다.

일부는 튀고, 투위책 김완배는 잡혔다. 군인들은 권총 찬 그를 생포하자 환성이 올랐다. 달아나는 둥 뒤에서 군인들이 좋아라 떠드는 소리가 들렸다.

도주한 게릴라들은 다시 조직책과 자위책이 있는 '산란이'로 내려오기 위해 산을 탔다. 그들은 산길에서 마주 올라오는 조직책 일행을 만났다. 이야기를 들은 그들은 허리에서 자루를 풀어 잡곡 주먹밥을 나눠 주었다.

주먹밥 한 덩이씩으로 주린 배를 채웠으나 암담했다. '산란이'로 내려와 물을 데워 먹고 밤을 새웠는데 이튿날 10시쯤 삐라가 뿌려졌다.

"김완배가 살아 있으니 너희들도 자수하면 산다. 지체 없이 내려오라."

그러나 아무도 그 삐라의 글귀를 믿는 대원은 없었다. 그들은 함덕의 사건을 잊지 않고 있었다. 자수한 사람이 죽은 것도 소문으로 듣고 있었다. 그는 엠원 총을 맞은 대원의 상처를 치료해 준 적이 있는데, 자수한 사람 1백여 명이 제주 농고엘 가니까 군인들이 차에 오르라 하여 냇가로 끌고 가 기관총으로 쏴 죽이고 모래로 덮은 후 휘발유를 뿌려 태우더란 소문이었다. 이런 소문이 그들의 자수를 막은 것이다.

조천면 투위책 김완배가 잡혀 버리니 동부는 그야말로 풀이 콱 죽은 모양이었다.

우두머리가 잡히고 보니 면당은 와해상태가 되었다. 도리 없이 각자 리투위로 내려가 본부와 선이 닿기를 기다리기로 하고 각각 헤어졌다. 그는 약을 가지고 있다는 이점이 있어 이웃 와흘리 투위에 끼일 수 있었다.

그 후 자위책은 선흘에서 잡혀 죽고, 조직책은 신흥리에서 잡혀 죽었다.

와흘리 투위에는 여자 서너 명까지 15명의 대원이 있었는데 교래리에 주둔한 군인들이 두 번이나 토벌을 왔지만 용케 피할 수 있었다. 그러나 이런 행운도 오래 가지는 못하는 법. 밤중에 셋이 '굇도르'에 봉천수를 길으러 갔는데 잠복한 군인들에게 모두 붙잡혔다. 김석규 외 둘은 사상범이라 해서 징역 5년형을 받았다. 그는 붙잡힌 후 교래의 군인부대로 갔다. 군인들은 신문한 후 위생병이라니까 중대 위생병이 반기며 잘 왔다고 했다. 쇠고깃국에 밥을 주는데 오랜만에 포식을 했다. 그는 돌아가서 두고 온 약을 가져 오겠다며, 남아 있는 대원들을 설득시켜볼 테니 밥이나 많이 싸 달라고 했다.

군인들은 자루에 조밥을 가득 싸고 깍두기도 담아 주었다. 함께 잡힌 셋이 '귀뜨르'로 가서 남아 있는 그들에게 밥을 먹였다. 그리고 약을 챙겨 중대로 돌아오니 중대장의 말투가 야릇했다.

"그 약 안 사겠다. 산에나 가 살아라!"

뜻밖의 말에 어리둥절해 있는데 군속은 그를 달래며 위로해 주었다.

그와 비슷한 처지의 사람들은 30명쯤 되었다. 그들은 5명씩 나뉘어 군인들을 따라 표선, 남원, 구좌, 성산 등지로 작전에 나섰다.

한번은 이들 합동부대가 표선면 가시리에 가서 표선 조직책을 잡아 왔다. 대대에 보고하자 처단하라는 지시가 내려왔다. 그래서 그 총살 장면을 목격하게 되었는데, 대한민국에 충성하겠다고 해 놓고 막상 총살 현장에서는 "인민공화국 만세"를 불러 이것이 한동안 그들을 곤궁에 빠뜨렸다고 했다.

군인들은 그들에게 조밥을 먹이고 하루에 담배 10개비씩을 주며 달포 간이나 그들의 작전에 따르도록 했다. 군부대의 천막에 진 치며 가시리, 송당 등지의 산에 오른 사람들을 붙잡았다.

그들은 일을 부릴 때는 경찰에 넘기지 않고, 석방시켜주마 했는데 웬걸 한 달쯤 지나 그는 제주시로 옮겨져 감금되었다.

이렇게 일행 15명은 목재회사 창고에서 15일을 지내다 다음엔 제주농고로 옮겨졌다. 이 학교 천막에는 1천 명 이상이 수용됐는데 찜통더위에 시달려야 했다. 종이를 가지고 가서 밥을 받아먹고 잠도 잘 수가 없었다.

5명의 심사관들이 차례로 불러내며 심리를 했다. 그들의 신문 내용은 판에 박은 것이었다.

"삐라 몇 번 붙였나?"

"너댓 번이오."

"산에 몇 번 올랐나?"

"두 번 올랐소."

"왜 산에 갔나?"

"마을을 뒤지고 잡히면 총 맞으니까요."

그러면 쇠좆매로 등을 얻어맞다가 콧구멍에 물도 부었다.

김석규는 불려 나가 위생병이라 하니 옆 사람에 물어 확인되자 신문관은 짜증 섞인 투로 말했다.

"니 오늘 재수 좋았다."

연사흘 천막에서 신문을 받은 5백여 명은 오현중학교 교정으로 모여 호명에 따라 갈려 섰다. 끝까지 호명되지 않은 30명이 군인을 따라 갔는데, 그들은 징역형에 처해졌다.

석방되어 나오니 김석규의 아버지는 마을 입구 '진드르'에서 보초막을 지키다가 게릴라들에게 잡혀 죽은 다음이었다. 그때 5명이 보초를 서고 있었는데, 게릴라들은 그의 아버지에게 전주 밑동을 톱으로 켜라 했는데 말을 안 들으니 죽여 버린 것이다. 죽은 아버지가 거물급 김대진과 4촌간이었다.

숙부 김대보는 신촌교에 모이라고 해서 죄를 가릴 때 5년 징역형을 받고 금천 형무소에서 복역 중 6·25를 만나 행방불명이 됐다.

"억울하면 출세하라"는 속담도 있지만, 출세는커녕 고생을 팔자로 알고 살아온 한장만 할머니는 억울하다 못해 평생 물질을 하여 살아온 짓궂은 삶을 '노래'로 흥얼이고 있다.

이어도 싸나 이어도 싸나
우리 어머니 무슨 날에 날 낳아
전생 궂게 낳아서 이 물 속에
인간 백성 깔렸건마는
우리 어머니 무슨 죄로 낳아
나 여기 물질하러
이어도 싸 이어도 싸

한라산에 눈 내린 건 알건마는

내 이 가슴에 분한 마음 지는 건

어느 누가 알아나 주리

이어도 싸 이어도 싸 이어싸

그 물 속에 가면 어머니 생각 어린 애기 생각나지만

갇힌 몸이 무슨 모성을 찾을까

이어도 싸나 이어도 싸

어린 애기 떼어 두고 이 물에 들어

애기 젖도 안 주고 나는 점심 굶고 이 물질하여

어느 누구 어느 남편 먹여 살리자고 이 물질하리

이어도 싸나 이어도 싸 이어싸

산에 나무하러 가면 곧은 나무 있건마는

이 노가 부러지도록 저어나 볼까

이어도 싸 이어도 싸

들자니 참 구슬픈 노래다. 해녀의 고단한 삶이 가슴속에 뼈마디 속에 깊이 박히는 노래다.

조천읍 신촌리에서 태어난 한장만 할머니는 평생을 물질하며 살았던 해녀였다. 첫 번째 시집가서는 그날로 도망쳐 집으로 돌아왔다. 그러다 면서기를 하던 김 아무개 후처로 들어갔다. 첫딸을 낳고 4·3을 맞았다. 착한 남편은 서북청년단이 시계를 빼앗으려 하자 끝내 거절했다. 그것이 화근이었던지 남편은 함덕에 끌려가 총알을 맞고 쓰려졌다.

여생은 고초를 겪으며 목숨을 이어갈 수밖에 없었다. 일흔이 넘도록 물질을 하며 목숨을 잇는 고달픈 삶. 그런 40년을 사리처럼 쏟아낸 것이 한 서린 '물질 노래'다.

"첫 번째 시집부터 액이 들었구뇨."

"첫 시집은 스물에 갔습니다. 스물 되던 해 정월 열흘날, 그 사람이 백씨, 시집가서 신랑을 보지도 않았수다. 신랑이 어떤 사람인지도 몰라. 그때는 어째선지 마음이 없습디다."

"그래 두 번째 시집은요."

"두 번째 시집가서 한 일 년 지나니까 그냥 어떻게 해서 아이 하나가 생깁디다. 딸 하나. 그런데 그 애들도 고생 ……."

이 말 끝에 그녀는 흐느껴 울다 간신히 울음을 참고 다음 말을 이었다.

"남편은 이름이 김 아무개. 성질이 참 좋았습니다. 남더러 궂은 말 안 하고, 남하고 싸우지 않고……. 우리 서방이 면에 다녔어도, 아이를 호적에도 못 넣고, 나도 그때 호적에 올리려고 하다가 그렇게 되어 버렸으니 못했고, 면을 생전 가 보지도 않다가 이제서야 갑니다. 가고 싶지도 않습니다. 시집 호적에 남편이 올리려고 하다가 죽어 버렸으니 혼인 신고도 못했지요. 도장을 가지고 가서 남편이 신고하려고 할 때 함덕에 데려가서 죽여 버렸습니다. 그래 나는 죽는 것도 못 봤습니다. 마을을 차단해 버렸어요. 군인이 아니고 그 경찰댄가 뭐 그 사람 피쟁이들이 그랬어요. 서북청년단들이 사람 백정이죠."

"참 억울한 일 당하셨어요. 그때 몇이나 죽임을 당했나요."

"몇 명인지는 알 수가 없주. 한 번에 죽여 버린 사람은 한 날에 제사 지냅니다. 동짓달 스무날도 하고, 동짓달 보름날도 하고, 스무날에 제일 많이 죽였는데 두 밤에 데리고 가서 그냥 몽땅 해버렸어요."

"그때 어디가 제일 피해를 많이 봤던가요?"

"동북도 최고, 신촌도 최고 피해를 봤습니다. 피해 본 해녀들 아주 많습니다. 거기서 나 같은 사람이 많을 겁니다. 거기는 사람을 막 찔러 버렸다고 합디다. 논흘은 몽땅 불 질러 버렸습니다."

"아 참, 이덕구도 신촌 사람이었댔죠?"

"그럼요. 이덕구네는 이 동네였습니다. 그 부인이고 누구고 다들 일본에서 와서 살려고 하다가 4·3 사건 나서는 정신 못 차렸을 겁니다. 이덕구네 가족들은 다 아버지고 사촌 형까지 다 죽여 버렸습니다. 덕구 각시하고 아들은 조천지서에서 죽여 버리고……."

"세상 못 만난 탓이라고 할 수밖에 없겠죠. 어디다 하소연 할 수도 없고요."

"해녀들 중에서 이토록 당한 사람은 나밖에 없수다. 섯동네에는 있지만 우리 이 동네에서는 해녀 중에 과부, 내가 먼저 되었습니다. 그 애기 키우는 데 물질하는 것만으로는 당최 못 댑니다. 그러니까 남한테 빚지고, 참 그래가지고 도둑이란 말 안 들으려고 장사도 해보고 별거 다 해봤습니다. 안 해본 장사 없습니다."

여기까지 말하고 한장만 할머니는 설움이 복받치는지 '뱃질 노래' 한 자락을 읊었다.

이어도 싸나 이어도 싸나

우리 어머니 무슨 날에 날 낳아

전생 궂게 낳아서 이 물 속에

인간 백성 깔렸건마는

우리 어머니 무슨 죄로 낳아

나 여기 물질하리

이어도 싸 이어도 싸 ……

"물질에 몹시 한이 맺혔군요?"

"하지만 물질은 상군으로 했습니다. 발로 재서 열 발 깊이 까지는 보통으로 다녔어요. 열세 발을 물질하러 다니기도 했지요. 이제는 여덟 발까지밖에 못합니다. 이젠 늙어 놓으니 잠녀질하면 '저 할머니가 무슨 크게 물질을 했었나' 할 겁니다. 고래 새끼야 매일 만났지요. 만나도, 아무 일도 없습니다. 먼 바다에 갔다가도 그거 올 때면 물 아래서도 알 수 있습니다. '쌕쌕 쌕쌕' 하면서 그냥 가까이 오면 '배 아래로, 배 아래로' 하고 말하면 슬슬슬슬, 도망갑디다."

"평생을 한 맺혀 사셨으니 이제 무슨 한 풀이라도 하셔야 할 텐데."

"죽어서 무당 입을 빌어서라도 굿을 해볼 생각입니다. 무혼굿은 사흘 동안 합니다. 하도 억울해서 남편 돌아간 뒤에 했습니다. 하도 억울해서 했는데, 돈만 쓰고 서럽기만 합니다."

동굴은 말햄수다

1992년 다랑쉬마을 곁 다랑쉬 동굴에서 4·3 때 토벌대에게 죽임을 당한 11구의 시신이 발굴되어 세상을 경악케 했다.

다랑쉬 굴은 4·3의 제주도를 상징하는 민낯이다.

이 동굴은 다랑쉬 마을에서 동남쪽으로 직선거리 3백m쯤 떨어진 곳에 있다. 4·3의 모든 사건들이 그렇듯이 이 동굴 또한 상상을 뛰어넘는 비극으로, 이 다랑쉬 굴의 11구의 시신 중에 어린이와 부녀자가 끼어 있다는 점이다. 그리고 발견된 유품들이 무기가 아니라 생활 용품들이었다는 것이다.

48년 겨울, 제주 주둔 9연대는 여·순의 반군을 진압한 대전 2연대와 교체하기로 되어 있었다. 당시 다랑쉬 참사를 저질렀던 함덕 주둔 9연대 2대대의 48년 12월 18일 활동을 미 24군단 정보보고서는 다음과 같이 기술하고 있다.

― 제주를 떠나버린 제 9연대 제 2대대는 제주도에서의 마지막 군사작전에서 민간인과 경찰의 도움을 받아 12월 18일 무장대 1백 30명을 사살하고 50명을 체포했으며, 소총 1정, 칼 40자루, 창 32자루를 노획했다.

그때로부터 44년 만에야 발견된 다랑쉬 동굴 속의 11구 시신들에 대해 도민들의 경악과 함께 범도민적인 진혼이 요구되었다. 그러나 일은 우려했던 대로, 날치기로 치러져 시신들을 그대로 화장해 바다에 뿌려졌다.

이것을 본 유족들은 당국의 무성의에 또 한 번 오열했다. 화장한 뼛가루의 한줌만이라도 주변 양지 바른 곳에 묻겠다고 애원했으나 그 요구마저 내팽개쳐 버렸다.

유족들은 진즉 알고 있었다. 마을 주민들도 그 동굴 속에 누가 누워 있는지를. 더욱 놀라운 것은 음력 11월 17일(사망 전날)이 되면 제사를 지내고 있다는 것이다. 그리고 그들 중 일부는 이미 발굴 이전에 시신을 수습하여 장례를 지내기도 했다.

11구의 유골이 처음 발견된 곳은 구좌읍 세화리 남서 6킬로 지점으로, 해발 170m에 있는 '다랑쉬 굴'이다.

입산 주민들의 은신처로 여겨지는 연장 30m의 좁다란 이 자연 굴속에는 유골뿐 아니라 가마솥, 질그릇, 항아리, 물허벅, 요강 같은 일상 용품과 도끼, 곡괭이, 낫 등 연장류들이 어지럽게 흩어져 있어 44년 전의 처절했던 광경을 떠오르게 한다. 또 하나 눈길을 끄는 것은, 유골들 주위에 녹이 슨 초록색 비녀와 여인용 버클이 발굴 돼 희생자 중엔 두세 명의 여자도 끼여 있었던 것으로 짐작된다.

이 동굴은 4 · 3 때 중산간지대에서 사라진 마을을 조사하던 제주 4 · 3 연구소 조사팀에 의해 1992년 3월 22일 처음으로 발견되었다.

당시 중산간지대에 대한 토벌이 진행된 48년 12월께 다랑쉬 굴에 숨은 주민들을 발견한 토벌대는 굴 입구에 불을 놓아 굴속의 사람들을 질식케 했다는 풍문이 나돌자 구좌읍 일대 희생자들의 신원과 사망 경위에 대한 진상조사를 벌였다.

그 결과 성형외과 전신권 전문의는 "여러 정황으로 봐 4 · 3 때 사망한 것으로 보이며, 치아와 두개골 모양 등이 나이 많은 여자와 두세 명의 10대 여아 등 다양한 계층이 숨진 것으로 보인다."고 말했다.

제주대 이청규 교수는 "이렇게 깜깜하고 좁은 곳에서 사람들이 살았다는 게 믿기지 않는다."는 소감이었다.

최병모 변호사는 "이 문제는 법률적 문제 이전의 정치적 문제로 치유돼야 한다."고 지적했다.

소주와 과일 몇 알, 그리고 향을 피워 간단한 제를 지낸 일행은 겨우 사람 하나가 뒷걸음질 치며 기어들만한 좁은 공간속으로 한발 한발 들어갔다. 그들의 뇌리엔 마치 마귀에 이끌려 원시굴에 빨려드는 공포스러운 느낌이었다.

빨려들수록 캄캄한 <다랑쉬 굴>.

어둠에 진
저승새 우지짖는가
나를 숨쉬게 놓아 주!

꽃뱀도 잠드는
다랑쉬 굴
두억시니는 나서서 말하라

예저기 뒹구는 해골
낡은 가죽신과 테안경은
4·3의 한서린 민낯이리

그래도 말이 없다
이 난도질
누가 저지른 사탄의 재앙이냐

작은 염원마저 피묻힌
아수라
누가 짓밟은 구둣발자국이냐

찰흑같이 어두운 굴속은 손에 든 전등 빛만 어지러이 움직이고 굴천장에서 뚝뚝 지는 물방울에 소름이 끼쳐왔다.

직경 60cm의 좁고 낮은 굴 입구를 거위걸음으로 느릿느릿 한 발짝씩 움직여 3m 정도 지나 휘둥그런 공간에 이르렀을 때 모두는 숨이 멎는 듯했다.

순간 눈이 부셨다. 여기저기 흩어진 유골들이 손전등 빛을 반사해 눈을 파고들었기 때문이다.

일행이 '다랑쉬 굴' 입구에 도착한 것은 4월 1일 오후 4시였다.

굴은 억새로 뒤덮인 들판사이 움푹 들어간 밭터 중간쯤에 있어 쉽게 눈에 띄지 않았다.

굴 서쪽으로 3백여 미터 지점에 있던 '다랑쉬 마을'은 지금은 폐촌이 됐지만 오래된 팽나무와 대숲, 그리고 우물터 등이 옛날의 흔적을 남기고 있었다.

10구의 시신들은 몸을 맞대어 누워 있었고, 그들의 유품에 눈길이 멎었을 때 하염없는 비애가 가슴을 쓸어내렸다. 그들의 유품은 플라스틱 테 안경, 흰색 단추, 혁대, 버클, 옷감, 고무신 등이 옛 그대로 제 자리를 지키고 있었다.

사망원인은 질식사로 여겨졌다.

전진권 외과전문의는 유해를 한참 관찰한 후 말했다.

"할머니를 비롯, 10대 후반과 20대 중반 등의 여자 두세 명을 포함, 여러 연령층의 남녀 시신입니다."

굴은 점점 좁아져 낮게 기며 3m쯤 내려가자 다시 제2굴이 나타나 일행

또 한 번 놀라게 했다.

주변 이곳저곳에는 놋그릇, 놋수저, 질그릇, 항아리, 접시, 물통, 프라이팬 요강, 석쇠, 구덕, 화로, 주전자 등 잡다한 생활용품들이 흩어져 있었다.

다른 한쪽엔 낫, 자귀, 곡괭이 등 연장들이 모여 있고, 항아리엔 된장으로 여겨지는 액체가 담겨 있어 그날의 정경이 문득 떠오르기도 했다.

그 한쪽엔 유골 1구와 철모, 군화, 철창, 대검이 놓여 있는데 뼈의 크기로 보아 체구가 큰 사람이었던 것 같았다.

굴 끝 쪽에 이르자 탄피가 몇 개 흩어져 있었다.

아마도 토벌대가 불을 피운 뒤 굴에 진입하면서 내쏜 탄피로 여겨진다. 그리고 여기 외떨어진 유골의 하나는 토벌대의 진입을 막으려 한 전위였던 것 같다.

30여 미터쯤 되는 굴 끝은 낮게 이어지는 듯했으나 윗부분이 무너져 있어 굴 끝인 셈이다.

48년 11월, 12월의 중산간 일대는 악몽이 휩쓸던 때로, 마을에 소개령이 내리고 집집마다 불을 놓아 온 마을을 불바다를 만들었다. 그리고 수많은 주민들이 재앙에 휩쓸려 죽어갔다.

바로 이 시기, 세화리, 하도리 주민들이 다랑쉬 굴에 숨어들었는데 토벌대가 굴 폭파를 시도하다 굴 입구에 불을 피우는 바람에 질식해 몰살했다는 풍문이 파다하게 나돌았다.

이 주검들은 44년 동안 동굴 밖 햇빛을 보지 못한 채 세상 사람들에게 은폐되어 해방되는 날을 기다리고 있었다.

그러나 드디어 참상의 전모는 드러났다.

'4·3' 44주년을 맞아 구좌읍 '다랑쉬 굴'에서 발굴된 11구의 유해는 48년 12월 18일 9연대의 토벌대에 의해 몰살된 입산자들의 시신으로 밝혀졌다. 이 토벌 작전에 참여했던 구좌읍 민보단 간부와 토벌대가 철수한 후 굴속에 들어가 시신을 수습했다는 생환자와 생존해 있는 유족들을 통해 참상의 전모가 밝혀졌다.

이날의 토벌작전은 함덕 주둔의 제 9연대 2대대의 지휘로 군·경·민 합동으로 치러졌으며, 대전의 2연대와 교대키로 된 9연대가 '공을 세우겠다는 욕망' 때문에 과잉 진압작전이었다는 것이 미국 자료들에 의해 드러났다.

이날의 작전에 참여한 민보단 출신 오지봉은 굳게 닫은 입을 열었다.

"그날 작전은 함덕에 주둔했던 대대 본부가 지휘한 군·경·민 합동작전이었소. 다랑쉬 굴을 발견한 군·경은 처음에 수류탄을 던졌으나 사람들이 나오지 않자 입구에서 짚에다 불을 지펴 질식시킨 것으로 알고 있소."

또 이 굴에 숨었다 다른 굴로 피신하여 참변을 면했던 채모는 이같이 증언했다.

"사건 발생 다음 날 굴속에 들어가 흩어진 시신들을 나란히 누였주. 굴 입구에 불을 피웠던 재가 남아 있었어요."

채모는 이어 "굴 안에는 그때까지도 연기가 자욱했으며 희생자들은 고통을 참지 못한 듯 돌 틈이나 바닥에 머리를 처박은 채 죽어 있었고, 코와 귀로 피가 나 있는 참혹한 모습였주." 하고 당시의 참상을 말했다.

유족들은 민보단원들로부터 가족들의 희생소식을 전해 들었으나, 그때의 상황은 시체를 수습할 만한 분위기가 아니었고 세월이 흐르다 보니 굴 흔적을 찾을 수가 없었다.

이 시기는 군경은 물론 주민들을 총동원, 중산간지대를 초토화시키는 이른바 '빗질작전'을 전개했는데, 다랑쉬 굴의 유해들도 이 시기에 벌어진 일이다.

미 국무성의 존 머릴은 1975년에 논문 '제주도 반란'을 통해 단 일주일 동안에 6백 30여 명이 살해되었다고 밝히면서 9연대가 저지른 12월 중순의 과잉 진압작전을 꼬집어 비난하고 있다.

사망자 11명의 신원은 구좌읍 종달리의 강태용, 박복관, 고순환, 고순경, 고태원, 고두만, 함명립, 하도리 출신인 김진생, 부성만, 이성란, 그의 아들 이재수 등 남자 8명, 여자 3명으로 밝혀졌다.

세월을 못 만난 이들 '다랑쉬 굴' 11구의 유해는 화장되어 바다에 뿌려졌다.

구사일생

1950년 6월 25일 전쟁이 터졌다.

그날은 일요일이라 작업도 없고, 김용남은 하릴없이 앉아 있었다.

대낮 무렵 난데없이 새까만 비행기 한 대가 형무소 상공을 날아왔다.

비행기는 상공을 두세 번 선회하더니 감방에서 잘 보이는 동쪽 언덕 위에 폭탄을 떨어뜨리고 날아갔다.

"왜 저런 데 떨어뜨릴까. 멍청한 짓을 하는군."

감방의 죄수들과 이런 말을 주고받았다.

다음 날, 김용남은 그의 작업장이었던 도서실에 있었다. 그는 교무과에 딸린 도서실계를 맡고 있었다. 죄수들로부터 읽고 싶은 책을 주문받거나 다시 돌려받는 일이다. 도서실에 들자 교무과장이 불렀다. 뭔가 지적을 당하지 않을까 불안한 마음으로 과장실을 노크했다. 황 씨 성을 가진 과장은 이북 출신으로 평양사투리를 쓰는 40대 남자였다.

그는 김용남에게 물었다.

"어제 날아온 비행기가 무슨 비행기인지 아노?"

김용남은 질문의 의도가 무엇일까 머뭇거리면서,

"어젠 공군기념일이라 시위를 한 거 아닐까요."

이리 말하자 과장은

"자넨 그리 생각하나?"

좀 실망한 듯 싱겁게 말했다.

"알았어. 가 봐."

무얼 말하고 싶었는지 속내를 알 수가 없었다. 그때 수형자들에게는 알려지지 않았지만, 교무과장은 이미 전쟁이 시작된 것을 알고 있어서 정상적인 정신상태가 아니었는지도 모른다.

김용남은 그렇게 지레 짐작했다.

다음 날부터 형무소 안에선 이상한 사태가 연이어 일어났다. 간수들의 모습이 불시에 사라졌다. 그들을 대신해서 국군병사들이 형무소에 들어와 경비에 임하고 있었다. 그런데 그들의 모습이 군복은 찢어지고, 진흙이 묻어 패잔병처럼 참담한 모습이었다. 포성이 울려오고 있었다. 게다가 한 병사에게서 이런 말을 들었다.

"삼팔선이 터진 거야."

김용남은 잠시 머릿속이 텅 비어 아무런 생각도 할 수 없었다. 그리고 막연히 떠오르는 생각은 앞날이 가싯길이라는 것이었다.

'나라는 어찌될 것이며, 내 운명에 또 하나의 시련이 닥치는 것이 아닌

가.'

6월 29일, 모습이 사라졌던 형무관들이 전원 되돌아왔다. 뒤에 안 일이지만, 그들은 서류를 소각하거나 죄수를 처형하기 위한 명부 작성 때문에 돌아온 것이었다.

그런데 개성, 서대문, 마포, 인천형무소는 처형을 면할 수 있었다. 대전이남의 형무소에서 사상범은 모두 처형되었다. 목포형무소에서도 예외는 아니었다.

형무소의 정리를 끝내자 간수들은 다시금 모습을 감추었다. 이젠 치안의 진공상태가 된 것이다.

7월 3일, 인민군 탱크가 정문을 뜨륵뜨륵 밀어붙이면서 형무소를 밀고왔다. 선견대가 밀어닥친 것이다.

"동무들은 해방되었소. 어서 나와요!"

전원 마당으로 모여 들었다. 한 인민군 병사가 나서서 선동연설을 했다.

"우리는 지금부터 낙동강으로 진격합니다. 집에 돌아갈 사람은 돌아가고 의용군에 참가할 사람은 나서요."

이 말을 듣고 모두는 망연해 있었다. 이미 문은 부서져 있기 때문에 경제사범들은 망설임 없이 돌아갔다. 문이 열린 창고에서는 식량과 의류 등을 아무나 가져갔다. 수인복이 마당에 가득히 쌓여 있었다.

김용남은 인민군에 따라갈 생각을 않은 채 머뭇거리고 있는데 한 병사가 말했다.

"동무들은 여기 남아서 수인 교화를 위해, 북에서 정규 직원이 올 때까지 경비를 맡아주오."

그러면서 15, 6명을 지명했다. 불시에 경비원이 되어 완장도 스스로가 만들었다. 이삼 일이 지나자 북에서 정규 형무관이 들이닥쳤다. 그들로부터 초보적인 교육을 받은 후 실제 임무를 맡았다. 마침내 남한 정권의 관리가 체포되어 오더니 그 수가 점점 늘어나 백여 명에 이르렀다. 입장은 완전히 뒤바뀌었다.

망루의 경비를 서기도 하고, 탱크에 무너진 정문도 복구하고 인원도 증원되었다.

김용남은 단기 학습에 파견되어, 서울 서대문 형무소 곁에 있는 형무관 학교에 가게 되었다. 15일간의 교육을 받았다. 기초적인 북녘의 실정, 사회주의 혁명의 이론, 지금 왜 전쟁을 하고 있는가를 학습 받았다. 사격훈련 등 간단한 군사훈련도 받았다.

맨 처음 근무지는 개성이었다. 삼사三士 계급장을 받았다. 이 계급은 대학 출신 기술자에게 수여하는 것이라고 한다.

북녘 사람들에게 부러움을 산 김용남은 어깨가 으쓱해 있었다.

서울 마포 형무소에 배치되어, 그곳에 잠시 있는 동안에 이번에는 전라남도 목포형무소에 가라는 지령이 떨어졌다. 일행은 10명 미만의 인원이었다. 전원 제주도 출신으로 인천 형무소에서 출소된 자들이다. 북의 특무 조장이 인솔했다.

16일부터 걷기 시작했다. 서울을 가로지르는 한강 철교가 파괴되어, 그 아래 판자로 된 가교를 건너야 했다. 그곳을 대낮에 건너는데, 갑자기 날아든 비행기 기총소사를 받았다.

강 안 가까이서 옷을 벗어 머리에 달아매고 총을 높이 올려 물속을 헤엄쳐 건넜다. 행군 중에도 낮과 밤을 가리지 않고 공습에 시달렸다. 낮에는 나무 그늘이나 민가에서 휴식을 하고 밤길을 나선다. 남하하는 군용열차에 매달리기도 하고 트럭에 편승하기도 했다. 도중에 한국군의 게릴라에 조우한 적도 있었다. 걷기를 계속하여 1개월 만에 목포에 도착, 목포형무소 형무관 임무 수행에 나섰다.

그날 밤이었다. 날아든 비행기에서 선전 삐라가 뿌려졌다. 곧 회수해 오라는 명령이 내렸다. 김용남은 삐라를 주은 주민들로부터 삐라를 거두어들였다. 삐라는 두 가지였다.

하나는, 미군이 인천에 상륙했다고 만화가 그려 있었다. 주머니에는 인민군 병사를 비유한 쥐가 들어 있고 그 입을 쥐어 맨 듯한 만화였다. 다른 하나는 '한미 연합군이 38도선을 돌파하여 북진하고 있다'는 내용이었다. 주민의 동요를 일으켜서는 안 된다는 이유로 그것을 모두 회수했다. 회수하면서도 그는 삐라의 내용이 마음에 걸렸다. 미군이 인천에 상륙했다는 것은 사실일까? 38도선을 돌파하여 북상하고 있다는 것이 사실일까?

불안한 나날이 지나가고 있었다.

선전 삐라는 사실이었다.

9월 15일 유엔군 최고사령관 맥아더는 직접 진두지휘하여, 천여 대의 항공기, 수백 척의 함정을 동원하여 서울에서 40킬로의 인천항에 상륙작전을 감행했다.

김일성은 6월 25일 38선 전 전선에 걸친 기습공격으로 서전에 크게 승리를 거두고 3일 후엔 수도 서울을 점령했다. 패주하는 한국군을 추격해 파죽지세로 남하하여, 그들을 부산의 한 모퉁이로 내몰아 갔다. 미군의 공중폭격으로 엄청난 피해를 당하면서도 단숨에 바다로 밀어낼 듯 사력을 다해 몰아붙였다.

그러나 한반도 제 2의 큰 낙동강 공방전을 벌이는 동안 허점을 드러내 인천 상륙작전을 당한 것이었다.

형세는 단숨에 역전되었다. 인천 상륙 2주 후인 9월 28일, 서울은 수복되었다. 낙동강 전선에 온 힘을 기울였던 인민군의 주력 10만은 불시에 퇴로를 차단당하고 말았다.

주머니쥐의 선전 삐라가 뿌려지던 날부터 수일 후 목포형무소의 형무관이던 김용남 등 7명은 소장에게 불려갔더니 이렇게 말했다.

"우리는 지금부터 후퇴하오. 하지만 동무들은 남쪽 사람들이니 여기 남아서 게릴라 활동을 전개하여 최후까지 싸워다오! 길지 않은 시간 내에 다시 돌아오겠소."

김용남은 말했다.

"우리는 이번에 잡힌다면 살아남지 못합니다. 우리를 꼭 데려가 주세요. 그렇지 않으면 우린 여기서 자결할 수밖에 없어요."

다른 동료들도 간곡히 호소했다.

"우리도 꼭 따라 가겠소."

"꼭 그렇다면 함께 가자오."

소장도 생각을 바꾸어 그렇게 말했다.

38식 소총 한 자루씩, 100발 정도 든 탄피를 각자 지급받은 일동은 트럭에 올라 집결지인 대전으로 향했다. 도중에 휘발유가 소진되어 차를 버리고 도보로 대전시내로 향했다. 도시 입구에 있던 인민군 병사가 그들을 저지시켰다.

"시내에는 이미 미군이 들어와 있소. 바로 퇴각하오."

드디어 올 것이 왔다고 김용남은 생각했다.

그들은 지리산으로 발길을 돌렸다. 소백산맥의 능선을 따라 밀림 속에 들어 북녘으로 향한다는 것이었다. 목포 수용소장은 지리산에 들어서자 다시금 말했다.

"우리의 집결지는 춘천이오. 춘천에 이르도록 모두들 생명을 소중히 해 다오. 만일 이탈했을 경우에도 말이오."

목포에서 광주로 향할 때는 열 두셋이었으나, 광주서는 전남의 정치보위부원과 내무서원이 따라붙어 서른대여섯 명이 되어 있었다. 총을 가진 자도 있었으나 거의가 비전투원이었다. 모두들 하복 차림이었다. 발에 낀 양말은 구멍이 나 너덜너덜 해졌다. 농가에 들어 사정해서 짚신을 얻어 신고 산길을 걸어 나갔다.

경북 문경의 월악산에 들어섰다. 미군 캠프가 있었던 흔적이 남아 있었다. 1인용 인스턴트커피 등이 여기저기에 흩어져 있고 설탕이 든 주머니도 눈에 띄었다. 잿등에서 물을 끓여 커피를 홀짝였다. 주린 아주머니에 다디

단 커피가 스며들었다. 커피라는 것을 그때 처음으로 마셨다고 김용남은 그때를 회상하고 있다.

"마을에서 마을로 걸어갔어요. 그러다 밤이 되면 방향을 알 수 없어 나뭇가지를 흔들어 수피가 두터운 쪽이 북쪽이라고 판단해 북으로 북으로 향했소. 패잔병이란 처절한 존재라는 것을 사무치도록 느낀 거요. 개가 짖을 때는 무척 경각심이 느껴지고. 사람 눈에 띄지 않게, 그리고 개가 짖지 않도록 전후 1미터의 간격으로 1열 종대로 걸었죠. 대열에서 벗어나지 않도록, 여기서 벗어나면 죽음이 있을 뿐이니."

지리산을 출발해서 마침내 태백산에 이르렀다. 태백산은 표고 1561m, 경북과 경계를 이루는 강원도 쪽의 거대한 산이다. 이것이 태백산맥의 초입에 해당한다.

태백산맥에 발을 내디딘 김용남은 산의 능선에 접어들었다. 밀림 속에 사람의 발자국으로 된 오솔길이 나 있었다.

낙동강 전선에서 퇴각해 온 몇 만의 인민군 병사가 지나간 길인 것이다. 김용남은 흠칫 놀라 그 자리에 서 있었다. 그리고 휘둘러보았다. 길 양켠에 시체가 뒹굴고 있었다. 상처 나고 쇠약해진 병사나 굶주림과 추위로 쓰러져 움직이지 못하는 병사들이 길 양켠에 뒹구는 시체의 더미였다.

김용남은 그때의 정경을 회상해 본다.

"창자에 구더기가 들끓는 시체, 눈동자는 사라지고 눈과 입과 코에서 구더기가 기어 나오고 있다. 인간의 몸은 국부에서 썩기 시작한다는데 여성 병사와 장교가 부둥켜안고 죽어 있었어요. 서로 사랑을 하다 둘이 자결을 했을 것이다. 그런 속을 걸어갔던 그는 뭔가에 걸려 뒹굴었다. 시체였다. 피로에 지쳐 등에 진 것을 내려 휴식을 취할 때 힘없이 눕게 되는데 무심결에 베개로 한 것이 시체였던 경험도 있습니다. 10만 인민군이 질서정연하게 후퇴했다고 문헌에는 적혀 있으나 도시 그런 것은 아니었어요. 눈도 돌릴 수 없는 광경이었으니까."

김용남의 무리는 소나무 껍질을 벗겨 먹거나, 물만을 마시고 일주일 동안 걸어 나갔다. 삼십 리 무인지경이라는 곳에 이르렀다. 충청도, 강원도, 경상도의 세 도가 접하고 있는 지점이다. 그곳을 지나자 단양고개에 접어들고 있었다.

그곳은 국도와 철교가 나란히 달리고 있다. 그곳을 돌파하려면 그 국도를 가로지르지 않으면 안 된다. 상황을 알아보기 위해 김용남 등 5명이 척후로 나서게 되었다.

"동무들은 민첩하고 남녘 제주도에서 빨치산 투쟁을 했으니 산도 익숙하겠지."

그들 일행은 어느 마을에 들어섰다. 대여섯 쯤의 농가밖에 없는 한촌으로 그들과 갈림길에 서게 되었다.

김용남 등 일행은 충북 단양고개 근처 작은 촌락의 정찰을 위해 걷고 있었다. 배가 고파 곧 쓰러질 것 같았다.

첫 번째 산 쪽 한 농가에 들었다. 노부부가 그들의 갑작스러운 출현에 떨고 있었다. 노인은 말했다.

"아랫마을에는 한국군이 와 있소. 위험하니 여기서 나가주오."

"상관하지 말고 밥을 지어 주시오."

어르듯이 요구했다. 이미 자정을 넘은 시간이었다.

얼마 뒤에 위를 충동하는 냄새가 풍겨 왔다. 밥이 다 된 것 같았다. 뜨끈한 된장찌개 냄새가 코를 찔러온다. 온돌방은 끓듯이 따뜻했다. 일주일 동안 식음을 전폐하고 있었다. 그들은 밥을 얻는다는 것과 잘하면 군표(인민군이 발행하는 임시지폐)로 쌀을 사서 동무들한테도 가져가 먼동이 트기 전 부대에 돌아갈 심산이었다. 다 된 보리밥과 된장찌개가 얼마나 맛있는지. 모두가 탐내어 먹어 치웠다. 먹고 나니 졸음이 온 것이다. 설마하니 최면제를 넣었을 리는 없겠으나 모두가 잠이 들고 말았다. 얼마나 잠들었을까. 뭔가 귓가에 소란스러운 소리가 들려 번쩍 눈을 떴다.

"어느 방인가? 어느 방인가?"

"너희는 여기저기에 배치하라."

이렇게 외치는 소리가 들리고 구둣발자국 소리가 요란스럽게 들려온다. 앗차 포위된 것이다. 할머니가 밥 짓는 사이 할아버지가 아랫마을의 한국군에 통보하러 갔던 게지. 한순간 김용남은 이런 생각을 하면서 동무들을 두들겨 깨웠다. 정찰대의 책임자는 함경북도 출신으로, 정치보위부장교였다. 그 사나이가 무슨 생각을 했던지 느닷없이 두 개 문짝의 하나를 활짝 열어젖혔다. 시골집에는 돌담이 휘둘러 있는데 열린 문짝의 틈새에서 돌담에 철갑이 죽 늘어서 있는 것이 눈에 들어왔다. 다음 순간 기관총이 불을 뿜었다. 모두 소스라치듯 방바닥에 엎드렸다. 김용남도 38식 총으로 정신

없이 응전했다. 문짝을 사이에 두고 격렬한 교전이 벌어진 것이다.

그때 제주 출신의 사나이가 문짝을 열고 소리쳤다.

"나는 나가겠다."

"나가면 개죽음이야."

김용남이 크게 소리쳤다.

"나는 투항하는 거야."

그러면서 밖으로 튀어 나갔다. 그 순간 밖에서 겨누고 있던 적병의 총탄에 맞아 "아이고" 하면서 힘없이 쓰러졌다.

또 다른 우군 하나도 총탄을 맞고 숨이 꺼져가고 있었다.

정치보위부 지휘자는 소리쳤다.

"우리는 이제 마지막이다. 최후를 떳떳하게 맞이하자."

김용남도 같은 생각이었다. 그들에게는 수류탄 하나씩이 쥐어져 있었다. 김용남은 쥐고 있던 수류탄의 안전핀을 뽑았다. 하나, 둘, 셋에 자결하기로 되어 수류탄을 놓았다. 각오를 단단히 한 그는 고개를 숙이고 폭발을 기다렸다. 다음 순간 굉음과 함께 터지는 파열음에 천장이 왕창 무너져 내리고 흙먼지가 어지럽게 일어나고 있었다.

처마 밑에서 뭉게뭉게 불길이 피어오르는 것이 보였다. 납작 엎드러진 순간, 저편에서 병사들이 달려와 불을 끄고 있는 듯이 느껴졌다.

곁에서는 모두들 "아이고……"를 소리치고 있다.

"공화국 만세!"를 외치는 자도 있었다.

'난 어찌된 걸까. 총알을 맞았는데도 아무런 통증도 느낄 수 없다. 주변을 보자 복부를 당한 동지의 비릿한 피가 흐르고 있다. 음-하고 신음하고 나서는 그만이었다. 그러나 자신만은 아직 꿈속에 있는 느낌인 것이다.'

먹밤 속에서 김용남은 '난 살아 있는거다' 하고 생각했다.

왜 그 폭발에도 죽지 않았을까. 후에 안 일이지만, 자신이 가졌던 수류탄은 방어용이 아니라 공격용이었다. 공격용 수류탄은 45도 각도로 폭발하여 파편이 흩어져 가지만, 방어용은 90도 각도로 사방으로 흩어져 간다. 김용남은 그제야 깨닫는 듯이, 머리를 아래로 수그리고 있었기 때문에 사각에 있었던 것으로 다른 이들과 생사가 갈린 것이다. 죽으려고 했으나 죽지 못했다. 할머니 얼굴이 문득 떠올랐다.

도망치지 않으면 안 되겠다 싶어 그 집의 부엌으로 갔다.

겨울철 시골은 부엌 구석에 마른 잎을 쌓아 둔다. 김용남은 무심코 그 쌓인 땔감 속을 헤쳐 보았다. 그런데 웬일인가. 만세를 크게 외치며 죽자고 하던 정치보위부 부장이 웅크리고 있지 않은가. 그 사나이는

"어서 이 속에 들라!"고 말했다.

부엌에는 어느 집이나 큰 돌항아리가 묻혀 있다. 그 항아리 입주둥이 쪽이 깨어져 있었기 때문에 두 사람이 들 수 있었다. 그 속에 파고들어 그 위로 마른 잎을 덮었다.

그곳에 한국병이 달려와,

"뭐지, 다섯이 있었는데 시체는 셋뿐이 아닌가. 대체 어찌 된 일인가?"

영감을 힐책하고 있었다.

"난 아무것도 몰라요."

"집 주변을 샅샅이 뒤져 봐."

이렇게 노인을 윽박지르고 나서 한 병사가 그들이 숨어든 부엌으로 다가왔다. 총부리로 나뭇잎을 이리저리 쑤셔대고 있었다. 그 병사와 눈이 마주쳤다. 이제 그만이다 하고 체념하고 있는데, 어인 일인지 병사는 한마디 했다.

"여기에는 없어."

그러면서 아무 일 없었다는 듯이 그곳을 나가버렸다. 보고서 안 본 체했는가, 그보다는 사람을 죽이는 것이 싫었던가, 그 이유를 알 수가 없다. 동족끼리의 전장에는 이런 일이 흔히 있다는 것을 김용남은 그 후에도 몇 번인가 체험했다.

김용남 일행은 천천히 걸으면서 산의 정상을 향하고 있었다. 교교한 달빛이 내리는 개울가에서 김용남은 얼굴을 씻었다. 물에 비치는 달빛으로도 자신의 몰골이 험궂은 것을 알 수 있었다. 산 능선에 보초가 서 있는 것이 눈에 띄었다. 이쪽에서 저쪽 끝까지 경계를 하고 있는 것이었다. 한국군이 아랫마을까지 진주해 있다는 증거였다.

두 사람은 능선에서 수 미터 아래까지 걸어 나갔다. 그곳은 늪지대였다. 거기서 숨을 죽여 그는 앞을 지나는 보초를 통과시키고 나서, 그 모습이 사라지자 두 사람은 한달음에 능선을 올라 가파른 언덕을 뒹굴듯이 나무숲으로 뛰어 들었다. 두 사람은 숨차게 다음 산을 목표로 걷기 시작했다.

얼마쯤 걸어갔을 때 앞쪽 어둠 속에서 "누구야?" 하는 소리가 들렸다.

순간 길섶에 엎디었다.

"누구야? 누구야?" 하고 연이어 소리쳤다.

그 음성이 언젠가 들었던 느낌이 들었다. 그 당시 약속했던 암호로 말을 걸었다.

"아, 당신들이었군."

이런 말이 들려 온 것이다. 아닌 게 아니라 목포 형무소에서 함께 퇴각했던 36명의 동료의 한 무리였다.

"지금 형무소장도 산 너머에서 기다리고 있소. 당신들이 나간 뒤에 우리도 공격을 받아 36명 전원이 산산이 흩어졌지. 난 다행히 살아남아서 이런 데 온 거요. 산 위에는 우리 소장과 부관 등 세 사람이 있소."

그 세 사람과 김용남 두 사람을 합해 5명이 되었다.

목포 형무소장은 기쁜 나머지,

"당신들은 죽지 않고 돌아오리라 믿었지."

김용남은 속으로 '이 사람 같으니' 하고 생각했다.

'우리를 사지에 몰아넣고 구사일생 해온 우리에게 할 소린가?'

일행은 그대로 퇴각하자 하여 계속 걸어 나갔다.

다섯 사람은 다시 농가에 들어갔다. 어렵사리 밥을 짓게 하여 식사 준비를 하고 있을 때 나이 든 농부가 말했다.

"실은 이웃집에도 인민군 장교가 들어 있어요."

"뭐라? 그놈은 간첩이 아니오?"

"아니오. 틀림없는 인민군 장교여요. 내가 데려올 수 있어요."

다시 묻자 그는 혼자라는 것이었다.

"그럼 데려와 봐요."

불려온 사나이는 견장도 없고, 너덜너덜한 거지꼴을 하고 있었다. 그는 중대장이라고 말했다.

왜 본대에서 떨어진 것일까. 미군과 수차 조우할 때 중대는 산산이 흩어져, 그는 단신으로 춘천까지 퇴각했으나 부하를 두고 혼자서 도망친 것을 책망받아 "대원을 찾아오라!"고 명령 받았다고 말했다.

"여기저기 찾아 다녔으나 대원을 찾을 길은 없었소. 가도 당하고 안 돌아가도 당하게 되니, 죽고 싶어도 죽을 수도 없게 되었소."

그는 다시 말했다.

"우리가 여기서 단양의 철교를 넘어간다는 것은 거의 불가능할 것이오. 설사 간다 해도 미군에게 붙잡히고 말 것이오."

그런데 길은 그 길 하나밖에 없었다. 하여간 정찰을 위해 나서자고 했다. 그 장교라는 사나이는 "동무들이 익숙할 테니 한번 선발로 떠나줘요. 동무들이 돌아오지 않으면 나도 뒤따라 갈 테니까."

김용남더러 가보라는 것이었다.

그 무렵까지 김용남은 북의 인민군에게 환멸을 느끼고 있었다. 제주도에서 투쟁하고 있을 때엔 조선민주주의 인민공화국이야 말로 참된 우리들의 공화국이며, 조국이라고 믿고 있었다. 그 공화국의 영광을 위해 죽음 따위 아까워하지도 않았다. 그러나 한국전쟁이 벌어져 인민군과 함께 행동하게 되면서 그들의 낮은 수준이 곳곳에서 눈에 띄었다. 교양도 낮았다. 한 인민군 장교가 서울대학을 나온 이남 출신의 의용군에게 말했다.

"당신은 어느 대학을 나왔는가? 서울대학이라고. 서울대학도 대학인가. 이승만의 대학이겠지?"

무지해도 보통 무지한 것이 아니었다. 김용남은 그런 인민군 장교를 매우 경멸하고 있었다.

이런 일도 있었다. 산속을 헤매고 있을 때의 일이다. 인민군에 배치된 정치보위부의 사나이가 있었다. 그 사나이가 동 틀 무렵 모두를 모아 놓고, 각자가 소유한 군표를 내놓으라고 했다. 상관의 명령이라 거역할 수가 없었다. 그것을 덥석 쥐더니 그는 자기의 배낭 속에 넣었다. 그리고 당원증을 꺼내더니 찢어 버렸다. 당원증이라면 목에 걸어 속옷 속 깊이 감춰두어야 하는 것이다. 그는 말했다.

"난 특수 임무를 띠고 있으니 지금부터 동무들과 떨어져 산을 내려가오. 동무들은 뒤따라 행군하도록……."

그때 다른 병사 하나가 총을 겨눴다.

"이놈, 배신자, 죽일 테다."

그 사나이도 권총을 빼 들었다. 사납게 겨누고 있는 두 사람을 모두가 말렸다. 보위부 사나이는

"그렇게 흥분하지 말라. 난 특수임무를 위해 떠난다."

이렇게 말하면서 산길을 내려서고 있었다.

이런 광경을 목격했던 김용남은 목숨을 지키기 위한 수단으로 전선을 이탈하는 인민군 장교의 얄팍한 모습을 보고 분노의 감정을 억제할 수 없

었다.

정찰에 나갔던 김용남 등 두 사람은 국도를 따라 걸어갔다.

길은 골짜기를 뚫고 뻗어 있다. 그곳 가까이 내려가 둘이서 쉼터를 찾았다. 주위는 조용했다. 사방을 둘러보아도 위험스러운 것은 엿보이지 않았다. 두 사람은 건너기로 하고, 한달음에 길을 무질렀다.

웬일인지, 길은 한밤중에도 새하얗게 보인다. 김용남은 이상한 생각에 휩쓸리면서 재빠르게 달려 나갔다. 맞은쪽 돌담에 바짝 몸을 붙이고 움츠리고 있었다. 잠시 뒤 다시 걷기 시작했다. 강이 나오고 철교가 뻗어 있었다.

철교 가까이 이르자, 안쪽에서 말소리가 들리고 담배 냄새가 바람을 타고 날아왔다. 담배 불빛이다! 두려운 생각에 뒤돌아 국도 쪽으로 내려오니 국도에 한국군 병사가 빽빽이 줄지어 있었다. 나아갈 수도 물러설 수도 없었다.

두 사람은 그 자리에 못 박혀 서서 숨을 죽이고 있었다.

병사들은 이동할 것 같지도 않았다. 지프와 트럭은 꿈쩍도 하지 않았다. 점점 밝아지고 있었다. 주변에는 몸을 숨길 곳은 아무 데도 없었다. 그런데 철교 주변에 있던 병사들이 시끌벅적 김용남 쪽으로 건너오는 것이 아닌가!

두 사람은 황급히 달아났다. 순간 따다닥 총성이 울렸다.

더는 도망칠 수 없자 손을 들었다. 나중에 알았지만, 그곳에서 북쪽으로 7킬로 남짓한 곳으로 연행되어 한국군에 넘겨졌다. 총을 넘겨 준 후 발로 채이고 실컷 얻어맞았다. 그곳에서 다시 지프에 올라 한참 달려 대대본부까지 이끌려 갔다.

그곳은 문경이라 했다. 얼굴에 붉은 잉크로 김일성의 아들 이라고 쓴 채 자백하라고 몇 사람에 둘러싸여 고문을 당했다.

김용남은 시종 주장했다.

"민간인이오. 서울서 공부하던 사람으로 고향은 인천이오."

"민간인이 왜 총은 가졌는가?"

다시 구둣발로 걷어 채였다. 총은 길가에 널브러진 시체 주변에서 주은 것이라고 우겨댔다. 또 한 사람의 동행자도 자신은 피난민이라고 말했다. 고문에 몇 차례나 기절했다. 그때마다 가마니때기를 씌워 물을 끼얹는다. 그 짓을 서너 번 되풀이 한 후 차고 속에 처넣어 사흘 밤을 새웠다. 다시 차에 태워져 상주로 가서 농업학교에 처넣었다.

학교 운동장에는 포로가 된 인민군 병사들이 가득했다. 모다들 갈팡질팡하고 있었다. 거기에는 김용남이 광주에서 본 정치보위부의 사나이도, 또 한 사람 계급이 높은 두 사나이가 있어 우련 눈이 마주쳤다. 그는 손짓으로 김용남을 불러 한 마디 던졌다.

"신문을 받을 때 내게 대한 것은 모른다고 잡아떼라오."

김용남은 속으로 얄미웠으나 고개를 끄덕였다.

"알았소. 난 그런 사람이 아니오."

그곳 임시수용소에는 정작 죽었다고 생각한 사람들도 다수 있었다. 30여 명이나 되던 김용남의 일행 중 생존자들도 눈에 띄었다. 참 기이한 만남이었다.

새로운 심사가 시작되었다.

전쟁 중이던 인민군 병사는 모두 민둥머리였으나, 장교와 정치보위부는 머리를 기르고 있었다. 김용남의 머리도 꽤 자라 있었다.

"네 머리는 보통 놈이 아냐. 진짜로 말해 인민군 병사가 아니라면 인민 위원회의 지하 조직이었지."

야구 방망이로 두들겨 맞고 물고문을 당하기도 했다. 하지만 그는 줄기 차게 민간인이라 주장했다.

"이놈은 악질이야. 처넣어 둬. 내일 아침 처형이다."

취조관은 소리쳤다.

'이제 마지막이구나.' 하고 김용남은 생각했다. 그가 처넣어진 곳은 닭 의 부화를 위한 창고였다. 먹밤이어서 아무 것도 보이지 않았다. 자기뿐이 라고 생각했으나, 차츰 눈이 어둠에 길들여지자 네댓 명이 있는 것을 알게 되었다.

처음으로 그는 눈물을 흘렸다. 왠일인지 을씨년스러운 심정이 되어 눈 물을 쏟아냈다. 한 중년 사나이가 "울지마" 하고 용기를 북돋아 주었다.

"여기서 죽는다 해도 혁명을 위한 보람 있는 죽음이 아닌가. 기운을 차 리게."

김용남은 물었다.

"동지는 어느 쪽 분인가요?"

사나이는 "김일성대학의 교사였다"고 대답했다. 대학 강단에 서 있었으 나 전쟁에 불려나와 강화도의 보병부대에 있었다고 했다. 군의 계급에 대해선 밝히지 않았다. 교수라고는 보이지 않고 강사쯤은 했으리라고 여겨졌다.

창고 안에는 젊은 여성도 있었다. 인민군 병사로 보이는 자, 장발을 한 자도 있었다.

밖이 밝아졌다. 헌병이 발자국 소리를 요란히 내면서 소리쳤다.

"이놈들을 모두 끌어내라."

그러나 인생이란 알 수 없는 것이다. 인간이 만들어내는 인생이란 생각지도 못한 일이 생기는 법이다. 밖으로 나오려고 김용남은 창고 밖으로 눈을 향했다. 그런데 거기에는 서울 형무관학교 강사를 했던 사나이가 헌병 곁에 서 있지 않은가. 김용남이 인민군에 의해 인천소년 형무소에서 석방된 후 형무소 간수를 시켜줘 학교에 잠시 갔던 것은 앞서도 밝혔었다. 그때의 교관이었다.

그는 대위였는데 김용남의 얼굴을 보는 순간 크게 외쳤다.

"야, 넌 왜 이런 데 와 있어?"

형무관학교를 찾았을 때 김용남이 고무게다를 신고 수업 받으러 간 것을 그 교사가 본 것이었다.

"너 고무게다는 일제가 신던 신발이야. 왜 그따위 것을 신고 있는 거야! 즉각 벗어버려. 대체 어디서 신고 온 거야?"

"창고에 가득 있었어요."

"안 돼. 일제 것을 신어서는 안 돼."

그런 웃지 못 할 일이 있었기 때문에 그의 얼굴을 기억하고 있었다.

그 사나이는 곁에 있는 헌병대위에게 말했다.

"이런 못난이를 죽이는 것은 탄알이 아깝지 않은가?"

대위는 그의 아랫배를 걸어차면서 소리쳤다.

"이 새끼, 빨리 사라져."

한쪽에 서 있던 수 명의 병사들이 개머리판으로 그를 밖으로 밀어냈다. 형무관학교의 교사가 위기의 순간에 김용남을 살린 것이다.

나중에 알게 되었지만. 그 교사와 헌병대위는 북의 함흥고교 동급생으로 책상을 나란히 한 친구였다. 헌병도 북에서 도망쳐 와 남쪽의 정보장교가 되어 있었다. 형무관 교사도 체포되어 연행되어 왔으나, 우연히도 옛 친구 사이였던 것이다.

"아니, 자네가 이런 꼴이 되다니." 하면서 목숨을 구원받은 것이다.

"같은 창고에 있던 네 명은 지프에 실려 어딘가 연행되어 갔으나 생사 여부는 알 길이 없다."

그는 쓸쓸히 뇌었다.

갈림길

　김용남은 거제도의 포로수용소를 거쳐 52년 봄, 경북 영천수용소로 옮겨졌다.

　거제도 포로수용소에는 10여 만의 엄청난 인민군이 수용되고 그중 조선노동당의 비밀 세포였던 박승호와 알게 되었다. 그는 김용남의 지난 행적을 듣더니 속마음을 털어 놓았다.

　"동무는 나와 행동을 같이 하게. 그러면 고향에 데려다 주겠다."

　그의 제안에 반신반의 하면서도 상대의 확신에 찬 태도에 그만 이끌렸다. 박승호는 이런 말도 했다.

　"동무와 나는 남쪽에 남기로 하자."

　그 무렵 포로 교환이 시작되어, 북으로 가느냐, 남쪽에 남느냐 하는 것이 초미의 관심이 되어 있었다. 그 선별이 시작되고 있었다. 텐트에 접수처가 마련되어 열을 지어 호명을 기다렸다. 호명을 받으면 한 사람씩 앞으로 달려 나갔다.

유엔군의 군관이 "노우스인가? 사우스인가?" 하고 묻는다. 노우스라 하면 다른 텐트에, 사우스라 하면 문 밖으로 불려 나간다.

김용남은 박승우와의 약속이 있었기에 사우스라고 대답했다. 사우스라고 대답한 자가 3분의 2쯤 되었다.

그는 마침내 영천으로 옮겨졌다. 영천 수용소는 그곳에 4개월쯤 수용되어 52년 7월 경 전원 석방되기에 이른다.

석방될 때 본적지를 적게 되는데, 김용남은 인천형무소 주소를 본적지라고 속였다. 제주도라고 쓰면 다시 과거가 들추어지는 것이 싫었기 때문이다. 사실 그가 육지로서 알고 있는 주소는 인천형무소 뿐이었다.

"이곳에 누가 사는가?"

"누나가 있습니다. 시집간 누나입니다. 내겐 그 밖의 가족은 없습니다."

"고향에 가거든 열심히 공부하고 일하게."

군관은 그렇게 말하면서 인천행 기차표와 모포며 미군복이 여럿 든 길쭉한 백을 건네주었다. 곧 인천행 화물열차에 올랐다.

박승호는 한 발 앞서 석방되었기 때문에 헤어져 버렸다.

그런데 이상한 인연으로 뒤에 부산에서 재회하게 된다.

김용남은 자리를 나란히 한 박모라는 청년과 인천역에 내렸으나 누구하나 아는 집도 아는 사람도 없었다. 다급한 심정으로 박모에게 자신의 사정을 말했더니 잠깐 기다리라며 역구안에 마중 나온 친척에게 가 차표를 사라며 봉투 하나를 건네주었다.

김용남은 그것을 받아들고 다시금 부산행 열차에 올랐다.

부산에 내린 그는 수일 후부터 제 4부두의 석탄 나르는 노동자로 일하게 되었다. 그는 야간작업을 맡았기에 대낮엔 실컷 자고 야간작업에 나갔다.

그러던 어느 날, 부산역을 찾아 갔을 때다. 무심코 역전을 걷고 있을 때, 버스 창에서 '김용남'이라는 이름을 소리치며 손을 흔드는 사람이 있었다. 언뜻 보니, 방승호가 아닌가. 그는 버스에서 내려 그에게 다가서면서 물었다.

"자네 어디서 무얼 하지?"

"부두에서 운송 노동자로 일합니다."

"그럼 나랑 가자오."

나란히 걸어갔다. 부산에는 박승호의 둘째형이 살고 있어 그 집으로 숙소를 옮기기로 했다.

그의 형은 애초에 강원도 고성에 있는 금강산 휴양소 소장을 맡고 있었는데 전쟁이 나자 곧 아내와 두 아이를 데리고 피난길에 올랐었다. 김용남은 북한에서의 일이 궁금했다. 그의 형은 말했다.

"북에서는 실업자는 없다. 힘껏 일하면 밥은 먹는다. 하지만 자유가 없다. 나는 자유가 그리웠다. 아내가 경상도 출신이며 가족도 있었으니까."

김용남은 도민증이 없어 고민하는 걸 보고 강원도 피난민으로 둔갑시켜 도민증을 내어 주었다. 이것으로 그의 포로라는 과거는 깨끗이 지워졌다.

그런데 만 18세 이상이면 지참해야 할 제 2국민병 수첩이 없었다. 이것 또한 박승호의 형을 통해 얻어낼 수 있었다.

제 4부두의 이웃에 제 55병참기지가 있었는데, 그곳은 미군용 부두였

다. 일본인 선원도 많이 드나들고 있었다. 야채와 C레이션 등을 싣고 왔다. 그때부터 김용남의 마음속에는 언젠가 일본에 밀항하리라는 생각이 움트고 있었다.

어느 날 박승호는 고된 부두노동 대신 다른 일을 찾아 주겠다고 제안했다. 제55병참기지 안에 있는 교회의 하우스 보이를 하라는 것이었다.

그것은 미군의 병사 내에 만든 간이 교회로, 일요일이면 교파별로 미사나 예배를 드리는 일 따위였다.

김용남이 맡는 일은 교회와 부속 사무실의 청소, 미사나 예배 때의 장내 정리 등으로, 그것이 끝나면 퇴근시간까지 그와의 통역, 올갠 주자의 세 사람은 따로 하는 일이 없다. 김용남은 영어를 배우거나 일본의 라디오에 귀를 기울이곤 했다.

박승호는 특이한 사람이었다. 주된 일은 자유로운 항만 노동자였다. 그런데도 반 달 가량은 모습을 보이지 않았다. 부두의 일은 옥외의 일이므로 비오는 날은, 가득 쌓인 미군의 물자에 텐트를 씌워 창고에 넣은 후 휴식에 든다. 이삼백 명 가량의 노동자가 들어온다. 박씨는 그 같은 노동자를 상대로 대화를 한다. 박씨는 만주의 건국대학을 나오고, 당시 40가량의 연세였다. 팔로군에 들어 싸운 경험도 있었던 것으로 파란 만장한 과거를 가진 터에 화술도 능란했다. 처음엔 두세 사람의 노동자를 상대로 삶의 교양 따위를 화제에 올렸으나 그런 중에 평판이 좋아 점점 사람이 불어나고, 나중에 백여 명의 인파가 모여들어 "선생님, 선생님" 하고 강의를 들으러 모여 들었다.

"조직적인 선동가로서도 천재적인 사람이었어요. 나중에 박씨는 아주 일을 않고, 창고에 들어앉아 있기만 했어요. 미군도 그에게는 한자락 접어 아무 말도 하지 않았죠. 노동자들은 박씨한테 먹을 것을 가져오는 등 대단한 영향을 가졌던 것이죠."

박씨는 그 후 식당을 경영하던 중년 여성과 가족을 이루어 아이도 하나 태어났다. 한 달 가량 사라졌다고 생각할 때 다시 돌아왔다. 듣자니 서울에서 다른 운송회사를 차렸다는 소문도 들었다.

김용남은 마침내 일본 밀항을 결행하려고 교회도 그만두고 모든 것을 거두어 박씨 집에 뒹굴면서 준비에 몰두하고 있었다.

어느 날 밤이었다. 깊은 잠이 들었을 때 현관문을 누군가가 쾅쾅 두드린다. 박씨의 아내가 일어나

"누구세요?" 하자 "문을 열라!"고 소리치고 있었다.

박씨의 형은 금성방직의 배송계를 맡고 있어 그런 밤엔 야근으로 돌아오지 않았다.

김용남 등이 자고 있던 방은 그가 맨 벽 쪽, 다음이 박씨, 그 다음이 박씨 아이들이 자고, 판자로 이어진 방에 박씨 부인이 자고 있었다.

문을 쾅쾅 두드리자 박씨의 아내는 무심코 열었다. 후다닥 몇이 들이닥쳤다. 회중전등을 켰다. 차례로 얼굴을 비치면서 "어느 놈이 박승호냐?" 하고 외쳤다.

박씨는 단념했는지 "나요." 하고 응답했다.

김용남에게 전등을 비추며 물었다.

"넌 누구야?"

"학생입니다."

"고향은 어디야?"

"원산이오. 피난 나왔소."

"나이는……"

"열다섯이오."

김용남은 짐짓 거짓을 말했다. 당초 키가 작은데다 동안이어서 나이보다 어리게 보였다.

"이 새끼, 공부나 잘해."

한밤의 침입자들은 박승호만을 연행해 갔다.

이튿날 조간신문을 보고 김용남은 깜짝 놀랐다.

'거물 간첩, 박승호 체포'라는 제목을 붙여 대대적으로 보도했었다. 나중에 밝혀졌지만 박씨는 한국전쟁 말기인 53년 3월 포로수용소에서 석방되어 체포되던 57년까지 10여 차례나 남북을 왕래했던 것이다.

미군의 엄한 통제아래 있던 전시 중에 어떻게 북으로 갔는지, 지금 생각해도 불가사의한 일이다.

김용남은 휴식 때는 무시로 부산 시내를 돌아다녔다.

1953년 3월 '국제신문' 앞을 지나자 게시판에 스탈린의 죽음을 알리는 호외가 나붙어 있었다. 그는 뭔가 시대의 변화가 오리라는 예감이 들었다.

6월에 접어들자 연일 '휴전 반대', '북진 통일'을 외치는 데모가 일어나고 7월이 되자 휴전회담이 재개되었다고 생각할 때 중부전선에는 다시 격전을 벌이고 있었다.

일본에 들어갈 기회가 오지 않았는가 하는 희망이 가슴에 부풀어 올랐다. 하지만 아버지와의 연락은 아주 끊겨 있었다.

일본에 거주하는 아버지의 주소를 수소문하기 위해 예전에 숙부가 살고 있던 오사카 주소에 몇 통의 편지를 보냈다. 그러나 답신은 없었다.

편지를 계속 보내고 반년 가량 지난 12월, 기다리던 아버지의 서신이 도착했다. 그는 아버지의 육필을 거듭 거듭 읽으면서 기쁜 눈물을 쏟아냈다. 숙부는 그 무렵, 조총련에 참여하면서 오사카의 덴로쿠에 살고 있었는데, 되풀이해서 오는 그의 편지를 우편배달부가 숙부의 이사 간 집을 찾아내 준 덕택이었다.

그날부터 그는 아버지가 거주하는 일본에 날아가고 있었다. 휴가 때 일본에 여행하는 미군과 목사에게 부탁하여, 아버지를 찾아달라고 부탁했다. 그러던 어느 날, 부산의 미군 교회에 일본으로부터 전화가 걸려 왔다. 아버지의 육성이었다.

A목사가 신주쿠에서 아파트에 든 아버지와 만나 직접 통화할 수 있도록 수고해준 것이었다.

그런 일이 있고서, A목사가 큰 트렁크를 들고 부산에 돌아왔다. 트렁크에는 꽤 비싼 나일롱 옷감과 하모니카 수십 개가 들어 있었다.

아버지가 보내준 것이다. 이것을 국제시장에 가져가 파니 20만엔 정도의 돈이 생겼다. 일본에 가는 밀항 자금이 생긴 것이다. 그 덕분에 일본에 건너갈 수가 있었다. A목사는 그 후에도 일본에 서너 번 다녀왔다.

밀항 알선업자와 연락이 되었다. 어선을 변장하여 밀항을 업으로 하고 있는 인물이었다. 부산항 가까운 다대포로 오라는 연락을 받고 그 배가 오자 김용남은 성큼 배 위에 올라 야마구치겐의 시모노세키 항에 닿았다. 1957년 12월 24일로 크리스마스 이브였다.

갑판에서 주위를 두리번거리며 고개를 들었다. 쌓인 배 상자를 내리고 있을 때였다. 해경의 모습이 눈에 띄자 얼른 목을 움츠렸다. 잠시 뒤에.

"빨리 나오라."

뱃사람이 외쳤다. 뜀뛰듯이 힘껏 기슭에 뛰어 내렸다. 참았던 오줌이 마려워 일행과 나란히 서서 방뇨하는데. 한 사람의 취객이 역시나 방뇨하면서,

"네들 밀항자들인가?" 하고 지껄였다.

깜짝 놀라 오줌도 고만고만 뛰어 나와 궁전 돌담을 기어올랐다. 마침내 인적이 끊긴 때를 틈타 천천히 걸어오라는 지시에 따라 국철 시모노세키 역을 향했다.

이렇게 김용남은 신주쿠에 살고 있는 아버지와의 해후를 이룬 것이다.

한 줌의 재

    김달삼 사령 등 5명은 48년 8월 2일 목포를 향해 배로 떠났다. 해주에서 열리는 남조선 인민대표자회의에 참석하기 위해서였다. 이 해주 대회에 참가한 제주도 인민 대표는 안세훈, 김달삼 등 5명이었다.

    김달삼이 제주도를 떠나자 제주도당에서는 서둘러 이덕구를 제주 인민 유격대 사령관으로 추대했다.

    유격대는 산 속 깊이 숨어들어 북한의 8·25 선거를 치르고 식량 확보와 무기 보강 등에 진력하면서 민주부락의 확대를 꾀하는 한편 유격대 증원에 힘써 나갔다.

    제주도당에서는 어승생의 밀림지역에 사령부를 두고 사령부 안에는 선전, 조직, 총무, 군사부를 더욱 보강했다. 편제는 4개 연대와 특별부대를 따로 두었다.

1연대: 조천 제주 구좌 3·1 지대(1지대) 이덕구

2연대: 애월 한림 대정 안덕 중문 27지대(2지대) 김대진

3연대: 남원 서귀 성산 포선면 4·3 지대(3지대) 김의봉

4연대: 예비대

특공대: 정찰 반동 감시 자위대 관리

자위대 1개 면에 10명, 1개 리에 1~2명

위와 같이 편성하고 총사령관은 이덕구가 맡아 전 부대를 지휘했다. 도 당에서는 당원 6만 명을 확보하여 인민유격대에 3천여 명을 협조토록 했다. 또 마을마다 '빗개'를 세워 진압군의 움직임을 그때그때 알리며, 마을 상황을 도 사령부에 보고하게 했다.

한편 게릴라 전법을 그대로 구사했다. 낮에는 여느 주민으로 위장하여 논밭 일을 하기도 하고 밤에는 총과 죽창을 들고 나서니 진압군은 게릴라 의 진압에 어려움을 겪었다.

48년 9월 15일 편제를 정비한 무장대는 중문면 도순리에 사는 문두천을 칼로 난자하여 죽인 데 이어 9월 18일과 25일엔 잇단 게릴라식 공격을 했다.

10월 1일에는 군복을 입고 와서 장례식에 참석한 정병택과 그의 아버지 정익조, 김상혁에게 조사할 것이 있어 가자는 위계로 따라간 이들을 총으 로 쏴 죽였다. 게릴라들은 또 도순과 오도리 지서를 공격했다. 그들의 공격 으로 오도리 지서 정찬수 등 5명이 현장에서 즉사하고 수 명의 부상자와 2

명이 납치당했다.

10월 6일에는 구좌면 김녕리 부근에서 20명의 경찰과 게릴라 40명의 사격전이 벌어져 경찰 1명의 부상자가 발생했다.

그런데 10월 7일에는 시위대 2백여 명이 조천지서 앞에 나타나 '왓샤! 왓샤' 외치며 시위를 벌였다. 이 같은 보고를 받은 송요찬 연대장의 놀라움은 컸다. 그것은 7월 중순 이후 제주도의 게릴라들이 사람을 죽이거나 지서를 공격하는 일이 뜸해지자 제주도 4·3 폭동이 진압된 줄 알고 11연대 1개 대대를 수원으로 원대복귀시켜 다시 9연대로 환원시켰던 것이다.

10월 들어 제주도 무장대는 그동안 조직을 재정비하여 도순리 지서를 습격하여 공세로 나오자 국군은 의표를 찔린 것이다.

이 같은 보고를 받은 송요찬 연대장은 10월 11일 진압사령부를 신설하고, 부산의 5연대 1개 대대와 대구 6연대 1개 대대를 차출하여 9연대에 배속시켰다. 그리고 진압사령관은 김상겸 대령을 임명했다. 해군 함정도 배속하여 진압에 합세하도록 했다. 또한 여수의 14연대 1개 대대도 9연대에 배속하라고 명령했다.

그런데 48년 10월 19일 14연대의 반란이 일어나자 9연대 내의 남로당 세포들의 동요가 있었다. 10월 28일 9연대 강의현 소위, 박격포 부대 박노구 소위가 주동이 되어 송요찬 연대장과 이근양 중대장을 처치하고 부대를 장악하여 게릴라와 제주도를 적화하려다 들통 나 체포되었다. 남로당 세포 장교 6명, 사병 80여 명이 이에 가세했다. 반란 주동은 연대장 주변과 5중대 선임하사들이 행동대원으로 9연대를 반란부대로 하려고 했다. 9연대는 진즉 문상길, 오일균 대대장 등이 숙청되어 강의현 소위가 중책을 맡았었다.

그런 반란 공작은 비단 9연대만이 아니었다. 48년 10월 31일,

"오늘 저녁 제주도가 해방된다."라는 극비 선동을 제주 경찰서 박태의 사찰과장이 알게 되어 극비에 주동자들을 미행 체포했다.

딴은 이러하다.

체포한 6명을 조사하자 그중 한 명이 비밀을 털어놓은 것이다.

"11월 1일 새벽 4시 게릴라가 경찰서를 공격하면서 안에 있는 11명의 경찰이 경찰서 안의 경찰들을 죽이고 도청, 법원, 검찰청, 읍사무소, 해운국의 남로당원이 동시에 나서 경찰서를 점령하여 제주도를 완전히 장악한다."

이런 끔찍한 사건에 관련자 75명을 곧 체포했다. 이 중에는 게릴라를 조사하는 특별수사 요원 2명도 들어 있었다.

이로써 48년 11월 1일 제주도 적화 공작은 물방울처럼 꺼지고 말았다.

14연대 봉기군이 여수, 순천을 석권한 후 지리산에 잠입할 무렵, 이덕구의 무장대는 사기가 하늘을 찌를 듯했다. 그들은 11월 2일 한림에 있는 9연대 3대대 6중대를 12시 15분 식당에 모여 있을 때 공격했다. 무장대는 30여 분 공격하고 재빨리 산으로 뺑소니쳤다. 6중대장은 2개 소대를 이끌고 진두에 서서 맹추격했다.

게릴라는 매복하고 있다가 군인이 사정권 안에 들어오자 집중 사격을 가했다. 여러 방의 총을 맞고 중대장은 쓰러지고, 군인 14명이 순식간에 숨

졌다. 이 보고를 받은 대대장은 3중대장에게 즉시 소탕하라고 명했다. 3중대장은 2개 소대를 이끌고 군인이 쓰러진 현장을 지나 조심스럽게 추격하고 있었다. 그런데 난데없는 "사격개시" 소리와 함께 국군이 허수아비처럼 쓰러졌다. 증상을 입은 중대장에 이어 7명이 땅에 고꾸라졌다.

그 바람에 기관총을 버리고 물러나 게릴라들에게 소중한 무기를 넘겨주었다.

대대장은 다시 어근양 5중대장에게 게릴라를 끝까지 추격하라고 명령했다.

5중대장이 2개 소대를 지휘하여 게릴라를 세 시간 남짓 추격했을 때 수색대의 보고를 받았다.

"폭도는 중산간 외딴집에 모여 있습니다."

그러나 이미 밤이 되어 물샐틈없이 집을 포위하고 있었다. 이튿날 아침 6시경 포위하고 있던 국군은 게릴라들을 집중 공격했다. 반시간 남짓 집중 사격을 하니 저항하는 총성이 잠잠해졌다. 조심스레 다가가니 1백여 명의 시체가 널려 있고 부상병 수 명을 포로로 잡았다.

이 포로들을 신문하여 9연대는 비로소 제주 인민유격대의 조직과 규모 등을 알게 되고 보급창, 식량 창고, 마을에 있는 보급부대 정보원들을 파악하게 되었다. 정보에 따라 그들의 아지트를 기습했다. 인민유격대는 겨울나기 보급창이 기습받아 큰 타격을 입었다.

불시에 1백여 명의 게릴라를 잃고 겨울나기 식량을 빼앗긴 이덕구는 타격이 컸다. 그래서 긴급 지시를 내렸다.

"어서 중문지서를 공격하고 면사무소에 있는 양곡을 탈취해 겨울나기를 하오."

게릴라들은 11월 5일 새벽 3시, 성동격서의 전법으로 중문지서를 공격하기 위해 안덕지서를 공격하면 진압군이 이곳에 모여들 때 중문지서를 치기로 했다. 1백 50여 명의 게릴라들이 중문지서를 포위 공격하고, 면사무소 창고에 있는 곡식을 가져 나르던 중이었다. 같은 시각, 우익인사 가옥 40채에 불을 질러댔다. 경찰과 게릴라 간에는 사격전이 벌어지고 있었다.

서귀포 경찰서에서 중문지서를 돕기 위해 30명의 경찰을 태운 트럭 한 대가 전속력으로 가다 게릴라들의 매복에 걸려 집중사격을 받고 차가 멈췄다. 운전사가 총을 맞았기 때문이다.

게다가 기관총 사수가 총을 맞고, 분대장 김 경사가 총을 맞아 즉사했다. 게릴라의 집중 사격으로 위기의 순간에 사찰주임이 차를 전속력으로 달려 죽음의 현장을 빠져 나왔다.

이 급보를 듣고 송요찬 연대장이 현장에 달려오니 게릴라들은 흔적도 없었다. 폭도들이 마을 집에 숨지 않고서는 갈 곳이 없다고 판단한 송 연대장은 마을로 달려가 게릴라를 찾았으나, 이들이 총이나 죽창을 버리면 모두 양민이라, 연대장은 "게릴라는 나오라."고 외쳤다. 그래도 나오는 자가 없자 마을 사람들을 닥치는 대로 처형했다.

11월 11일 게릴라들은 신엄지서를 습격하고 우익 인사의 아내 고선집과 아들, 딸을 모두 죽이고 이 마을 80채에 불을 놓았다.

정부에서는 게릴라들의 발호를 보고받고, 11월 17일 계엄령을 선포했다. 이에 송요찬 연대장은 제주도 160개 부락민들이 게릴라들에게 협조하지 못하게 하는 것이 급선무라고 판단했다.

그래서 산에 있는 자는 무조건 과거를 묻지 않을 것이니 하산하라고 삐라를 뿌려 알리고, 중산간 마을을 해변으로 이사시키고 불을 지른 후 산에 얼씬거리는 자는 무조건 사살하라고 명령했다.

그 결과 제주도에 수많은 사람들이 죽게 되었다. 피비린 악순환이 이어진 것도 이 시기였다.

게릴라들은 겨울나기에 정신이 없어 곡식과 옷을 주민들에게 요구하여 협조하지 않으면 현장에서 죽였다. 그리고 주민들이 게릴라들에게 협조한 것이 알려지면 이번에는 진압군이 죽였다.

중산간 주민들은 낮에는 진압군에 시달리고 밤이면 게릴라들에게 시달리면서 숨바꼭질하듯 살아야 했다.

48년 세밑 무렵인 12월 29일 육본에서는 제주도 9연대를 대전으로, 대전의 2연대를 제주도로 이동시켰다. 대전의 2연대는 국군 중에서 남로당원이 제일 없는 부대라는 이유 때문이었다.

그동안 칼을 갈던 이덕구는 2연대가 도착하여 부대가 정돈되기 전 그리고 지형을 파악하기 전에 2연대를 공격하기 위해 49년 1월 1일 새벽 1시 게릴라 5백여 명을 동원하여 오동리의 3대대를 포위했다.

작전은 30분 공격하고 잠수하는 작전이었다. 곧 각자의 아지트에 숨는 것이다. 각자의 아지트는 돌담 밑에 굴을 파서 그 속에 숨고 그 위를 감쪽

같이 위장하는 은둔술이다. 그리고 산에서는 사람이 들어갈 만큼 땅을 판 뒤 풀이 있는 그대로 그 위를 덮어 두면 좀처럼 찾기 어려웠다. 이른바 비트라는 것이다. 게다가 사람의 발길이 한 번도 미치지 않은 천연굴 속으로 숨어들면 더더욱 찾기가 어려웠다.

꼭두새벽, 이덕구 사령의 "공격 개시" 소리와 함께 게릴라 5백여 명이 잠들고 있는 국군에게 집중공격을 가했다. 잠결에 뛰쳐나온 군인들은 어둠 속을 허겁지겁 헤맸다.

이 전투에서 군인 7명이 전사하고 상당수가 부상을 당했다.

게릴라는 10여 명이 죽었다.

3대대가 게릴라의 공격을 받았다는 소식을 듣고 2대대 7중대가 지원차 가다 게릴라의 매복에 걸려 3명이 전사하고 다수의 부상자를 내어 추격을 멈추고 돌아오고 말았다.

49년 1월 12일에는 먼동이 트자 게릴라 2백여 명이 남원면 의귀리에 있는 2연대 2중대를 포위 공격했다. 설재현 중대장도 즉시 반격명령을 내려 2시간 동안 치열한 사격전이 벌어졌다. 게릴라들은 서귀포 경찰이 증원해 오자 슬그머니 꼬리를 감추었다.

주변을 살폈더니 게릴라의 시체 51구가 뻗어 있고, 14명의 부상자가 포로가 되었다. 그리고 엠원 소총 4정, 99식 소총 10정, 카빈 소총 3정을 노획했다. 2중대 병사도 4명이 전사하고, 10명이 부상을 당했다.

49년 3월말 진압군 2연대 2대대와 3대대가 북제주군과 성산포 등 3개 방향에서 게릴라를 공격하면 1대대가 남제주군의 중문, 서북방 적악과 노

르악, 한대악에서 물러서는 게릴라를 차단 포위하려는 작전계획이었다.

2연대 1대대 6중대는 이 작전계획에 따라 녹하악 동쪽 고갯길 일대에서 수색을 하고 있던 새벽 3시 게릴라의 공격을 받고 오전 11시까지 전투가 벌어졌다. 이 전투에서 175구의 시체를 남기고 게릴라들은 도망쳤다.

이 전투는 이덕구 사령관이 직접 지휘하고, 현존 게릴라는 1천여 명이 있다고 포로는 털어 놓았다.

49년 3월 2일 육본에서는 제주도에 진압사령부를 강화하여 사령관에 유재홍 대령, 참모장에 함병선 중령을 임명하고 독립 1개 대대를 증파했다.

유재홍 사령관은 게릴라와 주민을 아주 차단시켜 마을에서 게릴라들에게 식량을 보급하지 못하도록 출입을 차단시켰다. 그러자 게릴라들은 굶주림에 견디지 못하여 수많은 사람이 산에서 내려왔다.

새로 취임한 문창송 화북지서장은 관할 지역의 게릴라 107명의 가족들에게 자수를 권하는 설득에 나서 효과를 거두었다. 그 결과 유격대 중대장이 자수를 하여 게릴라의 아지트와 조직, 상황 등 귀한 정보를 얻게 된다.

49년 4월 20일 정보를 입수한 진압군은 이덕구의 아지트를 급습하여 총격전 끝에 달려가자 이덕구는 도망치고, 김민성과 인민위원회 부위원장 김용관이 죽어 있었다.

이덕구의 최후에 대해 일본의 '아카키'기자 하기와라 료는 중요한 증언자를 만났다. 니사키에 살고 있는 강실이라는 사람이다.

1958년 제주도에서 부산을 거쳐 일본에 밀항하여, 알몸 하나로 사업을 일으켜 빌딩을 여러 개 가진 사업가다. 강실은 이덕구의 누님의 아들, 즉 생질이다. 사건 당시 10세였다. 이덕구가 죽은 직후 사체 확인을 위해 아버지와 함께 경찰서에 갔었다.

그때의 상황으로부터 이야기는 시작된다.

"49년 6월의 한밤중, 두세 시 경이었어요. 집을 쿵쿵 노크하는 소리를 듣고 아버지가 밖을 내다보니 제일지서의 경관이 서 있었어요. 당시 나는, 어머니가 한 해 전 12월에 이덕구의 누님이라 하여 죽임을 당한 후엔 아버지와 누이 셋이 살고 있었습니다. 아버지도 이덕구의 처남이라는 것은 알고 있었지만, 이미 이혼하여 따로 살고 있었기 때문에 직접적인 피해는 입지 않았어요. 하지만 그날 밤의 노크로 아버지는 '오늘이 마지막인가' 하는 생각에 우리 어린 것들을 깨웠습니다. 내게 향해서 '만일 내가 돌아오지 않으면 할아버지한테 가라'고 말했어요. 그런데 그 노크는 연행은 아니었던 것입니다. 경관은 '이덕구를 사살했는데 본인인가 아닌가를 확인해 달라'는 것이었어요. 그리고 10세인 내게도 '너도 함께 가자'고 말했습니다. 경찰서에 가자, 흰 천을 두른 시체가 뉘어져 있었습니다. 얼굴도 깨끗이 닦이어 있어 마치 잠들어 있는 듯했습니다. '아이에게는 보이지 말라'는 소리도 있었지만 나는 보았습니다. 깨끗한 얼굴이었어요. 몸 쪽에 탄환 자국이 있었을 뿐예요. 몸에는 두 곳의 탄환 자국이 나 있었어요. 틀림없는 이덕구 아저씨였습니다. 아버지도 틀림없다고 확인했습니다. 이덕구 아저씨를 쏜 것은 20세의 경사였어요. 그 공로로 그는 큰 상금을 받았을 뿐더러 두 계급 특진으로 경감이 되었어요. 그 사나이가 다음 날인가 우리 가게에 와서 '구두를 만들어 달라'고 말했습니다. 아버지는 관덕정 앞에서 '대동양화점'이라는 구둣방을 하고 있어, 제 2연대 지정의 구두 가게였어요. 그래서 군인과 경관의 출입이 빈번한 가게였으나 아버지는 '뭐라 내 처남을 죽인 놈의 구두 따윈 만들지 않아' 하고 내쫓아버렸어요. 그런데 그 경관이 열흘도 지나지 않아 다시 우리 가게를 찾아와 아버지에게 은근히 이렇게 말했던 거예요. '당신은 믿을 수 있는 사람이기에 말해 두지만, 이덕구는 나의 총으로 죽인 것은 아니오. 내가 달려갔을 때 이미 죽어 있었던 거예요.' 자살이었을 거라는 뜻이예요. 아버지에게 이런 말도 한 것 같아요. '그런 캄캄한 먹밤에 어찌 내 총으로 죽였다고 확정할 수가 있어요. 달려갔을 때 이덕구는 이미 죽어 있었던 것입니다.' 당시 '공비의 두목'을 처치했다면 일약 영웅이 되는 시대였지만, 경찰 중에도 양심적인 인간은 있었어요."

강실 사장의 이야기는 이덕구의 총격전이 벌어졌던 상황으로 옮겨 갔다. 해안에서 15킬로 지점의 봉게에 이덕구는 수명의 대원과 함께 와 있었다. 이야기는 이어진다.

"경찰은 사전에 정보를 입수하고 있었던 것입니다. 어둠이 깃들기를 기다려 포위망을 치고 공격지점을 좁혀 총격을 하기 시작했던 거죠. 이삼 십분의 교전 끝에 이덕구 측의 총격이 멎어 달려가자 이덕구는 죽어 있었던 것입니다. 경찰은 어떻게 이덕구가 그곳에 있는 것을 알았을까요? 내부에 통보자가 있었던 것입니다."

거기까지 말을 잇던 강실 사장은 멈칫했다.

"이름이 얼른 생각나지 않는데……" 하면서 "그는 남조선 노동당 제주 도위원회의 보급부장이었던 사나이예요."라고 말했다.

그는 이덕구의 외가 조카였던 자다.

"그는 식량 보급을 위해 산에서 중산간 부락으로 내려가 있었죠. 당시 마을 주민들은 게릴라와 분리시키기 위해 해안으로 소개시켜 농가들이 텅 빈 상태였어요. 한 집에 들어서자 커다란 항아리가 눈에 띄었다. 뚜껑을 열 자 막걸리 냄새가 코를 찔러 한 바가지 퍼서 마신 거죠. 빈 속에 취기가 금 방 돌아 그는 방에 들기가 바쁘게 잠에 곤드레가 되어 버렸어요. '아차!' 하 고 정신이 들었을 때 누군가 카빈총으로 머리를 툭툭 치고 있었어요. 눈 을 뜨자 토벌대에 포위되어 있었던 겁니다. 그는 심한 고문을 당했던 거죠. '이덕구의 아지트를 대면 살려 주겠다.'면서 그는 길 안내를 하며 이덕구가 있는 장소를 가르쳐 준 것입니다."

강실 사장은 친척이기도 하고 어머니와도 친근했던 그를 아잇적부터 익히 알고 있었다. 그 병란 속에 수많은 사람들이 행방불명이 되었기 때문 에 그 사람도 필경 죽었으리라고 생각했었다. 강실 사장은 1958년 부산에 서 일본으로 밀항했다.

오사카의 나마노구에 살고 있던 이덕구의 형 이좌구의 집을 찾아 갔다. 이좌구도 제주의 항쟁기에는 제주 도당의 총무부장으로 게릴라의 보급 등 을 책임지고 있었는데, 훗날 일본에 밀항했다.

의외에도 그곳에 그가 와 있었다. 그가 살아 있던 것이다.

망연했던 강실 사장의 이야기는 계속된다.

"그는 내게 말했어요." '너무 놀라지는 말라. 난 유령은 아니야. 내 발은 땅을 딛고 있는 거야.' 그 사람은 사나이답고 대찬 사람이었어요. 그날 밤, 나는 이 사람과 이불을 나란히 하고 잤습니다. 나는 그때 열아홉 나이였습니다. 그는 서른 네다섯이었어요. 내게 말했어요. '우리는 이미 죽은 사람들이야. 그때는 그럴 수밖에 없었지. 어쩔 수 없어 이덕구의 장소를 가르쳐 준 거야.' 그때 그가 어떤 심정으로 내게 말했는지, 여간 괴로워했던 것으로 기억하고 있어요. 가슴 속에 응어리진 것을 필사적으로 토해 내려는 듯한 괴로운 모습이었습니다. 언젠가 누구에게 말하지 않으면 안 된다고, 그런 날이 오리라고 믿었던 것인지, 내게 그런 말을 하고 가슴에 얹힌 것이 사라진 듯 했습니다. 그 말을 들은 이삼일 후 나는 좌구 아저씨에게 이런 말을 했어요. 아저씨는 단 한마디, '원망하지 마.'라고 했어요. 그리고 이렇게 덧붙였어요. '인간은 새옹지마라는 것을 …….'

이덕구 부대가 전멸하는 것은 기정사실이었단 것입니다."

이덕구는 그날 밤 견월악 부근 용강리 북받친 밭에서 섬을 떠나려고 궁리하던 중 들이닥친 경찰이 자수를 권했으나 자결하고 곁에 있던 전경범과 호위병 양생돌이 생포되었다. 양생돌은 제주도 인민 유격대 투쟁보고서를 북으로 보내고 1부를 갖고 있어 유격대의 조직과 활동 상황을 알게 되었다.

강실 사장의 어머니, 곧 이덕구의 누님은 두 살의 아기를 업은 채로 일가족 23명과 함께 토벌대에 의해 이덕구에 대한 본보기로 1948년 12월 26일 총살되었다. 이덕구의 최후가 있기 반년 전이다. 14세 이하의 아이는 죽이지 않는다는 방침에 따라 당시 10세의 강실 소년과 8세의 여동생은 목숨을 건졌다. 두 살의 여동생도 살릴 수 있었는데도 어머니는 '이 아이를 살린다 해도 결국 죽을 테니 내가 데려간다'고 하며 업은 채로 총구 앞에 섰다.

이 이야기를 하기와라 료에게 털어놓을 때 강실 사장의 눈에는 엷게 눈물이 어려 있었다. 알몸 하나로 사업을 일으킨 강실 사장의 음성이 일순 젖어드는 느낌이었다.

"내가 바라는 것은 나라가 잘 되어달라는 것입니다. 그러기 위해서는 고국 사람들이 책을 읽기를 권합니다. 깊은 공부가 필요합니다. 우리는 지난 역사를 두 번 다시 되풀이해서는 안 됩니다. 나도 그 일을 위해 온 힘을 쏟을 것입니다."

어린 아이를 업은 어머니 등 23명의 육친, 친족들이 죽어간 연옥을 뚫고 나와 도저한 경지에 이른 강실 사장의 모습은 깊은 수도승의 모습을 떠올리게 했다. 강실 사장은 이제부터 1만 명이 넘는 무연불의 공양부터 시작하여 죄 없이 죽은 사람들의 명예 회복과 고통 받는 제주도 사람들을 위해 생애를 다하리라고 말했다.

이덕구의 사체는 다음 날 제주시의 중심부 관덕정 앞에 세워졌다.

"이덕구의 죽음을 모두에게 알리기 위해서"라고 강실 사장은 말했다. 그날 하루 강실 소년은 "시체 주위를 빙빙 돌고 있었다"고도 말했다. 두 손을 합장하고 있는 사람들도 있었다.

토벌군의 함병선 2연대장은 이덕구에게 경의를 표하면서 "빨치산의 죄를 한 몸에 지니고 죽은 사람"이라고 말했다고 전한다.

6월 10일은 장마철로 이미 부취가 풍겨나고 있었다.

그날 저녁 시체는 네코랑 강가에서 경찰에 의해 화장되었다. 마지막 불이 꺼졌을 때 주위는 깊은 어둠에 휩싸였다. 강실 소년은 동이 트자 아침 일찍 아버지와 유골을 찾으러 갔다.

그러나 장맛비로 넘친 물에 떠내려갔는지, 강가에는 한 줌의 재도 남아 있지 않았다.